UMA PITADA DE SORTE

UMA PITADA DE SORTE

G. B. BALDASSARI

Diretor-presidente:
Jorge Yunes
Gerente editorial:
Cláudio Varela
Editora:
Ivânia Valim
Assistente editorial:
Isadora Theodoro Rodrigues
Suporte editorial:
Nádila Sousa, Fabiana Signorini
Coordenadora de arte:
Juliana Ida
Gerente de marketing:
Renata Bueno
Analistas de marketing:
Anna Nery, Juliane Cardoso e Daniel Oliveira
Estagiária de marketing:
Mariana Iazzetti
Direitos autorais:
Leila Andrade
Coordenadora comercial:
Vivian Pessoa

Uma pitada de sorte
© 2024, Companhia Editora Nacional
© 2024, G. B. Baldassari

Todos os direitos reservados. Nenhuma parte desta obra pode ser reproduzida ou transmitida por qualquer forma ou meio eletrônico, inclusive fotocópia, gravação ou sistema de armazenagem e recuperação de informação sem o prévio e expresso consentimento da editora.

1ª edição — São Paulo
1ª reimpressão

Trechos de *Jane Eyre*, de Charlotte Brontë, foram extraídos da edição publicada pela José Olympio (RJ, 2020).

Preparação de texto:
Rebeca Benjamin
Revisão:
Fernanda Costa, Solaine Chioro
Ilustração e projeto de capa:
Sávio Nobre Araújo
Diagramação:
Valquíria Chagas

DADOS INTERNACIONAIS DE CATALOGAÇÃO NA PUBLICAÇÃO (CIP) DE ACORDO COM ISBD

B175p   Baldassari, G. B.
             Uma pitada de sorte / G. B. Baldassari. - São Paulo : Editora Nacional, 2024.
             296 p. ; 14cm x 21cm.

             ISBN: 978-65-5881-189-3
             1. Literatura brasileira. 2. Romance. I. Título.

2023-3412

CDD 869.89923
CDU 821.111(73)-31

Elaborado por Vagner Rodolfo da Silva - CRB-8/9410

Índice para catálogo sistemático:
1. Literatura brasileira : Romance 813.5
2. Literatura brasileira : Romance 821.111(73)-31

Rua Gomes de Carvalho, 1306 - 11º andar - Vila Olímpia
São Paulo - SP - 04547-005 - Brasil - Tel.: (11) 2799-7799
editoranacional.com.br - atendimento@grupoibep.com.br

LA CONCORDE:
fusão entre moderno e clássico

Por **EDGAR P. KLOOSTERBOER**

Na noite de ontem (21), jantei no renomado La Concorde, famoso por ter sido o primeiro restaurante com duas estrelas Michelin da América Latina. Essa foi a minha primeira visita desde que o consagrado chef Nico Valverde se aposentou há um ano e passou o bastão para a filha, Julieta Valverde, atual chef-executiva.

Devo confessar que estava um pouco apreensivo já que, como todos sabem, sou grande fã do trabalho de Nico. Mas parece que o talento corre nas veias da família, e Julieta não decepcionou. Não apenas manteve a altíssima qualidade, como ainda acrescentou toques modernos e regionais ao cardápio clássico.

De entrada, pedi uma *terrine* de *foie gras* com conserva de ameixa e amêndoas torradas; um prato digno de uma galeria de arte. O sabor nada deixou a desejar à aparência, mas talvez poderiam ter sido mais generosos na calda da conserva, que, na minha opinião, acabou cedo demais.

O prato principal, um *magret* de *canard* com pupunha, purê de ervilhas e aceto balsâmico estava delicioso. A simbiose de sabores proporcionada pelo contraste da doçura da ervilha e o sabor intenso do pato é um presente ao paladar. Por fim, de sobremesa pedi um mil-folhas de toranja que trouxe frescor e acidez a um prato rico e quente.

Uma refeição em que os pouquíssimos defeitos são amenizados pela sensação de satisfação que nos envolve do início ao fim. A chef Julieta se mostrou mais do que digna de ocupar o lugar de uma lenda como Nico e conseguiu agregar ainda mais estilo ao badalado restaurante. Será que, sob seu comando, o La Concorde alcançará a almejada terceira estrela Michelin?

Para aqueles que quiserem provar uma culinária francesa tradicional com toque portenho, o restaurante fica aberto de terça a sábado das 19h à 01h. Mas lembre-se de reservar com antecedência, porque está sempre lotado.

CAPÍTULO 1

— Você deve estar se perguntando o que eu estou fazendo, sentada aqui, congelando, nesse banco de praça. — Dois olhos verdes a encaram confusos. — Bom, é porque eu sou uma covarde!

Amélia sente o dono dos olhos, um gato de pelo alaranjado, se enroscando em suas pernas. Ela solta um suspiro, e vapor condensado sai de sua boca e nariz.

— Sim, eu sei, não deveria ser tão dura comigo mesma. Violeta me disse o mesmo. Mas se você soubesse como as coisas aconteceram, você também me acharia uma covarde.

O gato solta um miado curioso e se lança para cima do banco. Amélia acaricia a parte de trás de sua cabeça.

— Que cor de pelo mais lindo você tem, parece uma madeleine — diz. O animal mia de maneira manhosa. — Você gostou desse nome? *Madeleine?* — A gata mia novamente. — Bom, espero que você seja fêmea, então, Madeleine.

A gata se aconchega ao lado de Amélia, deitando-se com o dorso encostado na sua coxa. O calor que emana de Madeleine ajuda a esquentar Amélia, que faz um cafuné na pequena cabeça felina.

Se continuar esfriando, ela vai acabar com uma hipotermia antes de tomar coragem de fazer o que tem que fazer.

— Tá bem, Madeleine, se você tá tão interessada... Tudo começou há três meses quando escrevi aquele bilhete. Não, espera! Pensando bem, acho que tudo começou quando me candidatei àquela vaga no La Concorde...

∗ ∗ ∗

Abril de 2007

Já fazia bastante frio em Buenos Aires, e estávamos apenas em abril. Abril! E já estava fazendo treze graus. Ao que tudo indicava, seria um ano bem gelado.

Eu estava sentada à mesa. Uma manta sobre os ombros e uma xícara de café fumegante ajudavam a espantar o frio daquela manhã enquanto lia os classificados. Eu dividia um apartamento em Chacarita com dois amigos: Federico e Violeta.

— Bom dia — disse Violeta, sentando-se à mesa comigo e se servindo de café. — Acordada tão cedo?

Violeta era uma pessoa matinal e acordava sempre disposta. Era geralmente a primeira a se levantar e tinha pelo menos meia hora para si antes de eu me juntar a ela.

— Estava sem sono, então resolvi dar uma olhada nos classificados — respondi, sem tirar os olhos do jornal.

— E encontrou alguma coisa interessante?

— Ainda não. — Soltei um suspiro, demonstrando minha frustração. — Desse jeito vou ter que preparar *chori* pelo resto da vida.

— Não exagera. Tenho certeza de que logo você vai encontrar algo mais digno dos seus dotes culinários.

— Tomara — eu disse, erguendo os olhos para Violeta pela primeira vez. — Uau. E aonde você vai assim tão arrumada a essa hora da manhã?

Ela vestia um terninho branco, superformal, mas muito bonito. Estava maquiada de maneira sóbria e eu nunca tinha a visto tão elegante.

— Eu tenho uma entrevista no Clarín hoje, espero conseguir a vaga — contou esperançosa, referindo-se ao canal de notícias.

— Ah, parabéns, Viole — falei animada. Ela merecia aquela oportunidade. — Tenho certeza de que você vai arrasar.

— Obrigada. E você vê se não desiste, eh?

Eu era uruguaia e tinha me mudado para a Argentina havia pouco mais de um ano. Desde então, me esforçava para conseguir uma vaga de cozinheira em um dos vários restaurantes de alta gastronomia da cidade, mas ainda não tinha tido muita sorte. Trabalhava havia alguns meses em uma lanchonete especializada em *choripán*.

— Nunca — respondi teatralmente, voltando a atenção para o jornal. — Mas parece que nenhum restaurante precisa de cozinheira.

— Tem, tipo, um *quadrilhão* de restaurantes nessa cidade, com certeza algum dess...

Mas eu não estava mais escutando, porque, como se iluminado por uma luz divina, um anúncio chamou a minha atenção.

— AI, MEU DEUS! AI, MEU DEEEUS!

— O que foi, mulher?

— O La Concorde tá precisando de um *garde manger*. — Dei um salto da cadeira e peguei a caneta que estava junto a uma revista de palavras cruzadas no sofá.

— E o que é isso? — Violeta perguntou.

— É a pessoa que faz os pratos frios — disse automaticamente, anotando o número de telefone na mão.

— Espera, esse não é aquele restaurante que você vive falando que...

— ... tem duas estrelas Michelin. Esse mesmo! — concordei enquanto discava o número que anotei. Não tinha tempo a perder. — Alô? Bom dia, eu vi no jornal que vocês estão precisando de um *garde manger*... Sim... Uhum... Sim. Sem problemas. Hoje mesmo passo aí. Pode deixar... Sim, sim. Não. Sim. Não, eu que agradeço. Obrigada! Tchau.

— E...? — Violeta perguntou.

A encarei com um sorriso, ainda enrolada na manta.

— Eles falaram que estão recebendo currículos até sexta-feira e que eu posso passar lá para deixar o meu. AAAH!

— AAAH! — Violeta imitou o meu grito e se levantou para me abraçar.

— Mas que diabos tá acontecendo nessa casa que não se pode mais nem dormir em paz? — Federico questionou, saindo do quarto com a cara amassada de sono.

Ele era *bartender* e chegava muito tarde em casa, logo, quase sempre, dormia a manhã toda. Isso, claro, quando a gente não estava gritando.

— Viole tem uma entrevista com o Grupo Clarín hoje — expliquei.

— E Méli vai deixar um currículo naquele restaurante metido a besta que ela adora.

— Opa, parece que a sorte tá mudando nessa casa — Federico disse com um sorriso, antes de se juntar a nós em um abraço coletivo.

Éramos um grupo improvável, porém nos completávamos perfeitamente. Violeta era a típica amiga esforçada, a mãe do grupo. Aquela que todos sabiam que seria alguém importante um dia. Era jornalista e blogueira, e estava trabalhando duro para se tornar repórter em uma grande rede de televisão. Era portenha, filha de pais peruanos, tinha o cabelo preto liso e o nariz comprido e reto. Violeta, além de linda, era inteligente, ou seja, tinha todos os atributos que o mercado valorizava em uma repórter de TV. Por isso, nem Federico nem eu duvidávamos de que ela iria conseguir.

Federico era o playboy da casa. Filho de pais ricos, ele havia se rebelado contra a família e vivia por conta própria, trabalhando como *bartender*. Ainda estava aprendendo sobre a vida de proletariado; era imprudente e impulsivo, mas tinha um coração enorme. Eu confiava mais nele do que em qualquer outra pessoa no mundo.

Já eu... Bom, como me descrever? Eu era uma sonhadora. Acreditava que o mundo era um lugar lindo. Que coisas boas aconteciam para quem semeava o bem. Que a vida era um presente e que a única forma de fazer valer a pena era fazendo aquilo que ama. Acreditava que um dia no parque, lendo o meu livro preferido, valia mais do que uma viagem a um paraíso tropical. Acreditava que meus amigos e a minha família eram a coisa mais importante do mundo. E, principalmente, eu acreditava na força do destino.

O único problema é que as coisas não andavam lá muito bem para mim nos últimos meses e estava difícil manter a confiança.

***

— Que tal esse?

— Méli, tá, tipo, treze graus lá fora, você quer ficar doente?

— Esse é meu vestido preferido, Fêde.

Tentava encontrar a roupa perfeita para ir ao La Concorde deixar meu currículo. Sabia que se a chef-executiva estivesse lá, já aconteceria uma entrevista informal, e queria estar apresentável.

Eu usava um vestido floral esvoaçante, com a cintura marcada. Eu adorava aquele vestido, ele já havia me dado sorte em vários momentos importantes e torcia para que funcionasse outra vez. Mas Federico tinha razão, estava muito frio para usá-lo.

Tentei um terninho preto dessa vez. A cor escura contrastava com a minha pele clara e, ao contrário do vestido, a peça fazia eu me sentir com oitenta anos, além do *scarpin* ser incrivelmente desconfortável.

— Parece que você tá indo num funeral, nena — comentou Federico, sentado no sofá, jogando Game Boy.

— Por que os terninhos caem tão bem na Viole e eu pareço um saco de batatas com um blazer?

— Acho que tem a ver com a personalidade. Viole tem um ar de pessoa responsável.

— E eu não? — perguntei, me sentindo levemente ofendida, embora a parte de Violeta fosse verdade.

— Você é uma fofinha com esse cabelo loiro e esses olhos redondinhos — disse sem tirar a atenção do jogo.

Torci o nariz.

Eu tinha vinte seis anos, mas sabia que parecia mais jovem, quase adolescente até: meu rosto ainda mantinha os contornos redondos e as bochechas coradas. Tinha olhos cor de mel, e minha mãe costumava dizer que eu tinha nariz — e personalidade — insolente.

Sabia que inspirava confiança nas pessoas, talvez por transparecer certa inocência, mas, naquele momento, eu queria transparecer responsabilidade também.

— Vou tentar algo menos sério então — disse contrariada, entrando mais uma vez no quarto.

Vesti o meu jeans claro preferido, All Star, uma camiseta branca e um sobretudo de camurça azul-bondi. Me olhei no espelho, me sentindo mais eu mesma dessa vez, e voltei para a sala.

— E agora?

— Agora sim. Vem, eu te levo.

Federico tinha um fusca laranja-outono 1975 que cheirava a gasolina e fazia tanto barulho que a vizinhança inteira sabia quando ele saía ou chegava. O que só era bom para a dona Célia, uma senhora de setenta e seis anos que morava no andar abaixo do nosso e adorava acompanhar cada passo dado pelos vizinhos.

De qualquer forma, o fusca era melhor do que pegar o metrô.

★ ★ ★

A palma da minha mão estava úmida, e eu lutava contra o ruído incômodo que sabia vir não do trânsito movimentado de Palermo, e sim dos meus pensamentos desenfreados. Estava parada em frente ao La Concorde, olhando a fachada imponente e o letreiro elegante do restaurante. Mesmo às onze horas da manhã, com as luzes apagadas e as mesas vazias, o local impunha respeito.

Aquele era o tipo de lugar pelo qual as pessoas se estapeavam por uma vaga.

Eu observava, pelas grandes janelas, a movimentação lenta dos funcionários no salão, que começavam os preparativos para mais um dia de serviço.

Respirei fundo antes de adentrar pela porta vermelha com detalhes dourados.

Um dos funcionários me recepcionou e me mostrou o caminho para o escritório da chef-executiva no segundo andar. Eu sentia as pernas bambas. Aquele era o melhor restaurante da Argentina, quiçá da América Latina, e tinha medo de desperdiçar essa chance falando alguma bobagem — o que era sempre muito possível quando eu abria a boca. Hesitei por um segundo antes de bater de leve na porta.

— Está aberta.

Sem ter certeza se era um convite ou não, girei a maçaneta com receio e entrei.

Na sala havia uma estante com dezenas de livros de gastronomia, um sofá de couro marrom, um carrinho de bebidas e uma grande mesa de madeira entalhada posicionada à frente da janela. Sentada à mesa estava a chef-executiva — bem mais jovem do que eu imaginava — me encarando com um vinco na testa.

— Bom dia — disse, me aproximando. — Meu nome é Amélia Méndez e vim pela vaga de *garde manger*.

Estendi a mão para ela que, apesar da cara fechada, retribuiu com um aperto firme.

— Por favor, sente-se. — Apontou para uma das cadeiras, e eu fiz como sugerido. — E quais são as suas experiências na cozinha? — continuou, sem o menor interesse em ficar de conversa-fiada.

A mulher tinha um ar de superioridade que poderia ser descrito como soberba, apesar de eu acreditar não ser intencional. O que, claro, não mudava o fato de que estar em frente a ela era intimidador.

Eu já havia lido a respeito da chef do La Concorde na coluna do crítico gastronômico Edgar P. Kloosterboer, mas não fazia ideia do que esperar. Sabia apenas que era filha do famoso chef Nico Valverde e que ela assumira o restaurante havia poucos anos, quando o pai decidira se aposentar.

Ela não parecia muito mais velha do que eu, talvez tivesse uns trinta anos, embora fosse difícil afirmar por conta da expressão séria. Tinha cabelos e olhos castanho-escuros, o nariz reto e bem desenhado. Usava o cabelo preso em um coque e a franja levemente cacheada caía de lado sobre os olhos perspicazes.

— Eu comecei a cozinhar no restaurante do hotel da minha família aos catorze anos... Nós temos uma estância em Carmelo — expliquei. — Estudei gastronomia no Crandon em Montevidéu e, depois disso, trabalhei em alguns restaurantes de lá antes de me mudar para Buenos Aires há pouco mais de um ano. Aqui tem a lista de todos os restaurantes que trabalhei se você quiser dar uma olhada.

Entreguei o currículo à chef, que pegou sem falar mais nada. Ela leu a lista de referências pelo que pareceu horas, enquanto eu sentia um tremor involuntário nas pernas. Cruzei uma sobre a outra na tentativa de camuflar o nervosismo, mas era frustrante o quanto aquela mulher era inexpressiva.

— Você trabalhou com o Javier Gusmán, como foi a experiência?

— Ah, foi muito interessante — respondi —, eu fui *garde manger* lá também. Ele é muito talentoso. Talvez um pouco ousado demais, pessoalmente prefiro me manter mais fiel ao clássico, mas ele tem muito amor pela comida e é muito generoso. Me ensinou muito enquanto estive lá.

A mulher concordou com a cabeça. Era difícil saber se estava satisfeita ou não.

— E no Don Juan, por que você ficou tão pouco tempo?

Notei um tom acusatório em sua voz. Eu me sentia mais em um interrogatório policial do que em uma entrevista de emprego.

Don Juan fora o primeiro restaurante em que trabalhei quando cheguei a Buenos Aires. Eu havia odiado trabalhar lá, tinha sido uma das minhas piores experiências profissionais. No dia que pedi as contas — e xinguei até a terceira geração do chef —, saí para comemorar e bebi tanto que metade da noite desapareceu da minha memória. A única coisa de que me lembrava claramente era de que tinha prometido a mim mesma que iria conseguir trabalhar em um restaurante de alta gastronomia sem precisar me humilhar para agradar chef nenhum.

Se eu fosse inteligente, omitiria essa parte e diria apenas que saí de lá para realizar outros sonhos.

— Para ser sincera, saí porque não gostava da maneira arrogante com que o chef tratava a equipe. Como se a cozinha fosse dele e estivéssemos lá para servi-lo. Acredito que, em um restaurante, a cozinha só funciona quando trabalhamos em equipe e isso deve começar pelo chef.

A expressão da chef-executiva sofreu uma leve alteração com uma franzida de testa. O arrependimento me atingiu uma fração de segundo depois.

Palavras perfeitas para falar à encarnação da Cruella de Vil.

Percebi que não me recordava do nome da minha algoz e olhei para a placa em cima da mesa que dizia: Julieta Valverde.

— Entraremos em contato em breve. Muito obrigada — disse Julieta em tom definitivo.

Senti o meu mundo despedaçando.

Estava na cara que essa mulher nunca entraria em contato depois dessa confissão de insubordinação.

— Eu que agradeço — falei, ao me levantar, me sentindo tudo, menos agradecida. — Só mais uma coisa... Esse restaurante é o motivo de eu ter me mudado para Buenos Aires e, não importa a posição, eu ficaria honrada de trabalhar aqui e daria o meu melhor todos os dias. Obrigada pelo seu tempo — finalizei, antes de sair da sala.

* * *

— Esse é por conta da casa — Federico disse, enchendo um copinho de tequila. — Não se acostuma.

— Obrigada, Fêde — respondi, virando o shot e chupando uma fatia de limão em seguida. Senti a musculatura do meu rosto se contraindo com a acidez e sacudi a cabeça, como se dessa forma a tequila fizesse efeito mais rápido.

— Mas agora me conta como foi. Não deve ter sido tão ruim assim.

Eu estava debruçada sobre o balcão do Pancho, bar em que Federico trabalhava. Ainda era cedo e quase não tinha movimento, então podia monopolizar o meu melhor amigo sem problemas. Eu tinha recém-acabado meu turno no Chori y Pan e podia sentir o cheiro de fritura e fracasso exalando da minha pele.

— Não sei nem dizer se foi ruim, tipo, foi tão rápido que nem tenho muito o que analisar. Eu achei que ela iria querer saber mais sobre as técnicas que uso, a escola que sigo... Mas assim que mencionei o Don Juan, ela encerrou a entrevista. Talvez seja amiga daquele asqueroso do Guillermo Alcântara — acusei. — Na verdade, não me surpreenderia nem um pouco.

— Você não disse que entregou o currículo pra ela? — perguntou Federico. Apenas assenti com a cabeça. — Então, nena, ela tem tudo que precisa. Não seja tão pessimista.

— É, pode ser...

Pedi um Tequila Sunrise enquanto Federico organizava o bar. Logo comecei a sentir o efeito do álcool subir para minha cabeça e uma sensação de autopiedade tomou conta de mim.

Geralmente, eu era uma pessoa confiante e alegre, mas a derrota do dia havia me acertado em cheio, fazendo com que eu me sentisse digna de pena.

Resolvi afogar as mágoas.

Tinha dias para ser forte e tinha dias para sentir pena de si mesma. Hoje era o segundo.

— Parece que tudo tá dando errado desde que me mudei pra cá — resmunguei ao apoiar a testa sobre o balcão.

— Ei! E eu e a Viole? — Federico perguntou ofendido.

— Vocês são as únicas coisas boas que me aconteceram. Se não fosse por vocês, já teria voltado para o Uruguai.

— Não seja exagerada, Méli.

— Exagerada, Federico? Desde que cheguei aqui a minha bicicleta foi roubada; meu gato, atropelado; minha namorada terminou comigo e, além disso, eu passo o dia fritando linguiça!

— Bom, olhando por esse lado... — Federico disse, servindo outra dose de tequila —... toma mais uma por conta da casa.

— Você vai ser mandado embora se continuar dando shot de graça pra todo mundo que tá triste.

— Você pode me compensar deixando uma gorjeta generosa. — Ele sorriu, e eu retribuí. — Mas sabe que a parte da namorada foi melhor assim, né? Ela não te merecia.

— Talvez. — Dei de ombros. Não queria me lembrar da minha ex. — Mas isso não significa que eu não sinta falta de uma namorada.

— Bom, isso depende de você também. Você precisa sair mais, conhecer gente nova.

— Eu estou, *literalmente*, em um bar agora mesmo.

— E com quem você tá falando? Com o bartender.

— Estou falando com o meu melhor amigo, que por acaso é o bartender.

— O seu melhor amigo que você não tem intenção nenhuma de levar pra cama... Ou tem? — indagou, levantando a sobrancelha de maneira sugestiva.

— Não seja asqueroso — eu disse, batendo de leve no braço tatuado dele. — Aliás, faz seu trabalho e me prepara outro Tequila Sunrise.

Ele não era muito alto, mas o rosto bonito compensava qualquer coisa; tinha olhos verdes e um sorriso contagiante. O cabelo castanho bagunçado e a barba por fazer não disfarçavam a cara de bom moço, o que ele realmente era.

— O que eu quero dizer, Méli, é que você precisa agir. Uma namorada não vai se materializar na sua frente.

— O que eu posso fazer? As autoras vitorianas me fizeram acreditar que o destino se encarrega de fazer você conhecer a pessoa certa.

Federico apenas revirou os olhos enquanto jogava um *dash* de grenadine no fundo de um copo longo.

— Talvez você precise dar um empurrãozinho no destino.

— Isso seria trapacear o destino.

— Isso é dar ferramentas a ele. A inércia não leva a lugar nenhum, nena — disse, me entregando o drink.

— Por que todo bartender tem complexo de psicólogo?

— Porque as pessoas vêm miseráveis pedir os nossos conselhos.

— Obrigada pela parte do "miserável". — Tomei um gole da bebida. — E você tem alguma sugestão, *Freud*?

— Talvez começar listando o que você gostaria de encontrar na garota ideal.

— Ah, isso é fácil! Ela tem que ser inteligente, gostar de comer... e talvez de cozinhar também, para podermos cozinhar juntas. Tem que gostar de viajar e de jogar um carteado, né? — Nós dois concordamos juntos com a cabeça. — E gostar de ler, para podermos conversar sobre nossos livros preferidos.

— Não parece uma pessoa tão difícil de achar. Só precisamos ajudar o destino a encontrá-la.

— E como eu faço isso, Fêde? Não posso sair colocando anúncios nos classificados... Quer dizer, poder até posso, mas não vou fazer isso, claro, porque é patético.

— Hum, talvez não nos classificados.
— Você não vai sugerir um outdoor, vai?
— Não. Algo bem mais sutil e eficiente.
— É site de relacionamento? Por favor, diz que não é site de relacionamento. Honestamente, prefiro ficar solteira. Nem me sinto tão sozinha assim — disse, exasperada.
— Não seja exagerada, Amélia! Mas não, não. Eu tenho uma ideia muito mais romântica.

Dei um longo gole no Tequila Sunrise. Não estava gostando nada da expressão no rosto dele.

— E...?
— Aposto que você deve ter um livro na sua mochila, certo?
— Tenho...
— Pega ele então — pediu Federico e eu obedeci. — *Jane Eyre*? Perfeito!

Apenas inclinei a cabeça para o lado.

— Fêde, eu não estou entendendo nada...
— Você vai colocar um bilhete no livro, a gente vai vender em um sebo e, se o destino for mesmo responsável por juntar as metades da laranja ou coisa assim, a pessoa certa vai o encontrar e *plim*. — Estalou os dedos com a ironia de quem, no fundo, não acreditava realmente naquilo.
— Nem pensar! Esse é meu livro preferido e essa é uma edição ilustrada muito rara.
— Achei que você acreditasse no destino.
— Eu acredito.
— Então deve acreditar que um dia essa cópia vai voltar pra você... com uma namorada.
— Prepara outro pra mim — pedi, balançando o copo que já estava novamente vazio. Sentia o efeito do álcool bagunçando o meu raciocínio. — E o que eu escreveria?
— Sei lá, algo que deixasse claro que você gostaria de conhecer ela.

Federico começou a preparar o drink enquanto eu avaliava os prós e contras.

Contras: eu teria que me desfazer da minha edição preferida de *Jane Eyre*.

Já nos prós, precisava admitir que Federico tinha razão, eu tinha que fazer alguma coisa. E deixar um bilhete em um livro era bem menos assustador do que ter que, de fato, partir para a ação.

Eu sou muito patética!

— Preciso atender aqueles engomadinhos — Federico disse, colocando o drink e um bloco de papel na minha frente.

Encarei a folha em branco como se fosse radioativa.

Eu estava mesmo considerando escrever um bilhete para uma pessoa aleatória? E se uma criança comprasse o livro? Afinal, era uma cópia ilustrada. Ou pior, e se um *homem* comprasse? Não! Não tem como, era uma cópia ilustrada!

Isso é preconceito, por que um homem não poderia gostar?, pensei. *Foco, Amélia! Você está fugindo do ponto central.*

E se o destino se encarregasse mesmo de fazê-lo chegar nas mãos certas? Aquele era o meu livro favorito. Não importa onde fosse parar, valeria a pena conhecer qualquer pessoa que gostasse dele tanto quanto eu, não?

Que se dane!

Respirei fundo e escrevi uma nota. Quando Federico voltou, mostrei a ele.

Nós não nos conhecemos, mas, baseado no seu gosto literário, acredito que seríamos boas amigas.
a_gonz@earthsent.com

— Amigas, Amélia?

— Quê? Não posso falar "espero que sejamos namoradas", ela vai achar que eu sou uma pervertida ou, pior, uma carente! Eu preciso que ela queira falar comigo. Esse é o primeiro passo, não?

— Hum, acho que sim. Nada mal, então.

Folheei o livro tentando encontrar a melhor página para colocar o bilhete. Decidi por uma página ilustrada, em que Rochester, vestido de cartomante, lê a mão de Jane.

Embaixo do desenho tinha a seguinte citação:

*"Se quiser que eu fale com mais clareza,
mostre-me a palma de sua mão."*

Gostei da simbologia de ser uma cena em que falavam sobre futuro e destino, então, coloquei o bilhete no livro e o fechei.

— E agora? — perguntei.

Federico olhou o relógio e sorriu para mim.

— JUANITO — gritou para um colega. — Você pode me cobrir por dez minutos? Tenho que resolver uma coisa.

Juan apenas assentiu. Federico tirou o avental preto da cintura, saiu de trás do balcão e me puxou pela mão.

— Vamos — chamou. — Tem um sebo a duas quadras daqui que fecha em vinte minutos.

* * *

Depois de alguns minutos de caminhada, chegamos em frente a uma loja de livros usados que era a coisa mais charmosa que eu já tinha visto.

A livraria ficava no térreo de uma construção antiga de dois pavimentos, em uma alameda cheia de plátanos que, naquela época do ano, estavam com a folhagem alaranjada. As grandes vitrines de vidro deixavam à vista o clima convidativo do ambiente, com sua iluminação difusa e poltronas aconchegantes.

— Como eu nunca vi esse lugar antes? — perguntei.

Eu passava naquela rua pelo menos uma vez por semana, quando ia ao Pancho.

— Eu notei esses dias. Tentei vender aqueles livros de economia que meus pais me deram quando ainda estava na faculdade, mas não parece ser o tipo de leitura que vendem aqui.

— Estranho nenhum de nós ter percebido antes. Será que é novo?

— Tem cara de estar aqui há anos. Enfim, você entra e eu espero aqui fora — Federico disse, me empurrando na direção da porta.

Dentro, a livraria era ainda mais encantadora e, apesar de pequena, havia muitos livros nas estantes, incluindo alguns lançamentos.

A loja cheirava a livro e café fresco, e percebi que o lugar era também uma cafeteria. Eu queria morar ali.

O plano de Federico nem parecia mais tão descabido, afinal, eu gostaria de conhecer qualquer pessoa que frequentasse aquele lugar.

— Boa noite. — Uma senhora de cabelos brancos e rosto simpático me cumprimentou com um sorriso.

— Boa noite, eu gostaria de vender esta cópia de *Jane Eyre*.

A mulher pegou o exemplar na mão e o folheou. De alguma forma, o bilhete não caiu.

— É uma edição bem rara, você tem certeza de que quer se desfazer?

— Infelizmente. Mas é por um bem maior.

A mulher franziu o rosto, intrigada com a resposta estranha, mas continuou a avaliar o livro sem perguntar mais nada. Era uma edição de capa dura e, embora estivesse um pouco desbotada, ainda estava em ótimo estado.

— Bom, nesse caso ficarei muito feliz em colocá-lo na minha estante. Tenho certeza de que vai vender rápido.

— Espero.

CAPÍTULO 2

Segunda-feira era normalmente um dia tranquilo para nós. Era o meu dia de folga e do Federico, e o turno de Violeta no jornal começava só à tarde. Dessa forma, não era incomum que nós três aproveitássemos juntos a tranquila manhã em Chacarita.

O bairro começara a se desenvolver em meados do século XIX e ainda conservava muito de seu caráter histórico. Era tranquilo, silencioso e tinha um ar bucólico e nostálgico que havia conquistado o meu coração. E o melhor de tudo: ficava a apenas alguns minutos de Palermo Soho, bairro do La Concorde.

Já haviam se passado cinco dias desde a minha breve entrevista e, apesar de ter saído de lá sabendo que não tinha muitas chances, ainda nutria uma pontinha de esperança. Era da minha natureza acreditar, mesmo quando tudo indicava o contrário.

Naquela segunda, resolvi levantar um pouco mais cedo e preparar um piquenique. O dia estava lindo e fazia um calor agradável e incomum para aquele mês.

O condomínio onde morávamos era um reflexo fiel do bairro charmoso. Os edifícios, construções antigas em tijolo aparente e janelas verdes, tinham apenas quatro andares cada, contudo, a quantidade de prédios permitia uma vizinhança bem povoada.

A área comum era ampla, cercada de gramado e árvores tão altas e antigas quanto as construções. Além dos espaços verdes espalhados pelo terreno, havia um jardim na parte central com gazebos, bancos e até uma pequena fonte.

Escolhemos um espaço mais afastado, sob a copa de um carvalho centenário.

Apesar de fazer mais calor do que nos dias anteriores, ainda estava fresco, então escolhi pratos quentes para a refeição. Sobre a toalha de piquenique, havia uma quiche lorraine, uma vasilha com *crumble* de amora e três *ramequins* de *œuf* cocotte, além de café, suco natural de laranja e o insubstituível mate do Federico.

— Eu vou jantar com o Miguel na quarta-feira — Violeta contou casualmente.

— Quê? Por quê?

— Você tá me zoando, Viole? Eu achei que vocês tinham terminado de vez.

— Ah, ele não é tão ruim, vai. — Violeta tentou se justificar.

— Ele é um babaca, Viole, te deu o bolo em pleno Dia dos Namorados — lembrei.

— Ele se esqueceu do seu aniversário, *boluda* — acrescentou Federico.

— Bom, não é como se eu fosse me casar com ele ou algo assim. Só quero me divertir um pouco.

— E o *Miguelito* é o único homem disponível em Buenos Aires? — perguntou Federico com sarcasmo.

Eu e Federico detestávamos o Miguel, principalmente pela maneira como ele tratava Violeta, mas também porque ele era aquele tipo de pessoa que queria se dar bem em tudo e adorava contar vantagem. Ele e Violeta viviam nesse chove não molha e, para o nosso desespero, volta e meia eles reatavam.

— Não sei se o único, mas eu não fico trocando de namorado toda semana só porque ele não se encaixa em todos os itens da minha extensa lista de exigências, como algumas pessoas.

— Pelo menos eu não deixo as minhas namoradas plantadas me esperando no Dia dos Namorados — Federico disparou.

— Isso porque você não se envolve com ninguém tempo suficiente para passar alguma data especial com elas!

Eu já tinha percebido que quando o tema era relacionamentos, Violeta e Federico sempre acabavam se engalfinhando e um nunca aprovava as escolhas do outro. Achei melhor intervir antes que estragassem o piquenique e o dia.

— Ei, já chega vocês dois. — Dei um gole no mate. — Viole, eu sei que a escolha é sua, mas você merece coisa muito melhor — disse, me virando para ela, que apenas revirou os olhos. — Enfim, também não sou ninguém para julgar. Essa semana atingi o fundo do poço do amor.

— Que exagero, Amélia — minimizou Federico, garfando um pedaço de quiche.

— Não entendi. O que você andou fazendo?

— Seguindo conselhos do Federico.

— Foi um ótimo conselho.

— Foi a coisa mais ridícula que eu fiz na vida.

— Calma aí! Primeiro, ter seguido um conselho do Fêde já é vergonhoso por si só, independentemente do que ele te disse. — Viole lançou um sorrisinho para o amigo. — Segundo, sobre o conselho, deixa que eu julgo, eh? O que ele falou?

Desviei o olhar da Violeta e o foquei no chá-mate que ainda estava na minha mão.

— Fêde sugeriu que eu colocasse um bilhete dentro da minha cópia de *Jane Eyre* e a vendesse no sebo, na esperança de que a mulher da minha vida compre, leia o livro, encontre a nota e me mande um e-mail — falei o mais rápido que pude, esperando que assim fosse soar menos ridículo.

Violeta apenas piscou algumas vezes como se estivesse processando a informação.

— Você não fez isso, fez?

— Em minha defesa, eu estava bêbada!

Violeta caiu na gargalhada.

— Ei, não foi uma ideia tão ruim assim — Federico se defendeu com a boca cheia.

— Não, não, até que eu achei bem romântica — disse Violeta, ainda sorrindo. — Totalmente irrealista, mas romântica. Quem diria que uma coisa dessas partiria de você, Fêde.

— Eu tenho meus momentos.

— Bom, e você já recebeu algum e-mail da sua *alma gêmea*? — Violeta perguntou por fim.

— Ainda não.

— Talvez o livro ainda não tenha sido vendido — ela sugeriu.

— Foi, sim.

— Como você sabe?

— Porque, na manhã do dia seguinte, eu voltei lá para comprá-lo de volta, e ele já tinha sido vendido.

— Que *boluda*, Amélia!

— Era meu livro preferido!

— Seu livro preferido é mais importante do que encontrar o amor verdadeiro? — rebateu cheio de ironia.

— Ai, que cafona, Federico!

— Bom, o que importa agora é que o livro foi vendido. — Violeta apaziguou. — E você perguntou quem comprou?

— Perguntei, mas a senhora do caixa não soube me falar muito. Só sei que era uma mulher, que aquela foi a primeira vez que entrou na livraria e que só comprou esse livro e mais nada.

— E você perguntou se ela era bonita? — Federico quis saber.

— Claro que não!
— Por que não? É uma pergunta importante.
— Porque isso não é coisa que se pergunte... E porque fiquei com vergonha.

**

O piquenique sob o carvalho marcou o início de uma boa semana. Pelo menos para mim e Violeta, já que Federico passou a semana inteira rabugento e implicante por algum motivo que eu não fazia ideia de qual era. O humor dele só melhorou depois que uma onda de boas notícias sacudiu o Edifício Los Andes.

Primeiro foi Violeta, que recebeu um e-mail na quinta-feira de manhã, comunicando que havia sido escolhida para a vaga de repórter no Clarín. Logo depois, Federico descobriu que havia ganhado dois ingressos VIP para a partida de Boca Juniors x River Plate no sorteio da rádio.

Por esses motivos, nós três decidimos que precisávamos comemorar na sexta-feira à noite.

— Eu consegui que o Juanito trocasse a folga dele comigo, então estou livre hoje e o cubro na segunda — Federico falou, saindo do quarto e se sentando à mesa ao lado de Violeta. Não demorou nada para ele atacar as *medialunas* que Violeta havia saído cedo para comprar, coisa que ela fazia com frequência.

O apartamento antigo tinha cômodos amplos, pé-direito alto e grandes janelas, o que o tornava bastante fresco e arejado. Tinha também piso parquete, detalhes entalhados nas portas e um charmoso parapeito de ferro na sacada.

Essas eram as partes vantajosas de morar em um edifício antigo.

Infelizmente, a lista de desvantagens também era extensa, começando com a falta de elevador, passando pelas torneiras, encanamentos e tomadas que não funcionavam direito havia décadas e terminando com a cereja do bolo: o chuveiro que não esquentava o suficiente e fazia os banhos no inverno parecerem uma tortura medieval.

A divisão dos cômodos também não era a das melhores. Seguia um padrão antigo de arquitetura: a cozinha era isolada, comprida e estreita. Mesmo assim, eu adorava a luminosidade proporcionada pela porta dupla que dava acesso à sacada. Adorava ter a vista das árvores enquanto cozinhava e adorava, ainda mais, poder cultivar ervas na sacada e tê-las bem à mão.

A sala era bastante ampla, tinha lugar de sobra para a mesa de jantar redonda para seis pessoas, o sofá e as duas poltronas. Ali também havia uma porta dupla com saída para a sacada; e as árvores ao redor do prédio filtravam a luz, deixando entrar a quantidade certa de luminosidade para criar um clima calmo e bucólico.

Eu tinha certeza de que as partes boas compensavam as ruins e não imaginava um lugar melhor para viver em Buenos Aires. Onde mais eu iria achar um apartamento com aquela luz natural, com pássaros cantando durante o dia e com noites tão tranquilas?

Mas não era só o edifício ou a atmosfera que haviam me conquistado. Era, principalmente, a família que eu encontrara ali.

— Hoje eu saio às seis da tarde, então posso passar no mercado de peixe e comprar uns mexilhões. O que acham? — sugeri.

Eram nove horas da manhã de sexta-feira. Enquanto conversávamos sobre os preparativos da nossa comemoração, eu estava no sofá, meio deitada, meio sentada, fazendo palavras cruzadas e com uma xícara de café com leite apoiada na mesinha lateral.

— Méli, você poderia cozinhar testículo de boi que eu comeria — disse Federico, com uma *medialuna* quase inteira na boca.

— Bom, se você quiser, eu posso fazer uma hora dessas — propus, sem tirar os olhos das palavras cruzadas.

— Não, obrigada, Méli, ficamos com os mexilhões mesmo. — Violeta interferiu.

— Vocês quem sabem, mas com funghi e polenta fica excelente — falei, dando de ombros. — Batalha final, bíblica... Nove letras.

— Armagedom? — Violeta sugeriu e esperou eu assentir com a cabeça e preencher o espaço antes de continuar. — E vocês convidaram alguém?

— Bom, Martín e Lucho vêm com certeza — Federico disse, se referindo ao casal que morava no apartamento em frente ao nosso. — Pensei em convidar o Léo, mas depois mudei de ideia. E você?

— Não, ninguém. Prefiro só os amigos mais próximos — respondeu Violeta.

Eu e Federico nos entreolhamos ao perceber que Miguel não seria convidado. Violeta não tinha falado mais nada sobre o encontro, pelo jeito, não tinha sido muito bom.

— E você, Méli? Convidou alguém?

— Hum, não. Conheço basicamente as mesmas pessoas que vocês além dos meus colegas de trabalho. E deles, eu quero distância. Ninfa dos bosques, duas, quatro, seis letras?

— Ártemis — sugeriu Federico.

— Não. Já tem um "D" — respondi. — E Ártemis é uma deusa.

— E nada ainda da mulher que comprou o seu livro? — perguntou Violeta.

— Nada dela, nada do La Concorde... Marasmo é o que define a minha semana. Ah, Dríade! — exclamei, escrevendo.

Violeta ia falar alguma coisa quando o telefone tocou e ela se levantou para atender.
— Alô? Sim, ela está aqui, só um minuto. Méli? — Violeta sorriu, indicando o telefone com a cabeça. — Acho que o marasmo está acabando.
Demorei um segundo para assimilar o comentário, mas assim que o fiz, me levantei num pulo para atender a ligação.
— Alô? É ela. Sim... Sim. Com certeza. Estarei lá. Muito obrigada. Tchau. Obrigada — disse, colocando o telefone no gancho. — EU CONSEGUI A VAGA!

***

"Turistas en el Paraíso" ecoava pela casa. Federico tinha acabado de comprar o CD, e eu e Violeta sabíamos que ouviríamos o álbum repetidamente pelas próximas semanas, talvez meses.
Federico era um pouco obsessivo quando gostava de alguma coisa, mas a verdade é que estávamos aliviadas com a mudança; não aguentávamos mais ouvir os mesmos três álbuns de rock dos anos noventa que ele insistia em colocar. Por essa razão, Inmigrantes já tinha um lugar especial em nossos corações.
Violeta e Federico jogavam truco na sala contra Lucho e Martín enquanto eu preparava os mexilhões. Não gostava de ninguém se metendo na minha cozinha, principalmente os quatro, que não sabiam nem fritar um ovo e mais atrapalhavam do que ajudavam. A única companhia bem-vinda era uma taça de vinho branco.
Eu faria mexilhões refogados ainda nas conchas, servidos com talharim fresco e molho branco de ervas finas. Era um dos meus pratos preferidos, porque, apesar de fácil, era delicioso.

Enquanto picava as ervas, me perguntava como havia conseguido convencer a chef do La Concorde. No dia da entrevista, ela parecia bastante contrariada com o meu comentário sobre o chef do Don Juan. Mas talvez tivesse sido a minha sinceridade que havia somado uns pontos no final. Será? Nos próximos dias iria descobrir de qualquer forma... Ou não, já que a mulher era completamente inexpressiva.

Eu havia ligado para a minha família no Uruguai e dado a boa notícia. Minha mãe prometera que logo iriam todos me visitar e jantar no restaurante. Sentia falta deles e tentava visitá-los com frequência, mas eu não os via desde o Natal. Sorri com a ideia de tê-los em Buenos Aires pela primeira vez.

Outra pessoa que não via desde o Natal era Carolina, a minha ex-namorada, que havia terminado comigo na noite do dia vinte e quatro. Sim, na véspera de Natal!

Por alguma razão, depois de falar com a minha mãe no telefone, senti um impulso de ligar para Carolina e contar a novidade também.

— Nem pensar — disse para mim mesma, sacudindo a cabeça energicamente para afastar de vez o pensamento.

Eu não sabia se sentia raiva, nem saudade de Carolina, na verdade. Mas sabia que sentia falta do que tínhamos.

***

Estávamos ainda ao redor da mesa, já havíamos comido e agora estávamos na terceira garrafa de vinho da noite.

Martín era roteirista e Lucho, ator de teatro, e eles haviam se conhecido sete anos antes por causa de um trabalho.

Além disso, Martín tinha, junto com Violeta, um blog chamado *¿Qué Onda, Buenos Aires?*, que mantinham havia cerca de quatro anos. Era na verdade um portal de notícias da cena cultural da cidade. Escreviam colunas sobre teatro, cinema, bares, restaurantes, shows e esportes.

A conversa com Lucho e Martín sempre começava com as fofocas do meio artístico, mas essa noite, entretanto, estávamos todos um pouco filosóficos, talvez pelo motivo da reunião. O assunto inevitavelmente era o êxito de Violeta e, claro, o meu também, e nossos planos de carreira.

— Não me interpretem mal, eu sou uma pessoa que ama de verdade o que faz. Mas vocês não têm medo de um dia acordar e descobrir que essa conversa de "faça o que ama e nunca mais trabalhará" era papo furado? Que não importa o quanto você ame, a pressão para ter sucesso é a mesma e no fim é ela que torna tudo penoso? — Martín levantou a questão.

— Esses dias ouvi assim: "Trabalhe com o que ama e nunca mais amará o que faz" — Violeta citou e todos rimos. — Mas não concordo, não. Eu particularmente amo a pressão do meu trabalho, amo a adrenalina de cobrir eventos diferentes todos os dias, de estar no olho do furacão vendo a história sendo escrita em primeira mão. Não me imagino fazendo outra coisa.

— Eu concordo com a Viole, também adoro a adrenalina da cozinha; aquela loucura quando todos os pratos têm que sair ao mesmo tempo, todos perfeitos. E a satisfação na cara das pessoas que só uma boa refeição pode causar. — Tomei um gole de vinho. — Quando trabalhava no restaurante da minha família, antes de começar na cozinha, trabalhei servindo as mesas por um tempo e vou falar para vocês, posso contar nos dedos as vezes que vi alguém saindo sem um sorriso no rosto depois da sobremesa.

— Os melhores momentos são realmente os que dividimos na mesa com pessoas que gostamos — Lucho disse, levantando a taça para um brinde e todos copiamos. — Desculpa, coração — acrescentou, virando-se para seu marido —, mas eu estou com as garotas nessa. Eu também acho que é a pressão que instiga a paixão. Quando eu me apresento sem estar nervoso, ou quando penso que não tenho nada de novo para mostrar naquela noite, o espetáculo sai uma merda. Sem a pressão não tem paixão!

— Foi exatamente por isso que deixei o emprego na empresa dos meus pais — Federico confessou. — Odiava que, não importava o que eu fizesse, sempre teria aquele emprego, mesmo sendo um péssimo gerente e mesmo não entendendo nada de peças de metal e da indústria automobilística. Não posso dizer que trabalhar no Pancho seja o emprego dos meus sonhos, mas me sinto livre lá e adoro poder conversar com as pessoas. E, assim como a Méli falou, toda vez que alguém sai de lá mais feliz do que entrou, sinto que fiz mais do que quando fechava um negócio com uma empresa da China.

— Bom, foi uma pergunta inocente — disse Martín erguendo as mãos em rendição, e todos rimos dele. — Mas concordo com vocês, não existe paixão sem uma boa dose de adrenalina.

Bebemos noite adentro. Era sempre assim quando Martín e Lucho visitavam. Já estávamos na quinta garrafa de vinho quando Federico levantou mais um tópico.

— Por que a Margarida não tem voz de pato como o Pato Donald?

CAPÍTULO 3

Eu não conseguia dormir.

Virava de um lado para o outro e simplesmente não conseguia acalmar a minha mente. Era madrugada de terça-feira e eu estaria no La Concorde em menos de quinze horas.

Passei tanto tempo desejando uma oportunidade como essa que, agora que havia conseguido, nem sabia o que estava sentindo. Estava feliz. Mais do que isso, estava extasiada, mas, ao mesmo tempo, sentia medo da enorme pressão que estava por vir, e esses dois sentimentos duelavam dentro de mim.

Olhei o relógio, já passava das três horas. Desisti de vez de tentar dormir e resolvi ler um livro. Por puro hábito, fui direto na cópia de *Jane Eyre* que, quando não estava na mochila, estava na cabeceira da cama.

Levei alguns segundos para lembrar por que não estava lá.

Quase duas semanas já haviam se passado desde que a mulher misteriosa comprara o livro com o bilhete, e nada ainda.

Talvez ela não tivesse lido, ou talvez o bilhete tivesse caído de dentro do livro em algum momento. Talvez ela tivesse achado uma coisa boba e jogado o bilhete fora. Ou talvez tivesse dado o livro de presente para outra pessoa que nem gostasse de Charlotte Brontë. Era impossível saber.

Embora nos últimos dias eu tivesse esquecido desse assunto, principalmente porque na minha cabeça só cabia o La Concorde, a verdade era que eu queria que respondessem o meu bilhete. No fundo, eu adorava a ideia de conhecer alguém por meio do meu livro preferido. Infelizmente, não tinha nada que eu pudesse fazer senão esperar.

Olhei outra vez o relógio. Quase quatro horas. Resolvi começar um livro novo recém-comprado: *A menina que roubava livros*.

※ ※ ※

Medo e nervosismo não eram exatamente os meus sentimentos preferidos, mas, naquele momento, depois de uma noite insone, eram o que estavam me mantendo bem desperta, então eram bem-vindos.

Estava de novo na frente do La Concorde, mas, dessa vez, eu entraria como funcionária. Sentia as pernas bambas e as mãos úmidas.

A última vez que me lembrava de ter me sentido tão nervosa foi quando eu tinha oito anos e joguei uma bola de vôlei no terreno da vizinha, quebrando um vaso de barro com uma espada-de-são-jorge, e minha mãe me obrigou a ir pessoalmente pedir desculpas a *Frau* Hilda, a vizinha recém-chegada da Alemanha que eu nunca tinha visto sorrir.

Hoje, pelo menos, eu não tinha feito nada de errado, embora o embrulho no meu estômago parecesse indicar o contrário. Eu estava menos arrumada do que no dia da entrevista, usava apenas jeans claro e um confortável suéter caramelo, pois sabia que receberia o uniforme assim que assinasse o contrato.

Tal qual a primeira vez, respirei fundo antes de atravessar a grande porta vermelha.

— Olá, você deve ser Amélia, não? — Um homem alto, magro, aparentando ter por volta de quarenta anos, me cumprimentou.

— Oi! Sou! Eu estou procurando pelo Ignácio. É você? — perguntei enquanto apertava a mão dele.

— Eu mesmo, mas pode me chamar de Nacho. Nós nos falamos no telefone — disse com um sorriso.

— Duas vezes — acrescentei.

— Duas?

— Você atendeu quando liguei perguntando sobre a vaga. Eu reconheci a sua voz.

— Bom, prazer conhecê-la pessoalmente, então — falou, e fez um gesto com a mão para eu segui-lo. — Se você puder me acompanhar, vamos conversar sobre os termos da contratação.

— Ah, sim, sim. E a chef? Não está? — perguntei com um misto de alívio e curiosidade.

Apesar de saber que tinha que procurar por Ignácio, achei que os acordos seriam feitos com a chef, já que era também proprietária do restaurante. Pelo que pude entender, Ignácio era o gerente administrativo ou algo assim.

— Julieta chegará mais tarde hoje, mas deixou tudo arranjado — explicou, abrindo a porta de uma sala no segundo andar que era bem parecida com a de Julieta, porém menor e com menos livros.

Era apenas três e meia da tarde. O meu turno e de todos na cozinha começaria às cinco horas, mas eu havia chegado mais cedo para acordar os termos e conhecer o lugar antes do expediente.

— Ela parecia decidida quando escolheu você para a posição — acrescentou.

— É mesmo? — perguntei, não conseguindo esconder a minha surpresa. — Achei que tinha ido mal na entrevista.

— Juli é meio fechada, o que torna difícil saber se você está agradando ou não. É melhor ir se acostumando.

Ele se sentou à mesa e me indicou uma cadeira.

— É, eu notei.

— Mas não se preocupe, por trás da fachada séria, ela é uma boa pessoa, com o tempo você vai perceber.

Queria perguntar também por que não tinha feito nenhum teste prático, já que a maioria das cozinhas de alta gastronomia não contratava ninguém sem ter certeza de que a pessoa sabia cozinhar. No entanto, achei melhor ficar quieta e agradecida pela chance em vez de questionar.

Conversamos sobre a parte legal, e Ignácio falou um pouco sobre a dinâmica no restaurante, sobre os dias de pico, os horários e as folgas. Depois disso, ele me levou para um tour pelo La Concorde. Começamos pelo segundo andar.

O restaurante tinha dois andares, porém o salão tinha pé-direito duplo, dessa forma o segundo andar era um mezanino em forma de "U" ao redor do salão. Além das salas de Julieta e de Ignácio, no segundo andar também ficavam o departamento financeiro, o almoxarifado e um banheiro de funcionários.

Descemos por um elevador que dava na parte dos fundos do salão, ao lado da entrada para a cozinha. Assim que o elevador abriu, pude ouvir o burburinho dos funcionários da limpeza começando as preparações para a noite. Eu havia sentido falta de trabalhar em uma cozinha de verdade, cheia de gente e com uma rotina frenética. O que mais odiava no Chori y Pan não era nem fritar linguiça o dia todo, mas a falta de emoção.

Ignácio se preparava para me mostrar o salão quando, de repente, tudo ficou muito quieto. Todos voltaram a atenção única e exclusivamente aos seus afazeres. Nenhuma conversa paralela, nenhum riso, nem mesmo um suspiro mais alto, apenas o tilintar da prataria sendo polida e o som seco do mocassim de camurça da mulher que acabara de entrar no salão.

Julieta estava diferente do dia da entrevista, mas apesar do *look* descontraído, ela mantinha o semblante sério e reservado.

Além do mocassim marrom, ela vestia uma calça de tecido azul-marinho com barra italiana que deixava os tornozelos à mostra, e uma blusa branca com listras horizontais azul-claro em estilo náutico. A bolsa pendurada no antebraço e o cabelo ondulado rente aos ombros com a franjinha de lado completavam o que poderia ser descrito como visual parisiense.

Os perspicazes olhos castanhos recaíram em mim e senti um calafrio percorrer a espinha. Sabia que estava sendo julgada... mais uma vez.

Se existia algo pior que o primeiro dia em um emprego, eu desconhecia.

— Oi, Amélia, que bom que chegou cedo. — Julieta dispensou as formalidades e foi direto ao ponto. — Nacho, a parte burocrática já está pronta?

— Já sim, chef. Só falta o tour pelo primeiro andar, já mostrei tudo lá em cima.

— Obrigada. Pode deixar que eu termino. Já aproveito pra conhecer a Amélia melhor.

Apenas engoli em seco. Julieta continuou:

— Você pode deixar a minha bolsa na sala quando subir?

— Entregou o objeto ao gerente. — E o armário da Amélia?

— Tudo preparado, chef. Dólmãs, aventais, identificação. Deixei a chave na porta.

— Ótimo. Ah, já ia me esquecendo — Julieta falou enquanto tirava um cartão do bolso e entregava a ele —, encontrei um novo fornecedor de lagosta, preciso que você entre em contato e passe os dados do restaurante, já fiz o primeiro pedido.

Ignácio pegou o cartão e saiu.

Eu apenas observava a interação. Eles pareciam estar em perfeita sincronia. Claramente a organização era algo levado a sério ali. Não que eu esperasse algo diferente de um restaurante com duas estrelas Michelin. Outra coisa que ficou evidente é que nada escapava do crivo da chef. Ela era detalhista.

Qualquer deslize e ela iria me devorar viva.

— ... porque a experiência do cliente deve estar acima de qualquer coisa. Concorda?

— Claro! — respondi no susto, então tratei de manter o meu foco na apresentação que já havia começado antes mesmo que eu me desse conta.

— Não nos importamos em refazer o prato, em jogar tudo fora e recomeçar se for preciso. O mais importante é que qualquer prato que entrar no salão tem de estar *perfeito*.

— Perfeito. Entendi.

Julieta estava mais concentrada em apresentar o conceito, os valores que faziam do La Concorde um lugar único, do que o ambiente propriamente dito.

— A atração principal é a comida. As pessoas não vêm aqui para olhar os lustres e quadros. Elas vêm pela comida.

Eu sabia o que ela queria dizer. O ambiente era importante, sem dúvidas, mas...

— Não é a porcelana chinesa que faz um restaurante Michelin — murmurei para mim mesma enquanto reparava no mobiliário elegante, na qualidade do linho das toalhas sobre as mesas redondas, nos candelabros de cobre e nas cadeiras Paris com releitura moderna.

— Exatamente.

O salão mantinha o piso original de madeira e tinha as paredes brancas ornadas com *boiseries*. Também contava com uma aconchegante área de espera com poltronas capitonê de couro. Tudo isso ajudava a criar uma aura retrô e sofisticada no ambiente.

Porém o que mais apreciei foi que as imagens em preto e branco nas paredes não eram de Paris, mas da Buenos Aires dos anos 1950. Boêmia e no auge da sua efervescência.

— Aliás, duas estrelas Michelin é um feito e tanto.

— É mesmo, mas acredito que você saiba, não é um feito meu, e sim do meu pai. Foi ele quem as conquistou quando era chef aqui. A primeira em 1991 e a segunda só veio em 2003. Meu único mérito é estar conseguindo mantê-las desde 2005, quando ele decidiu se aposentar.

— Bem, ainda assim é impressionante.

— Obrigada — Julieta disse simplesmente. — Por aqui!

Ela me guiou até a parte mais recente do La Concorde: a externa. O novo espaço, batizado de Le Dôme, ficava ao lado do salão principal e, apesar de chamarem de área externa, era toda protegida por vidro, como uma estufa.

O projeto valorizava as características da arquitetura já existente do edifício da década de 1950. O anexo, de sessenta e oito metros quadrados, havia sido construído exclusivamente para abrigar o novo espaço. As mesas ali eram um pouco mais simples do que as do salão, mas não menos confortáveis. Todo o resto da decoração remetia a um bistrô francês com mesas na calçada. O piso de ladrilhos reproduzia essa sensação.

— Eu adorei esse piso.

— Ele é original do casarão, apenas retiramos do pátio e colocamos aqui — Julieta contou. — Dá bastante trabalho manter um prédio dessa idade, todo ano a gente precisa reformar alguma parte para deixar tudo em bom estado. Mas vale a pena, além de estar na nossa família há anos, ele é a marca registrada do La Concorde.

— E você sempre soube que queria ser chef?

— Sim. — Julieta deu de ombros. — Exceto pelos anos que morei em Paris, minha vida inteira foi dentro deste restaurante.

— Você estudou na Le Cordon Bleu?

— Sim. E trabalhei em dois restaurantes em Paris também.

— E por que voltou?

— Isso não vem ao caso — Julieta respondeu seca, já se virando para sair do Le Dôme. — Vamos conhecer a cozinha?

— Hum, claro — disse, sem jeito, e imediatamente arrependida por não controlar a minha curiosidade.

A cozinha do La Concorde não era diferente do que eu imaginava. Atrás das portas de vaivém com visor escotilha, havia uma cozinha industrial como qualquer outra, com enormes bancadas de inox, paredes e piso brancos.

Na ilha do centro, ficavam os fornos, fogões, fritadeiras e outros equipamentos de cocção. Os demais equipamentos, bancadas e utensílios estavam dispostos ao longo das paredes, formando uma cozinha com fluxo circular.

— Essa é a sua praça, se quiser já pode deixar seus utensílios, fique à vontade. Em meia hora, o pessoal começará a chegar, então, se quiser se trocar, o vestiário fica ali naquela porta. — Apontou para uma entrada na parte de trás da cozinha. — Assim que todos chegarem, eu te apresentarei à equipe.

— Obrigada, chef — respondi, já me encaminhando para o vestiário.

Abri o meu armário, ansiosa por vestir pela primeira vez o dólmã imaculadamente branco do La Concorde. Meus olhos brilharam quando vi os itens no cabide: o dólmã todo branco, apenas com a bandeira da França bordada em uma das golas e a da Argentina na outra, a calça cáqui que mais parecia uma peça de alfaiataria, o avental-saia e a touca, brancos e perfeitamente engomados.

Quando me olhei no espelho, sorri satisfeita. Tudo vestia perfeitamente, como se tivesse sido feito sob medida para mim, era sem dúvida o uniforme de cozinha mais bonito que eu já tinha vestido. A única coisa que me incomodava era a touca, eu preferia os meus lenços estampados.

Tirei a touca, coloquei-a de volta no armário e peguei um lenço na mochila, escolhi uma estampa bonita de folhagens tons de oliva que combinava com o uniforme. Olhei mais uma vez no espelho, me assegurando que apenas a parte do coque no topo da cabeça estava visível, sem nenhum fio solto.

— Agora sim!

CAPÍTULO 4

— *Soupe à l'oignon* e *escargot à la bourguignonne* para a mesa oito — gritou o *aboyeur*, responsável por cantar os pedidos.

— Olha o queima! — Francesco, o chef *saucier*, passou com uma panela de molho quente atrás de mim.

— Atenção! Faca.

— Dois *bœuf bourguignon* e um *cassoulet* na seis.

— Eu preciso do *foie gras* da mesa dois agora, Amélia!

— Saindo, chef!

Eu finalizava o *parfait* de *foie gras* com trufas enquanto a cozinha fervia com novos pedidos e gente andando de um lado para o outro com pratos e panelas.

Era sábado, e eu estava feliz por ter sobrevivido à minha primeira semana. Mas apesar da satisfação de estar ali, estava exausta. Teria que me acostumar novamente com o frenesi de uma cozinha de alta gastronomia.

— Aqui, chef. — Entreguei o prato na bancada de Julieta e a vi dar os últimos toques na apresentação.

Com destreza, a chef rearranjou as lascas de trufa branca que estavam sobre o *parfait*.

— Traz o molho — pediu, sem cerimônia.

Saí correndo até a minha bancada para pegar o molho de damasco.

— Aqui, chef.

Julieta cheirou o molho e, com uma colher limpa, provou um pouco. Como sempre, eu não soube decifrar o que a chef estava pensando. Ela descartou a colher com a louça suja e pegou outra para colocar um pouco mais de molho no prato. Por fim, limpou as bordas e colocou na bancada de saída com as outras entradas de onde o garçom o pegaria para levar à mesa.

A brigada de cozinheiros era formada por doze pessoas, cada uma responsável por uma parte do processo. Eu, como *garde manger*, cuidava dos pratos frios e da charcutaria. Além de mim e de Julieta, a única outra mulher na cozinha era Lola, a *pâtissière*, responsável pelos doces e sobremesas. Eu tinha gostado muito dela, era espontânea e gentil. Lola era casada com Joaquim, o *boulanger*, encarregado dos pães e massas.

— Profiteroles na mesa dez. Nada de oleaginosas!

— Entendido — Lola respondeu a Daniel, o *aboyeur*.

Apesar de Julieta ser a chef, eu respondia mais frequentemente ao *sous chef*, um homem franzino de meia-idade chamado Maximiliano. Ao contrário de Julieta, ele era simpático.

— Seu *parfait* está com a cara muito bonita, Amélia — Maximiliano disse ao parar ao meu lado na bancada.

— Obrigada, chef — respondi enquanto envolvia vieiras em uma marinada de limão.

— Posso provar?

— Claro.

Maximiliano pegou uma colher pequena e provou uma bocada de um *parfait* que havia se quebrado na hora de desenformar e, por isso, sido descartado.

— Está excelente, Amélia.

— Obrigada, chef.

Maximiliano continuou rodando pela cozinha provando os pratos dos cozinheiros, ele parecia tentar compensar o jeito fechado de Julieta, sendo mais amigável com os funcionários.

— Ei, Amélia, prova isso. — Lola me entregou uma colher com calda de chocolate.

— Humm, está uma delícia. Tem um retrogosto de café. Você usou expresso?

— Sim. Na receita, normalmente, usamos calda de chocolate e leite de amêndoas, mas esse foi pedido sem oleaginosas.

— Está fantástico.

— Obrigada.

Eu terminava a montagem das vieiras. Espalhei-as harmoniosamente em um prato grande e raso, em seguida reguei com *vinaigrette* de limão e azeite de oliva e distribuí algumas flores comestíveis pelo prato. Por fim, tentei usar o maçarico para caramelizar o topo dos moluscos...

— Lola, meu maçarico está sem gás, me empresta o seu rapidinho?

— Claro. — Lola o entregou e parou por um segundo ao meu lado. — Está muito bonito, Amélia. Mas eu sugiro maçaricar antes de colocar as flores, senão vão murchar com o calor.

— Tem razão — concordei, tirando-as antes de caramelizar as vieiras.

Por fim, terminei o prato colocando as flores novamente.

— Obrigada. — Devolvi o maçarico. — Vou lá na despensa recarregar o meu.

No caminho, entreguei as vieiras a Julieta, e Lola fez o mesmo, levando o profiteroles para o crivo da chef antes do prato sair para o salão. Julieta apenas limpou as bordas dos pratos. Como não acrescentou mais nada e nem mexeu na disposição dos ingredientes, concluí que fizemos um bom trabalho.

Fui direto para a despensa à procura de gás butano para recarregar o meu maçarico. O local era grande e contava com prateleiras até o teto, estantes cheias de ingredientes e produtos de cozinha. Ali também ficava a porta para a área refrigerada, onde guardavam as carnes e o gelo.

Enquanto procurava o gás, não resisti ao impulso de provar um dos morangos frescos e suculentos.

Como tinha sentido falta disso tudo, dos bons ingredientes — tudo que havia de melhor no mercado estava em restaurantes como o La Concorde. Quando enfim encontrei o que procurava, levei uns dois minutos até completar a carga.

Assim que voltei para a cozinha, percebi de imediato que havia algo de errado. Todos os cozinheiros estavam amontoados na frente da porta, alguns olhavam pela escotilha, outros pela janela de saída dos pedidos. Notei que Julieta não estava ali e ouvi o murmurinho vindo do salão.

— O que aconteceu? — perguntei a Joaquim.

— Parece que uma mulher teve um piripaque ou coisa assim, mas não sabemos ainda.

Olhei pela janela da cozinha e vi Julieta ao lado da mesa dez com o telefone na mão. Tive a impressão de que ligava para emergência, e que a cliente não conseguia respirar.

Ignácio apareceu com uma coisa que parecia uma caneta... Espera. Não, não era uma caneta. Era epinefrina injetável! A mulher não estava tendo um piripaque, estava tendo um choque anafilático.

Ele não perdeu tempo e aplicou a medicação em sua perna. Notei o profiteroles, com apenas uma colherada dada, em frente à vítima.

* * *

A mulher já estava bem quando a ambulância chegou, mesmo assim foi levada ao hospital por precaução.

Logo que o veículo partiu, Julieta voltou a cozinha e, no momento em que ela abriu a porta, todos soubemos que o que estava por vir não seria nada agradável.

Pela primeira vez, pude decifrar com clareza a expressão da chef: estava enfurecida.

Ela praticamente jogou o prato com o profiteroles, que causou a reação alérgica na mulher, na bancada em frente a Lola e lhe entregou uma colher limpa.

— Prove!

Senti a hesitação de Lola ao meu lado, mesmo assim, ela pegou a colher, partiu um pedaço da sobremesa e provou.

— O que você sente na calda? — Julieta perguntou.

— Amêndoas? — Lola parecia confusa.

— Como uma coisa dessas aconteceu, Lola? — Julieta perguntou a chef *pâtissière*.

Era evidente que ela tentava manter a calma, mas eu quase conseguia ver a fumaça saindo das suas orelhas.

— Eu não sei, chef. Eu tenho certeza de que coloquei a calda de chocolate e café.

— Você deve ter se confundido na hora de montar, porque a calda não pode ter se colocado sozinha na sobremesa — rebateu, começando a demonstrar a frustração que sentia.

— Ela não se confundiu, eu a vi montando e provei a calda. — Me intrometi antes mesmo que pudesse me dar conta do que estava fazendo.

— Primeiro, você não é paga para provar nada, e nem para cuidar das sobremesas...

— Fui eu que pedi a opinião dela, chef. — Lola tentou me ajudar.

— Você também, Lola. Não tem que pedir opinião de *garde manger* sobre coisa nenhuma. É para isso que eu e o Maxi estamos aqui.

— Sim, chef — eu e Lola falamos juntas.

Julieta bufou antes de se dirigir a toda brigada de novo:

— De qualquer forma, o estrago está feito e amanhã, certamente, estaremos nos jornais por quase matar a esposa de um senador. Não importa como aconteceu, o que importa é que aconteceu.

— Tá na cara que a Lola estava distraída e colocou a calda errada — Francesco, o *saucier*, destilou.

— Em uma cozinha, o erro de um é o erro de todos! — Julieta o repreendeu antes que pudesse falar mais alguma coisa. — E o erro passou por todos, inclusive por mim, que terminei o prato e não notei que estava com a calda errada.

Confesso que fiquei surpresa por Julieta ter assumido parte da culpa. Todos relaxamos um pouco ao notarmos que a bronca não acabaria em demissões.

— Eu nem vi essa merda de profiteroles — Francesco murmurou para si. Não resisti ao impulso de revirar os olhos.

— Enfim, voltem para seus postos que estamos atrasados. Terça-feira conversaremos com calma sobre isso e tentaremos entender o que aconteceu.

***

Já passava de uma e meia quando finalmente cheguei em casa. Estava exausta e entrei no quarto apenas para pegar meu pijama e toalha. Eu precisava de um banho quente — ou morno, já que água quente era artigo raro no apartamento — para tentar relaxar um pouco.

Quando voltei ao quarto, notei que meu notebook estava ligado e lembrei que havia usado de manhã e esquecido de desligar. Assim que desbloqueei a tela, vi que tinha um novo e-mail.

De: la_tita@tierra.com
Para: a_gonz@earthsent.com
Assunto: "prefiro sempre a alegria à dignidade"[1]

---

[1] Tradução livre.

CAPÍTULO 5

Senti o meu coração acelerar no peito. Eu reconheceria essa citação de *Jane Eyre* até se estivesse em grego. Apesar do cansaço, não tive outra escolha senão abrir o e-mail.

Não conseguiria dormir sabendo que alguém havia respondido o meu bilhete.

Nem ao menos me sentei na cadeira em frente à escrivaninha antes de pegar meus óculos e abrir o e-mail.

06/05/2007
De: la_tita@tierra.com
Para: a_gonz@earthsent.com
Assunto: "prefiro sempre a alegria à dignidade"

Já faz alguns dias que me deparei com esse bilhete dentro do livro e fiquei me perguntando se deveria ou não respondê-lo.
Fiquei me perguntando várias coisas como: e se o bilhete está escondido há anos e a pessoa que o escreveu não está mais interessada? Será que esse endereço de e-mail é real? Será que o fato de gostarmos do mesmo livro é motivo forte o suficiente para sermos amigas? Será que é uma pegadinha?

Como você pode notar, pensei bem mais no assunto do que deveria. Finalmente, aceitei que a única forma de responder às minhas dúvidas seria mandando este e-mail. E, para ser sincera, a ideia de uma amiga me parece fantástica agora.
Então... Oi!

P.S.: a pergunta que mais me fiz foi por que alguém venderia uma cópia tão bonita de um livro que gosta?

Caí sentada na cadeira, com os meus olhos fixos na mensagem como se ela pudesse sumir da tela a qualquer momento.
Li e reli o conteúdo várias vezes. Era estranho ficar tão entusiasmada com o e-mail de uma desconhecida, mas eu gostava daquela ideia, gostava de pensar que poderia ser mesmo o destino agindo. Entretanto, não sabia o que responder. Precisava pensar.
Desliguei o notebook e me joguei na cama. O sono só veio uma hora mais tarde, depois de rabiscar inúmeras respostas em um bloco de notas até chegar na que parecia ser a certa.

Oi!
Bem, são muitas perguntas, então vou respondê-las na ordem.
Escrevi o bilhete há duas semanas e não achei que ele seria respondido. Ainda não mudei de ideia! E, sim, esse endereço de e-mail é real e eu, também ;)
Se o fato de gostarmos do mesmo livro é motivo suficiente? Honestamente, não sei, mas acho que só tem um jeito de descobrir, e fico feliz que você tenha cedido à vontade de ter essa resposta. Odiaria ter me desfeito dessa cópia em vão.

Agora, por que eu vendi meu livro preferido, bom, isso é uma longa história, mas, resumindo: uma das coisas mais importantes que aprendi com Jane Eyre é que as possibilidades são infinitas para aqueles que correm riscos. Então resolvi arriscar: o meu livro preferido em troca de alguém com quem pudesse conversar. Tenho que confessar, entretanto, que quando deixei o bilhete só o fiz porque estava bêbada e tinha tido um dia difícil.

"...eu me lembrava de que o mundo real era vasto, e que uma quantidade enorme de esperanças e medos, de sensações e emoções estava à espera daqueles que ousassem sair por ele afora, buscando, em meio a seus perigos, o verdadeiro conhecimento do que é a vida."

P.S.: eu também prefiro a alegria, apesar de ultimamente ter me esforçado bastante para manter a dignidade.

Foi só no domingo, por volta do meio-dia — horário em que acordei —, que transcrevi e enviei o e-mail. Apesar da empolgação, decidi manter a novidade em segredo. Não queria os meus amigos dando pitaco.

Federico e eu passamos a tarde de domingo jogando truco. Era o nosso programa preferido quando estávamos sozinhos, já que quando Violeta estava, ela não nos deixava apostar dinheiro.

Bom, talvez "não deixava" seja a expressão errada. Mas ela sempre dava um jeito de nos convencer de que aposta era um vício e que deveríamos jogar só por diversão. Até acho que ela tinha razão, mas como ela havia saído com Miguel, nós dois aproveitamos para jogar apostando garrafas de vinho.

Eu havia vencido a primeira partida e estava dois pontos à frente na segunda.

— Você tá esquisita, Méli. O que passa? — Federico perguntou, pensando na carta que jogaria.

— Comigo? Nada, ué.

— Anda, nena, te conheço como se tivesse te parido — insistiu, jogando um três de paus na mesa.

Sorri para mim mesma antes de jogar a carta mais fraca que tinha na mão.

— Já disse que não é nada. É impressão sua.

A mão estava empatada. Eu tinha levado a primeira rodada, mas acabei perdendo a segunda.

Eu sabia que Federico jogar um três de paus na segunda rodada significava que ou era a sua carta mais forte e iria tentar blefar na terceira rodada para ganhar a mão ou ele tinha uma manilha.

— Truco! — exclamou.

Analisei a cara dele por um instante.

Federico era um jogador inteligente, por isso eu sempre jogava com ele em duplas, mas justamente por sempre jogar com ele, conhecia todos os seus movimentos.

— Seis!

— *Dale!*

Sorri, mas segurei a carta. Eu só precisava de seis pontos, então agora era tudo ou nada.

— O que você tem? — perguntei, incentivando-o a jogar primeiro.

Ele jogou uma manilha de copas sobre a mesa com um sorriso orgulhoso.

— Ai, ai, Fêde, meu anjo, eu também te conheço como se tivesse te parido — disse e joguei a manilha de paus, a mais forte do jogo, sobre a carta dele.

— Ah, pro diabo, Méli. Tá com uma puta sorte hoje — vociferou e tomou um gole da cerveja que sempre acompanhava as nossas jogatinas.

— Você chama de sorte, eu chamo de talento — alfinetei, anotando o resultado e, em seguida, tomando um gole da minha cerveja. — Você me deve duas garrafas de vinho agora.

— Vamos mais uma, mais uma... pra eu recuperar pelo menos um vinho e talvez a minha dignidade.

— Não se preocupa, Fêde, eu prometo que compartilho meus vinhos com você.

— Você pode compartilhar o porquê de estar tão esquisita. É porque a Viole saiu com aquele babaca de novo?

Ele brincava com a cerveja, enquanto eu embaralhava as cartas.

— Fêde, quem se importa demais com isso é você, não eu.

Coloquei o deck de cartas na mesa. Ele desviou o olhar e tomou um gole da cerveja.

— Então, qual é o motivo? — perguntou enquanto cortava as cartas.

— Meu Deus, como você é chato. Mas tá, tá. Eu recebi um e-mail da mulher que comprou *Jane Eyre* — expliquei, dando as cartas.

— Amélia Gonzalez Méndez! E você ia esconder de mim? Que dei a ideia! O que ela falou?

— Esconder também não, né? Eu recebi o e-mail essa madrugada. Mas ela não disse nada demais, só que ficou curiosa sobre o bilhete e perguntou por que me desfiz de uma cópia tão bonita.

— E o que você respondeu? — questionou, franzindo a testa ao ver as cartas que recebeu.

Erro de principiante.

— Que quando ela for minha namorada eu pego de volta.

Federico levantou o olhar das cartas e imitou o meu sorriso irônico.

— E de verdade?

— Isso é aquilo que as pessoas chamam de privacidade, nene. — Me esquivei, ainda sorrindo. Sabia que em algum momento acabaria compartilhando algo com ele, porque raramente eu me continha, mas naquele momento queria aproveitar algo só meu. — Truco!

— Ah, não! Vai à merda, Amélia — reclamou, jogando as três cartas na mesa, desistindo da rodada.

Sorri e anotei um ponto debaixo do meu nome.

A jogatina seguiu, Federico finalmente ganhou uma partida e recuperou uma garrafa de vinho, mas no fim eu ainda saí no lucro. Só paramos de jogar quando Violeta chegou acompanhada de Miguel, e nenhum de nós quis ficar na sala segurando vela para o casal.

Quando voltei ao quarto, abri meu notebook e encontrei mais um e-mail esperando por mim.

06/05/2007
De: la_tita@tierra.com
Para: a_gonz@earthsent.com
Re:Re:Assunto: "prefiro sempre a alegria à dignidade"

Duas semanas? Faz duas semanas que comprei o livro! Engraçado, sempre passava na frente da livraria, mas nunca a tinha notado lá! Talvez por sempre estar com pressa ou com a cabeça cheia. Mas naquela manhã o sol iluminava a janela e a luz refletiu em meus olhos, e, não sei, era como se a livraria tivesse surgido ali da noite para o dia, como uma livraria mágica que, de repente, era impossível ignorar.

Eu sei que parece meio piegas, mas juro que foi a sensação que tive!

Quando entrei e vi essa cópia na prateleira, não tive dúvidas. De alguma forma, senti que era o que eu tinha ido buscar.

Meu pai sempre me contava que *Jane Eyre* era o livro favorito da minha mãe, e li muitas vezes quando era mais nova como uma forma de me sentir próxima a ela. Um dia, o livro simplesmente desapareceu da estante da nossa casa. Sempre achei que alguém o tivesse pegado para ler e esquecido de devolver. O fato é que nunca mais voltou.
Era uma cópia ilustrada igual a essa!
Acho que cabe aqui um agradecimento, por você ter decidido vender e me proporcionar esse reencontro. Eu nunca mais o tinha lido e está sendo a melhor parte dos meus dias ultimamente.
Não sei o que você quis dizer na última frase, mas se você quiser compartilhar, prometo não fazer (muitos) julgamentos. Hahaha. Eu escolhi essa citação porque é uma das minhas preferidas e me ajuda a lembrar que o orgulho não me leva a lugar algum!
(Sou taurina, então preciso que esses lembretes sejam constantes.)
Acho que já me alonguei demais neste e-mail e não quero te cansar no primeiro dia. Então... bom domingo!

Com carinho, Tita.

Senti algo diferente dessa vez, uma sensação boa de ter vendido o livro. Decidi responder no mesmo instante.

06/05/2007
De: a_gonz@earthsent.com
Para: la_tita@tierra.com
Re:Re:Re:Assunto: "prefiro sempre a alegria à dignidade"

Querida Tita,
(posso fingir que sou uma personagem de um livro da Jane

Austen escrevendo uma carta a uma amiga que mora longe?)
Não precisa agradecer. A verdade é que, depois de ler a sua história, já me sinto recompensada!
Eu achava que tinha uma ligação forte com essa obra, porque, quando era criança, queria ser como a Jane e sair de casa sem medo do que estaria por vir. Mas a sua história me tocou, Tita. Percebo, agora, que a magia da literatura é justamente ela significar coisas diferentes para pessoas diferentes. É como se ela se moldasse às necessidades de cada um, ajudando a sarar onde dói.
Falando em magia, eu vou te contar uma coisa bizarra: eu tive a mesma sensação com a livraria! Passo lá toda semana e, no dia em que vendi a cópia, foi a primeira vez que a notei. Curioso, não?
Voltando ao livro:
Não vou mentir, depois que a bebedeira passou, eu me arrependi e até voltei à livraria no dia seguinte para comprar de volta (mas você já tinha comprado). Entretanto, agora sei que foi a coisa certa! Os livros precisam viajar, não é? Ser importantes para outras pessoas.
Desapego, desapego! (Eu sou sagitariana.)
Fico feliz que *Jane Eyre* esteja sendo a melhor parte dos seus dias, mas espero que não seja a única parte boa!
Sobre sua oferta... Talvez nossos e-mails possam ser como um diário compartilhado, no qual não julgamos (muito) uma à outra! O que você acha?
Deixa que eu começo...
Estou em um emprego novo, uma oportunidade que desejei muito e por enquanto está sendo muito bom. Mas não faço nem ideia do que a minha chefe está achando da minha atuação porque ela não é de muitas palavras e nunca sei o que está pensando. E eu sou uma pessoa muito impulsiva, então está sendo realmente difícil não ir

lá perguntar na cara dela se estou me saindo bem ou não...
Mas se eu não perguntar, como vou saber?
Acho que por ora é isso, espero que essa semana seja mais tranquila para você.

Um beijo,
Mia.

Decidi assinar com o apelido pelo qual o meu irmão mais novo me chamava.

CAPÍTULO 6

Na terça-feira, resolvi aproveitar a carona de Federico, que estava indo para o mesmo lado que eu. Como o fusquinha dele fazia o trajeto razoavelmente mais rápido que o metrô, acabei chegando vinte minutos mais cedo ao restaurante.

Entrei pela porta dos fundos, exclusiva para os funcionários, e, quase no mesmo instante, vozes vindas da despensa chamaram a minha atenção.

Eu sabia que não deveria ouvir a conversa alheia, mas a curiosidade falou mais alto. Então me aproximei um pouco mais da porta que estava aberta, apenas o suficiente para ouvir sem ser vista. Podia ouvir a voz de Julieta uma oitava mais alta do que o normal.

A chef soava enraivecida.

— Primeira página, Maxi! Nem quando ganhamos nossa segunda estrela esses desgraçados nos colocaram na capa — esbravejou Julieta, jogando o jornal longe. Ele deslizou pelo chão perfeitamente lustrado e parou perto da porta.

Estiquei o pescoço para ver o que estava escrito. Era uma nota de capa sobre o incidente no sábado em um jornal de alta circulação. Na capa lia-se:

DESCASO COM OS CLIENTES NO LA CONCORDE QUASE SE CONVERTE EM ACIDENTE FATAL

Eu tinha procurado nos jornais de domingo e segunda-feira alguma notícia sobre o caso, como não encontrei nada, achei que tinham conseguido abafar, mas essa manchete era a prova de que a história ainda não tinha acabado.

— Julieta, foi um acidente, não tem nada que possamos fazer agora — amenizou Maximiliano.

— E o que diabos você estava fazendo, Maxi? Você passou a noite toda rodando entre as bancadas, eu vi você supervisionando os pratos da Lola. Como você deixa passar uma coisa dessas?

— Ei! Pera lá. Eu não sou uma máquina — defendeu-se. — Eu provei, sim, os pratos da Lola, assim como provei da Amélia, do Fran e de todos os outros. Mas não consigo controlar tudo. Nem você!

— Não entendo por que publicar isso hoje — Julieta resmungou, já um pouco mais calma. — Eles não tinham histórias novas? Isso aconteceu há três dias! Parece que esperaram de propósito só para afetar o nosso movimento. Já tivemos três reservas canceladas hoje.

— Se acalma, Juli! Amanhã ninguém mais vai se lembrar disso.

— Assim espero! De qualquer forma, as coisas neste restaurante vão ter que mudar daqui para a frente — disse em tom definitivo. — Assim que a Lola chegar, manda ela para minha sala.

Percebi pelo tom que a conversa estava acabando, e me apressei em direção ao vestiário. Esse certamente não era o melhor momento para ser pega ouvindo atrás da porta.

Julieta passou bufando até o salão e de lá até sua sala, sem nem perceber a minha presença.

Cerca de dez minutos depois, já de uniforme, voltei à cozinha.

— Amélia! — Maximiliano exclamou com um bom humor surpreendente.

— Oi, Maxi... — Retribuí reticente, caminhando até a minha praça.

— Tudo bem?

— Uhum. Humm... Eu, é, eu vi que o Gazeta Portenha publicou uma matéria de capa... — Tentei soar casual.

— Pois é, se eu fosse você, ficaria longe da Juli hoje — comentou, tentando fazer graça, mas pela sua cara era um conselho real.

— Pode deixar... E, é... E a Lola? Você acha que pode sobrar para ela?

Maxi estudou a minha expressão com cuidado. Era evidente que a minha pergunta não era apenas sobre a possível demissão da Lola, mas também sobre o tipo de conduta com a qual eu estava lidando.

— Eu já conversei com Julieta e enfatizei o quanto a Lola é fundamental para esta cozinha. Vai ficar tudo bem, pode confiar.

Apenas balancei a cabeça. Estava tentando entender a atitude contraditória de Julieta. No sábado, ela estava disposta a dividir a culpa, e agora parecia estar em uma caça às bruxas.

A reportagem de capa exagerada e sensacionalista devia ter mexido com os brios da chef.

***

Não tardou muito até a ré chegar, e quando Lola botou os pés na cozinha, com uma cara tranquila, eu soube que ela ainda não tinha lido a matéria.

Maxi avisou que Julieta a aguardava em sua sala, e a face sempre corada de Lola empalideceu no mesmo instante. Ela trocou um olhar preocupado com Joaquim, tirou o avental, dobrou-o com cuidado e o colocou sobre a bancada antes de caminhar, sem muita pressa, para a sala da Julieta.

Eu nunca havia estado em um julgamento, mas imaginei que a tensão da plateia esperando a decisão do júri deveria ser muito parecida com a tensão que havia se instalado na cozinha. Só se ouvia o barulho de panelas fervendo e das facas picando os vegetais da *mise en place*.

Se aquilo era indicativo de como seria a semana, nós estávamos encrencados.

Quinze minutos depois, Lola estava de volta com olhos avermelhados e mãos levemente trêmulas. Porém, para o alívio de todos nós, ela colocou seu avental e começou a trabalhar.

Respiramos aliviados, dispostos a deixar o clima mais leve, agindo com gentileza e calma uns com os outros, com exceção de Francesco, é claro, que ostentava a mesma cara azeda de sempre.

* * *

Apesar de todos os esforços, o clima na cozinha foi pesado a semana toda. Julieta estava cuspindo marimbondos e mais detalhista do que nunca enquanto nós tentávamos a todo custo não cometer nem um erro sequer.

Na quinta-feira, ninguém aguentava mais, Julieta, entretanto, continuava implacável.

— Joaquim, acelera! Essa massa não vai crescer a tempo — chamou a atenção, passando pela praça do *boulanger*.

— Sim, chef!

Ela continuou caminhando pelas bancadas e parou ao lado de Francesco. Com uma colher, provou o molho.

— Sal... pimenta! — apontou e passou para o molho na próxima panela. — Tá muito líquido, está vendo? — Mergulhou outra colher no conteúdo que borbulhava e deixou-o escorrer de volta ao recipiente. — Faz um *roux blanc* para engrossar isso. Agora! É para ser um molho, não uma sopa. E tempera esse bechamel, pelo amor de Deus!

— Sim, chef — rosnou entredentes.

— Isso aqui não dá para usar! Joga fora e começa tudo de novo! — A vítima dessa vez foi Luciano, o *entremétier*, responsável pelas sopas, legumes e guarnições quentes. — Você está vendo como esse pedaço está um cubo perfeito e esse parece um triângulo? Esse aqui parece um pinheiro de Natal... — analisava Julieta enquanto pegava as *brunoises* de abobrinha que ele havia cortado. — Melhor descartar e começar de novo. Dessa vez, preste atenção.

— Sim, chef — disse, usando a faca para empurrar os cubos (e triângulos) de abobrinha para o lixo com certa agressividade.

Engoli em seco quando notei a fera se aproximando da minha praça. Eu havia terminado de limpar um filé-mignon, que era uma das minhas funções como *garde manger*, e agora o cortava em medalhões.

— Você pesou esse pedaço? — Julieta perguntou, pegando um filé na palma da mão, como se o pesasse mentalmente.

— Sim, chef.

— Tem certeza?

— Sim... — titubeei.

— E quanto tinha?

— Cento e vinte e seis gramas, chef.

— E quanto eu falei que tinha que ter?

— Cento e vinte e oito gramas, chef.

— De cento e vinte e oito a cento e trinta e dois gramas — corrigiu. — Agora me responde, Amélia, cento e vinte e seis está entre cento e vinte e oito e cento e trinta e dois?

— Não, chef — disse, começando a me irritar com o tom arrogante dessa mulher.

— Então...

— Eu achei que dois gramas não era motivo suficiente para jogar um medalhão de mignon fora — retruquei, cortando a chef.

O arrependimento veio uma fração de segundo depois, quando toda a brigada parou para olhar. Aquele certamente seria o momento em que Julieta descontaria toda sua raiva, e eu seria o alvo.

A chef cruzou os braços e eu engoli em seco novamente. *Deus, por que eu não sei ficar quieta?*

— Eu não te pago para achar nada, Amélia. E muito menos para defender os direitos do filé-mignon.

— Desculpa, chef.

— O medalhão não vai ser jogado fora, vai ser usado junto com as aparas para alguma guarnição ou entrada — justificou em um tom seco. — E quando dou uma ordem, ela deve ser seguida à risca. Se estiver com cento e vinte e sete gramas ainda assim está abaixo. E se tiver com cento e trinta e três gramas, você vai cortar o excesso, entendido? Não me importa se você ficou com pena do filé ou não!

— Entendido, chef. Desculpa!

— Outra coisa, Amélia, da próxima vez que você *achar* alguma coisa, pergunte para mim ou para o Maxi. Porque quem tem que *achar* qualquer coisa aqui somos nós. Escutou?

— Sim, chef!

Soltei um suspiro aliviado quando percebi ela se afastando.

★ ★ ★

O serviço naquela noite não foi muito melhor do que o pré--preparo. Julieta estava especialmente azeda nesse dia e não deixou passar nada.

Quando o expediente enfim acabou, senti um peso sair dos meus ombros. Só pensava em ir embora, para bem longe da chef.

Estava limpando a minha bancada e guardando as minhas facas quando Maximiliano se aproximou de mim.

— Amélia, estamos indo até o La Clandestina para beber e relaxar um pouco, você quer vir conosco?

— Hum, claro... Quem vai? — perguntei com receio.

— Só eu, você, Fran, Lola, Joaquim e Luciano.

— Só vou me trocar, tudo bem?

— Sem pressa.

Me senti um pouco culpada por desejar que a chef não fosse, mas não teria mais paciência para aguentá-la naquela noite. Além disso, tinha medo de que em um ambiente descontraído, eu acabasse falando coisas que poderia me arrepender depois.

Só Deus sabia o quanto eu estava me controlando durante a semana para não devolver as asperezas da Julieta. Relevar essas situações era algo que demandava muito esforço e, às vezes, eu tinha a impressão de que Julieta estava testando todo o meu autocontrole.

Ou isso, ou ela realmente era insuportável.

* * *

Já passava das duas da manhã quando cheguei em casa. Havia gostado de sair com o pessoal da cozinha — com exceção de Francesco, que continuava sendo intragável.

Assim que voltei do banho, olhei intrigada para o notebook. Desde domingo não tinha tido notícias da Tita, a minha correspondente virtual. Não que eu me importasse, é claro.

Bom, talvez um pouco.

Caminhei até a máquina para ligá-la.

Entre e-mails de marketing e algumas newsletters, finalmente encontrei um e-mail de Tita esperando por mim. Eu não soube explicar por que o meu coração estava um pouco mais acelerado ao me sentar para lê-lo.

10/05/2007
De: la_tita@tierra.com
Para: a_gonz@earthsent.com
Assunto: diário compartilhado

Cara Mia,
(Sempre quis começar um e-mail assim!)
Eu sou uma pessoa bastante cética, mas estou disposta a acreditar na teoria de que a livraria é mágica! Haha
Fico feliz em saber que consegui aproveitar o breve intervalo de tempo entre bebedeira e arrependimento para arrematar essa cópia!
Vou tentar recompensar a sua perda contando os detalhes vergonhosos da minha vida neste diário (brincadeira! Minha vida está tão monótona que o máximo que posso prometer é me esforçar para não te entediar falando dela).
Gostei muito do que você falou sobre a magia da literatura se moldar às necessidades de cada pessoa e acho que você tem toda razão! Os momentos difíceis da minha vida teriam sido ainda piores sem os livros que me ampararam. Você é muito gentil, Mia, mas, honestamente, não sei te responder se esta semana está tendo alguma outra parte feliz além de *Jane Eyre*. Porém, se tem uma coisa que aprendi é que, assim como a felicidade não dura para sempre, nenhum sofrimento é eterno.
Então por ora, o fato de ter ao menos *Jane Eyre* para me acompanhar nessas últimas semanas insanas e estressantes está sendo suficiente.

Inclusive, é por essa razão que demorei tanto para responder o seu e-mail. O trabalho está caótico e eu estava sem cabeça para mais nada! Na verdade, ainda estou, mas pensei que compartilhá-lo em nosso diário talvez me ajudasse.

Meu problema, aliás, é bem semelhante ao seu. Então acho que entendo o que você está passando. Eu também estou sofrendo com a pressão de provar que sou capaz e merecedora do cargo que exerço. No meu caso, é um ambiente tradicionalmente dominado por homens, e sinto que preciso provar meu valor todos os dias. É exaustivo. Por fim, se me permite um conselho sobre a sua chefe... Tenha paciência.

Talvez não se trate apenas do seu desempenho profissional, talvez ela esteja interessada também em saber mais sobre o seu caráter. Confiança é algo que só se conquista com o tempo. Eu tenho certeza de que ela não deve tardar a notar que você é uma pessoa confiável, mas dê esse tempo a ela.

Com carinho,
Tita.

P.S: deixando o trabalho de lado, me conta alguma coisa sobre você. O que mais você gosta de ler? E com o que mais gasta seu tempo livre? Eu gosto de cuidar das minhas plantas (não, não é o que parece, eu não tenho oitenta anos! Quer dizer, talvez eu tenha e esteja presa em um corpo de trinta e um).

CAPÍTULO 7

10/05/2007
De: a_gonz@earthsent.com
Para: la_tita@tierra.com
Re: Assunto: diário compartilhado

Querida Tita,
Ufa, que bom saber que é oitenta presa em um corpo de trinta e um, imagino que seria desesperador se fosse o contrário! Além das plantas, mais alguma coisa que queira me contar? Tricô, talvez?
(Não resisti e comecei a responder pelo p.s., mas agora vou voltar ao começo! — São duas da manhã e acabei de chegar em casa, aparentemente, eu sou uma pessoa de vinte e seis em um corpo de vinte e seis mesmo, me desculpe se eu não fizer muito sentido.)
Mas antes de qualquer coisa: uma livraria mágica é um sonho se tornando realidade!!! hehe
Voltando ao nosso diário...
Eu te entendo, Tita. Às vezes me pergunto se tudo isso vale mesmo a pena; ter deixado minha família para vir a Buenos Aires perseguir um sonho... Será que vale o esforço? Os sapos engolidos? As horas excessivas de trabalho?

Mas aí eu me lembro do quanto eu desejei chegar até aqui, do tempo que gastei sonhando em estar onde estou e de tudo que já alcancei e, no fim das contas, eu acredito que vale!
Você falou que gosta de plantas, bom, eu confesso que não sei muito do assunto (embora minha família toda tenha o dedo verde — sou uma decepção para minha mãe!), hehehe), mas onde quero chegar é:
Esses dias estava caminhando aqui no meu bairro e notei que uma flor (acho que era uma margarida? Na verdade, não sei, mas vamos fingir que era uma margarida) estava desabrochando na rachadura da calçada. Imagina, uma margaridinha nascendo no concreto!!! Entende o que eu quero dizer, Tita? Assim como uma planta delicada é capaz de florescer mesmo em um ambiente tão bruto, tenho certeza de que coisas boas florescerão desse momento difícil da sua vida... Talvez demore um pouco para ser visível, mas isso não significa que a semente já não esteja lá!
Desculpa pela filosofia de boteco, como eu disse, é madrugada!

Beijos,
Mia

P.S.: bom, eu gosto dos romances vitorianos, imagino que isso você já desconfiava. Gosto muito de Jane Austen, Charles Dickens, Stevenson, das irmãs Brontë, obviamente... quer dizer, menos da Emily, porque acredito que as pessoas podem ser melhores do que Heathcliff e Catherine! Gosto de livros contemporâneos também, no momento estou lendo *A menina que roubava livros*, estou adorando. No meu tempo livre, geralmente jogo truco, assisto TV, leio ou faço palavras cruzadas.

Às vezes saio com o pessoal para algum bar, ultimamente menos por causa do trabalho... Também tenho algumas plantinhas, poucas, porque, como disse, não herdei o dom da família, mas tenho.

Qual seu filme preferido, Tita?
P.P.S.: que pena que mudou de ideia sobre me contar as partes vergonhosas da sua vida.

Esperei pela resposta no dia seguinte, no entanto, mais uma vez, Tita sumiu do mapa. O que foi bastante inconveniente. Eu gostava da distração dos e-mails, de gastar tempo formulando respostas mentais e de ter algo para pensar enquanto cozinhava.

Não chegaram e-mails nem na sexta nem no sábado, ainda assim me peguei pensando no assunto várias vezes. Estava curiosa sobre a mulher por trás deles; ela era reservada, falava de si, mas revelava apenas o essencial e mantinha um distanciamento calculado. Entretanto, o pouco que ela revelara havia sido suficiente para me fazer querer saber mais sobre ela.

O resto da semana foi razoavelmente tranquilo e sem nenhum outro grande acontecimento no La Concorde, o que foi um alívio.

Quando fechamos a cozinha, no sábado, estávamos todos de bom humor pela primeira vez naquela semana tensa.

* * *

No domingo, Lucho e Martín convidaram os vizinhos mais chegados, o que, no caso deles, era quase todo mundo, para um churrasco no quiosque do condomínio. Eu gostava desses eventos porque eram sempre garantia de boa comida, muita bebida e risadas. Em resumo: tudo que precisava.

Apesar do dia lindo de sol em meados de maio, já fazia bastante frio. Vesti um jeans confortável, um cardigã verde-musgo com uma blusa branca de gola redonda por baixo. Para um churrasco no quintal de casa parecia bem adequado. Completei o visual com uma bota marrom de cano curto e óculos de sol. Eu era uma pessoa prática, portanto não via sentido em gastar mais tempo me arrumando do que a ocasião pedia.

Violeta ainda estava se maquiando e Federico já estava no quiosque ajudando Lucho com o fogo. Antes de sair, dei uma olhada na caixa de e-mails. Nada.

Já tinha por volta de dez pessoas no quiosque quando cheguei. Federico estava na churrasqueira cuidando do fogo, o que, no caso dele, significava ficar olhando o carvão queimar para não precisar ajudar com mais nada; e Lucho temperava as carnes com sal grosso. Eu o cumprimentei com um beijo na bochecha e peguei uma cumbuca com legumes para analisá-los.

— Você precisa de ajuda? — perguntei e levei um pedaço de brócolis cru até a boca.

— Por enquanto não tem muito o que fazer — respondeu Lucho.

— Relaxa, Méli. Você não quer cozinhar no seu dia de folga, né? — brincou Federico, se juntando a nós. — Pega aqui uma cerveja e vai lá falar com o Miguelito. — Federico pôs uma *longneck* na minha mão e me empurrou na direção do namorado de Violeta.

— Eu não — neguei, impondo resistência ao empurrão. — Manda o Martín, eu não tenho paciência. Você mesmo disse, é meu dia de folga. Preciso relaxar.

— Parece que por enquanto estamos a salvo — Lucho interveio, apontando com os olhos para dona Célia, a vizinha do andar debaixo. Ela se aproximava sorrateiramente da presa, pronta para dar o bote. Pelos próximos trinta minutos, pelo menos, ninguém precisaria se esquivar do Miguel... nem da dona Célia.

— E cadê o Martín? — perguntei.

— Mandei comprar mais gelo, assim ele pode fumar um cigarro escondido de mim e ficar de bom humor.

— Não entendi, você nunca se importou que ele fumasse...

— As coisas estão mudando nessa família — disse com uma piscada. — Então insisti que o Martín largasse o cigarro e ele concordou, mas tá na fase rabugenta, e hoje não queremos ninguém rabugento. Logo ele supera.

— Que coisas que estão mudando? Meu Deus, o Martín não tá doente, tá?

— Claro que não, Amélia! Que ideia. A gente não iria dar um churrasco para comunicar uma coisa dessas.

— É, faz sentido.

— Que dramática, Méli. Até parece que não sabe que esses dois usam qualquer desculpa para dar uma festa.

— Então qual é o motivo? — perguntei, dando um gole na cerveja.

Lucho tinha por volta de trinta anos, era atlético, do tipo que sempre saía para correr, jogar futebol, nadar, ou fazer qualquer outra atividade física. Tinha cabelos longos e ondulados, que sempre usava preso em um coque, olhos pretos e grossas sobrancelhas perfeitamente desenhadas. Tinha uma infinita coleção de camisetas tie-dye com as mangas cortadas que usava com vários colares de pedras e cristais. Qualquer um que olhasse para ele, apostaria que ele era um ator de teatro bem caricato ou um professor de ioga.

— Martín e eu decidimos que vamos adotar — anunciou Lucho, finalmente.

Federico e eu paralisamos. Eu com a cerveja a meio caminho da boca e Federico com o queixo caído. Depois de dois segundos, como em uma dança sincronizada, abrimos um largo sorriso.

— Ai, meu Deus, parabéns, *papi*! — Abracei ele.

— Opa! Hoje é dia pra comemorar mesmo. — Federico vibrou, e elevou a *longneck* para um brinde.

Lucho e eu fizemos o mesmo.

— Mas como vocês pretendem fazer o processo? — perguntei.

Adoção por casais homoafetivos ainda não era amparada por lei, embora alguns casais tivessem conseguido.

— Bom, vamos tentar entrar com um processo para conseguir adotar juntos. Se não conseguirmos, Martín adota sozinho. Acho que como ele tem uma carreira mais sólida, seria mais fácil. Ainda estamos vendo como fazer, mas já tá decidido.

— Vocês vão conseguir, relaxa — disse Federico com seu habitual otimismo.

— Qualquer coisa a gente parte para uma barriga de aluguel.

Violeta e Martín caminhavam juntos até a gente; ele carregava o gelo e Violeta trazia uma garrafa de vodca.

— Uhuul! Parabéns! — Federico e eu entoamos em coro e abraçamos Martín enquanto ele ainda segurava o gelo.

— Você já contou pra eles? — Martín perguntou, colocando o gelo sobre a bancada da pia com um sorriso.

— Não aguentei!

— O que tá acontecendo? — Violeta perguntou, confusa.

— Vamos ser tias! — falei empolgada.

— Vamos adotar! — Martín contou.

— Quê? Que notícia maravilhosa — comemorou, puxando Martín para um abraço também, em seguida abraçou Lucho.

* * *

O resto da vizinhança começava a se reunir no quiosque e "Mariposa Tecknicolor" de Fito Páez ecoava alto.

— Vou salvar o Miguel da Bruxa do 71 — Violeta disse, referindo-se a dona Célia.

— Ela fala como se ele fosse a vítima — Federico comentou assim que Violeta saiu. — A pobre mulher tá tentando fugir dele há pelo menos vinte minutos e ele não para de falar. Olha a carinha arrependida dela.

Lucho, Martín e eu olhamos para a dupla em questão. Dona Célia estava com as sobrancelhas arqueadas e tinha um sorriso plástico, balançava a cabeça em concordância de maneira compulsiva, era evidente que tentava encerrar a conversa, e Miguel tagarelava indiferente às tentativas de sua interlocutora.

Dona Célia respirou aliviada quando Violeta chegou e a atenção de Miguel se voltou para a namorada. A vizinha saiu de lá tão rápido que até tropeçou nos próprios pés.

Miguel era advogado e adorava contar os casos que ganhava (e os que achava que iria ganhar) em detalhes minuciosos.

— Não sei o que a Viole vê nesse sujeito — disse Martín. — Tão linda e inteligente, com tanto mau gosto para homem.

— Já tentei descobrir, mas toda vez que conversei com ele tive vontade de furar meus tímpanos com uma faca de peixe — confessei. — Mas, sei lá, ela olha para ele como...

— ...se o sol nascesse da bunda dele — Lucho completou.

— Eu ia falar: "como se ele tivesse pendurado a lua", mas acho que isso também serve.

— Eu não acho que seja para *ele* exatamente que ela olhe assim. Acho que é mais para ideia de estar com alguém como ele: adulto, sério, bem-sucedido... — Martín acrescentou.

— Pode ser. Viole valoriza mesmo essas coisas — refleti.

— E para quando é o bebê? — perguntou Federico, mudando de assunto.

O churrasco seguia animado; era de praxe os vizinhos contribuírem com um prato, aperitivos, docinhos ou alguma sobremesa. Dessa vez, alguém havia aparecido com um jarro de *piña colada*, e abacaxis com canudos circulavam pelas rodas.

Sentados à mesa próxima à churrasqueira, Federico e eu conversávamos com Lucho quando Violeta se juntou a nós. Martín chegou logo em seguida e se sentou ao lado de Violeta.

— Cadê o Miguel? — Martín perguntou para Violeta.

— Cansou de socializar com os plebeus? — Lucho cutucou.

— Ele teve que ir, precisa revisar um caso para uma audiência que tem amanhã de manhã — ela respondeu, ignorando o comentário de Lucho.

— Sei. — Dessa vez fui eu que soltei a ironia.

— Por Deus, vocês não dão uma trégua, não? Que pouca fé no ser humano, eh?

— Epa! No ser humano, não. No Miguel — Federico corrigiu.

— Não é nenhuma novidade que a gente não confia nesse sujeito, e você não tem nenhum motivo para confiar também. Mas não vamos começar com esse assunto de novo — disse Lucho.

— Não mesmo — Federico enfatizou. — Lulu, que acha de trazer uma TV para ver o jogo do Boca?

— Boa! Acho que temos uma antena lá em casa em algum lugar, podemos trazer a TV da sala que é maior.

Enquanto os dois foram atrás da televisão, Martín me perguntou sobre a notícia de capa protagonizada pelo La Concorde na terça-feira.

— Foi exagerada, mas é verdade. A mulher teve uma reação alérgica no meio do restaurante. A sorte é que a gente tinha o medicamento antialérgico no kit de primeiros socorros.

— É mesmo? Não falaram isso na reportagem.

— Pois é, é mais uma coisa estranha nessa história. Também não entendi por que a matéria saiu só na terça se o negócio aconteceu no sábado.

— Foi no Gazeta Portenha, não foi? — Violeta quis saber.

— Sim.

— Deve ter alguém querendo queimar o restaurante, esse jornal é famoso pelas "matérias pagas". — Violeta fez aspas com as mãos.

— Como assim? Você acha que alguém pagou para eles publicarem a matéria?

— Não me surpreenderia.

— O senador parecia bem interessado em abafar o caso, pelo menos foi o que comentaram no restaurante. Aparentemente, ele estava num jantar meio suspeito com a oposição. Mas isso não apareceu na matéria, o que achei estranho, porque me parece uma notícia mais relevante do que uma mulher comendo amendoim e passando mal, não?

— Seja lá quem vazou a notícia, queria prejudicar apenas o restaurante — concluiu Martín.

— Talvez seja algum dos concorrentes tentando roubar o título de melhor restaurante de Buenos Aires... — eu disse, pensativa.

— Sei lá, pode ter sido alguém de dentro também, né? — acrescentou Violeta.

— Por que alguém de dentro faria isso? — perguntou Martín.

— Infelizmente, espionagem industrial não é algo tão incomum em cozinhas de alta gastronomia — respondi, já pensando em todos os funcionários.

Meu pensamento parou em um: Francesco. Ele era imoral o suficiente para fazer uma coisa dessas.

— Ué, mas qual a vantagem pra ele em fazer isso?

— Talvez ele esteja de conluio com outro restaurante para desmoralizar o La Concorde e assumir uma vaga melhor lá depois que conseguir o que quer?! Ou talvez esteja apenas sendo bem pago?

* * *

Já era quase noite quando subi para o apartamento. Havia sido uma tarde divertida, mas agora eu me sentia um pouco cansada. Deitei na cama depois do banho, na intenção de continuar meu livro. A minha atenção, no entanto, era captada de tempos em tempos pela luzinha insistente do notebook.

Primeiro tentei ignorar, mas parecia que cada vez a luz ficava mais e mais intensa, como um farol guiando um marinheiro. Por fim, cedi ao impulso e me levantei para checar a caixa de entrada.

Um sorriso se formou quando cliquei no nome de Tita.

CAPÍTULO 8

12/05/2007
De: la_tita@tierra.com
Para: a_gonz@earthsent.com
Re:Re:Assunto: diário compartilhado

Cara Mia,
Novamente peço desculpas pela demora, estava muito ocupada com o tricô e jogos de dominó na praça! ;)
Na verdade, dessa vez eu tive um bom motivo, recebi a visita da minha avó materna, que mora em Mar del Plata, neste fim de semana, e, como fazia alguns meses que não a via, não consegui largar a pobre senhora...
Pensando bem, eu passei mesmo o fim de semana fazendo programas da terceira idade, então vou deixar a piada de lado!
Acho que você vai rir, mas a sua filosofia de boteco fez muito sentido para mim e me fez pensar muito sobre a minha situação atual.
Eu gosto do seu otimismo!
É comum nos esquecermos do quanto desejamos algo no passado depois que já o temos. Estamos sempre tão focados em perseguir os sonhos atuais que esquecemos

que a vida que temos, em algum momento, já foi o sonho que nos motivou a seguir.
Percebi que estava focando apenas nas dificuldades e esquecendo de celebrar as minhas conquistas... Obrigada pelo lembrete!
Confesso que não esperava que este diário compartilhado fosse tão catártico! Hahaha
Meu filme preferido é *Antes do amanhecer*! Já perdi as contas de quantas vezes assisti e sempre me toca da mesma forma. E o seu, Mia?
Prometo ser mais rápida da próxima vez!

Com carinho,
Tita.

P.S.: ganhei *A menina que roubava livros* de um amigo, quando acabar, me diz se devo passá-lo na frente de outros na fila e ler logo!
P.P.S.: faz muito sentido você não gostar de Emily Brontë!

Eu até queria responder naquela noite, mas a verdade é que esse e-mail havia me deixado pensativa. Não apenas sobre os assuntos que estávamos conversando, mas principalmente sobre a troca de e-mails em si. Eu queria saber mais sobre a mulher por trás da tela. Não sabia ao certo de onde vinha essa vontade; essa intuição de que havia muito mais por descobrir.

Decidi responder na manhã seguinte. Quem sabe até lá eu encontrasse um jeito sutil de perguntar mais do que seu filme preferido.

13/05/2007
De: a_gonz@earthsent.com
Para: la_tita@tierra.com

Re:Re:Re:Assunto: diário compartilhado

Querida Tita,
Não tem motivos para se desculpar pela demora, eu sei que é absolutamente impossível competir com uma avó! Entretanto, fico honrada em saber que, mesmo bem-acompanhada, você teve tempo para pensar no que conversamos, e feliz em saber que ajudou.
Eu gosto muito desse filme também, sempre quis passar uma noite perambulando por Viena conversando sobre a vida! Na verdade, poderia ser por Buenos Aires mesmo, porque acho que o mais importante é a companhia e não o lugar.
Meu filme preferido é bem menos cult hehe, mas eu amo *Um lugar chamado Notting Hill*! Inclusive, a livraria do filme parece a nossa... claro que a deles não é mágica!
Me dei conta agora que é a primeira vez que converso com alguém por meio de cartas (ou e-mail... apesar de eu achar que seus e-mails combinem mais com nanquim e pergaminho!). Mas o que eu queria dizer é que esses dias me peguei imaginando você rindo, ou revirando os olhos para alguma coisa que eu disse, ou tendo uma catarse! Hehe.
E então percebi que ainda sabemos muito pouco uma sobre a outra. Por isso, pensei em te propor algo diferente: vou te contar algo aleatório sobre mim, e depois você me conta qualquer coisa que tiver vontade sobre você. Acho que é uma boa forma de nos conhecermos, claro, caso você também queira me conhecer mais.
Bom, lá vai... eu sou canhota e sei tocar harpa.
Aprendi quando era criança com uma vizinha que tocava harpa na igreja. Hilda era uma alemã meio rude e eu morria de medo dela. Um dia ela estava lá em casa e

disse para mim, com o sotaque bem carregado: "você deveria aprender a tocar alguma coisa, posso te ensinar harpa se quiser". Fiquei com tanto medo de dizer não que acabei fazendo as aulas.

Com o tempo descobri que ela era uma pessoa muito boa, mas quando eu tinha oito anos, ela realmente parecia assustadora.

Espero que você tenha uma boa semana, Tita.

Um beijinho,
Mia

P.S.: Não terminei ainda, mas já recomendo furar a fila! ;)

* * *

O meu bom humor se estendeu pela semana. Na terça-feira, na cozinha do La Concorde, eu tive certeza de que a minha animação havia contagiado a todos, porque, nas três semanas em que estive ali, nunca houve um dia tão tranquilo. Até Julieta estava de bom humor e ainda não havia se estressado com nenhum cozinheiro.

O serviço estava a todo vapor quando a chef parou ao meu lado; eu preparava um carpaccio de maçã verde com vieiras marinadas no limão. Julieta assistia em silêncio enquanto eu envolvia delicadamente o molusco no molho.

A chef nem estava tão perto, mas a sensação era como se ela estivesse no meu cangote e senti minha musculatura enrijecendo ao saber que estava sendo observada. Como nunca havia visto Julieta tão calma antes, estava preparada para um surto a qualquer momento.

— Posso? — perguntou Julieta com um tom de voz incomumente suave, apontando o dedo para a tigela da marinada.

— Claro, chef — respondi, aproximando a cumbuca dela.

Julieta provou o molho, mergulhando o dedo indicador no líquido e em seguida o levando à boca. Acompanhei todo o movimento, me sentindo ansiosa com o veredito e com mais alguma coisa que não soube descrever.

— Respira, Amélia — disse Julieta, com o vislumbre de um sorriso. — A gente precisa de você viva.

— Desculpa, chef — respondi, tentando relaxar.

— Está muito ácido, lembra que a maçã também é ácida? — analisou, devolvendo a marinada. — Coloque um pouco de água para dar uma quebrada. Teste com *dill* também, acho que vai combinar melhor do que coentro. — Apontou com os olhos para as folhas picadas que eu iria misturar ao molho. — Está muito bonito o carpaccio. Parabéns!

— Obrigada, chef.

Como dizem: o primeiro elogio a gente nunca esquece. E fiquei tão feliz que passei o resto do expediente sorrindo. Era impressionante, mas esse simples elogio de uma chef renomada foi o suficiente para me relembrar do porquê eu estava ali e onde queria chegar.

Pensei nas palavras de Tita e sorri ainda mais.

* * *

A cozinha estava silenciosa enquanto eu terminava de passar um pano com álcool sobre a minha bancada impecavelmente limpa. Eu era sempre a última a terminar; gostava de usar esse momento para desacelerar um pouco depois de uma noite intensa de trabalho.

Já estava encerrando quando Maxi me convidou mais uma vez para sair com os funcionários. Era apenas terça-feira e teríamos a semana inteira pela frente, mas estava tão feliz que queria mesmo comemorar.

Quando saí do vestiário, com um jeans claro e o mesmo suéter caramelo que usei no meu primeiro dia no restaurante, encontrei os meus colegas reunidos próximos à porta de saída conversando sobre a banda de rock que tocaria naquela noite.

— Só faltava a Amélia. Vamos indo, então? — perguntou Lola.

— Vocês não acham que deveríamos convidar a Julieta? — perguntei ao grupo.

Eu sabia que Julieta ainda estava em sua sala. Além do mais, hoje ela não havia sido tão intransigente, e eu achava que poderia ser bom para melhorar o convívio de todos na cozinha.

— Tá louca, Amélia? Queremos relaxar, não nos estressar ainda mais — reclamou Luciano.

— Eu a convidei — falou Maxi —, mas Julieta não gosta desse tipo de bar.

— Claro que a mademoiselle não gosta desse tipo de bar — ironizou Francesco.

Como acontecia toda vez que esse sujeito abria a boca, revirei os olhos.

Fomos novamente ao La Clandestina, o bar que ficava a apenas três quadras do restaurante e tinha música boa e cerveja barata.

O encontro com os colegas estava sendo bem menos interessante do que na semana anterior. Francesco e Luciano estavam destilando mais veneno do que uma naja, e a chef do La Concorde parecia ser a presa preferida deles. Não pararam de falar mal de Julieta nem por um minuto.

Lola e Joaquim pareciam tão desconfortáveis quanto eu, e Maxi tentava amenizar o tom da conversa, embora tenha colocado ainda mais lenha na fogueira quando deixou escapar que Julieta detestava Buenos Aires e que só voltara de Paris porque o pai a obrigou.

Depois de trinta minutos, eu não aguentava mais. Abri a mochila em busca do meu celular, disposta a chamar um táxi para casa. Revirei as minhas coisas, mas não encontrei o aparelho e me lembrei de que havia o apoiado no armário do vestiário enquanto trocava de roupa.

— Que saco — resmunguei para mim mesma.

Como o bar ficava perto, resolvi tentar a sorte e ver se alguém ainda estava lá para abrir a porta. Me despedi, paguei a minha parte e caminhei até o La Concorde.

Enquanto caminhava, o ar gelado corava as minhas bochechas. Mesmo com as luzes intensas da cidade, era possível enxergar as estrelas no céu, que estava sem uma única nuvem. Nada que se comparasse ao céu de Carmelo, amplo e salpicado de estrelas, mas, ainda assim, sublime.

Eu adorava passar as noites deitada sob o luar procurando as constelações e imaginando o que mais existia além de Carmelo, além do Uruguai... além da Terra. Foi em uma dessas noites, imaginando tudo que estaria acontecendo além dos limites da estância da minha família, que decidi me mudar para Buenos Aires atrás do meu sonho.

Respirei fundo, inalando o ar frio de maio e me sentindo realizada por finalmente estar ali. O céu de Buenos Aires era uma imitação em baixa resolução do céu de Carmelo, mas ainda assim me trouxe um sentimento de aconchego.

Em menos de cinco minutos, estava na rua que dava acesso à parte de trás do restaurante. A luz acesa na cozinha foi o primeiro bom sinal.

Me aproximei e percebi que a porta dos fundos ainda estava aberta. Entrei por ali para não incomodar ninguém. Mas, assim que passei pela porta, dei de cara com uma figura sentada no chão, olhando diretamente para mim.

— Puta que par... que susto! — exclamei, colocando a mão sobre o peito.

Julieta estava com uma garrafa de vinho tinto ao seu lado e uma taça na mão. Vestia a calça cáqui do uniforme e uma camiseta branca básica. O lenço de linho cor canela, que ela usava enrolado na cabeça como um turbante, agora estava caído sobre os ombros, assim como seus cabelos que batiam na mesma altura.

— Desculpa? — disse, quase como uma pergunta, mas com um sorriso incomum estampando seu rosto sem maquiagem.

— Ah, não, desculpa. Eu... eu esqueci meu celular no vestiário e só voltei para buscar, e achei que talvez você ainda estivesse aqui e pudesse abrir pra mim, mas vi a luz acesa... Hum, enfim, vou lá pegar — falei tudo de uma só vez, sem entender por que estava tão nervosa.

Julieta não teve nem tempo de responder antes de eu correr para o vestiário.

Meu celular estava exatamente onde imaginei: dentro do meu armário, em cima de uma muda de roupa reserva que eu sempre deixava ali para o caso de manchar alguma camiseta. Abri o flip do aparelho para discar o número da central de táxi que sabia de cor, mas apertei os primeiros números e parei.

Pensei na Julieta ali no chão, bebendo sozinha, e nos cozinheiros se divertindo às suas custas no La Clandestina, e me senti mal. Julieta não era a pessoa mais amável do mundo, mas estava longe de ser a megera que estavam pintando, e hoje havia sido até agradável e me dado várias dicas.

Respirei fundo e fechei o flip do celular com metade do número discado. Saí do vestiário decidida a dar uma chance à chef.

— Achei — anunciei, balançando o aparelho na minha mão. Aproximei e me apoiei na bancada que era de Joaquim, sem saber o que fazer com os braços. — Hum, você não quis ir ao La Clandestina com a gente? — perguntei, tentando puxar assunto.

— Onde?

— No bar que fomos, achei que Maxi tivesse te convidado...

— Não falei com o Maxi depois do expediente hoje — respondeu sem dar muita bola para o caso. Eu, por outro lado, achei estranho.

Eu sabia que deveria ir e deixar a mulher em paz antes que o seu humor mudasse novamente, mas não conseguia fazer meus pés andarem em direção à porta; em vez disso, eles me levaram para ainda mais perto dela.

— O que você está bebendo? — perguntei sem saber por quê.

Julieta me estudou por alguns segundos, mas respondeu casualmente.

— Carménère. — Depois de um momento acrescentou: — Quer uma taça?

Ela estava sentada no chão, encostada em uma das bancadas e apontou para a prateleira cheia de taças limpas. Caminhei até lá e peguei uma.

— Hum... Posso? — perguntei, apontando para o chão.

— Fique à vontade.

Sentei ao lado de Julieta e peguei a garrafa que ela me entregou. Era um Carménère chileno safra 2005.

— Humm. — Soltei um gemido ao prová-lo, era um bom vinho, frutado e com notas de especiarias, acidez moderada e um tanino persistente na boca. — Tem um sabor bem acentuado de frutas silvestres. Muito bom.

— Meu pai é louco por vinhos e trouxe esse na última vez que foi ao Chile. Também gostei bastante.

— Às vezes eu esqueço que seu pai é apenas um dos maiores chefs deste país — confessei, sem esconder a empolgação. — Eu li na revista *Bon Appétit* que ele está morando em Mendoza e produzindo vinho...

— Tentando produzir. *Tentando* — corrigiu Julieta. — Mas acho que logo consegue, ele é muito dedicado quando tem um objetivo.

— Acho que você puxou isso dele, então.

— Por que acha isso?

— Ah, sei lá, você é superconcentrada, focada e, hum... exigente — afirmei, desviando o olhar e coçando a cabeça. — Mas acho que isso é uma qualidade importante para esse tipo de trabalho.

Julieta me estudou por um momento e aproveitei para fazer o mesmo. Notei os olhos castanhos, os cílios longos, a franja meio rebelde e ondulada que caía sobre os olhos de maneira despretensiosa, e a bochecha levemente rosada por conta do vinho.

Assim, relaxada, ela ficava ainda mais bonita.

— Obrigada! Mas não acho que todos os cozinheiros daqui pensem igual a você.

— Ah, é que às vezes é difícil receber críticas, principalmente durante o serviço que já é um momento estressante — expliquei, começando a me sentir mais à vontade. — Mas a gente está aqui para crescer, não pra levar tapinha nas costas e ter o nosso ego inflado. Talvez nem todos consigam demonstrar isso, mas acho que todos se sentem honrados em trabalhar aqui. Bom, eu com certeza me sinto.

Julieta abriu um sorriso tímido, o que a fez parecer mais jovem, e um silêncio repentino tomou conta da cozinha.

Eu queria puxar algum assunto, mas não sabia qual, então resolvi voltar para o único tópico que sabia que tínhamos em comum.

— Nossa, é muito bom mesmo — falei, tomando mais um gole do vinho. — Harmonizaria muito bem com um filet *au poivre*, porque ele tem um toque de pimenta muito agradável.

— Hum, um filet *au poivre* — repetiu Julieta, em tom sonhador. — Eu tô morrendo de fome.

— Eu também. Não comi nada ainda.

— Vamos fazer um, então.

— Agora? Mas são duas da manhã.

— E daí?

— Hum, sei lá... Estamos no ambiente de trabalho — ponderei, sem jeito. Estava morrendo de fome e louca para aceitar, mas não queria parecer folgada.

— Por sorte, o nosso ambiente de trabalho é uma cozinha — disse Julieta, se levantando e estendendo uma das mãos para que eu fizesse o mesmo. — Vamos?

— Sim, chef! — respondi, brincando ao aceitar a ajuda.

Peguei a carne e o creme de leite fresco enquanto Julieta apanhou os ingredientes secos e o pilão. Colocamos tudo sobre a bancada de Damian, o chef *rôtisseur*, responsável pelas carnes, porque o fogão dele tinha a boca mais potente da cozinha.

— Filet *au poivre* foi meu primeiro teste em um restaurante na França — Julieta revelou casualmente, despejando os grãos de pimenta no pilão.

Comecei a limpar o filé-mignon para tirar o tournedos.

— Você passou? — questionei, desconfiada da resposta.

— Passei, mas eu estava tão nervosa que não sei como isso aconteceu.

— Entendo. Eu também não sei como consegui a vaga aqui, para ser sincera.

— Você diz por eu não ter pedido teste? — Julieta perguntou enquanto moía as pimentas.

— Também... — repliquei reticente, verbalizando algo que estava na minha cabeça havia muito tempo.

Julieta parou de moer por um momento e se virou para mim. Notei o movimento e fiz o mesmo, esperando a resposta.

— Bom... — ela suspirou antes de continuar — ... você sabe, eu sou chef aqui há dois anos, e não é fácil assumir um restaurante renomado, porque a expectativa é altíssima. — Julieta voltou a moer as pimentas; fiquei olhando, esperando o resto da história. — Desde que meu pai se aposentou, estou tentando montar a equipe ideal. E uma coisa que percebi é que todos que estudaram e trabalharam em cozinhas profissionais sabem cozinhar, e as coisas que não sabem... Bom, é fácil ensinar. Mas achar alguém que saiba trabalhar bem em equipe é mais difícil. Tem muita briga de ego nesse meio. Mas quando você disse que saiu do Don Juan porque não concordava com aquele imundo do Guillermo Alcântara, eu achei que talvez você tivesse a postura que eu estava procurando. — Voltou a me encarar. — Por isso resolvi apostar, mesmo sem ver você cozinhando.

Fiquei sem palavras por alguns segundos.

— E, hum, você acha que foi uma boa aposta? — indaguei, sentindo-me mais tímida do que de costume.

— Talvez — disse com um sorrisinho que respondeu todas as minhas dúvidas.

— Ele é mesmo um imundo — concordei com ela sobre o chef do Don Juan e voltei à carne.

— Ele trabalhou aqui quando meu pai ainda era o chef e eu era *commis* e a única mulher na cozinha. Depois de ter passado dos limites com as palavras muitas vezes, um dia ele tentou passar a mão em mim e isso foi a gota d'água para o meu pai o mandar embora. Acho que logo depois disso ele abriu o Don Juan.

— Credo! Que homem desprezível!

Continuamos conversando e cozinhando. Fazia algum tempo que eu não cozinhava com outra pessoa e me senti satisfeita ao perceber a sincronia entre nós. Sem falar nada, sabíamos o que cada uma estava fazendo e os tempos de cada coisa.

— Sobraram uns pães de hoje que guardei na despensa para fazer farinha de rosca. O que você acha de umas torradas com azeite para acompanhar? — Julieta perguntou, ainda macerando a pimenta.

— Acho perfeito — respondi. — Pronto, carne cortada.

Julieta pegou um dos pedaços na mão e analisou com atenção.

— Você pesou isso?

— Humm... Não, mas se...

— Eu tô brincando, Amélia. Estão ótimos — brincou, rindo da minha cara pálida. — Se acalma!

— Não faz isso, eu fico nervosa.

— Desculpa. — Julieta sorriu ainda mais.

Quem diria que a chef do La Concorde teria senso de humor?

— Vou lá na despensa. Reza para ter sobrado baguete.

Eu nunca tinha provado nenhum dos pães de Joaquim, mas toda vez que ele colocava as baguetes no forno e o cheiro tomava conta da cozinha, eu tinha vontade de largar tudo que estava fazendo para comer uma com manteiga.

Quando voltei, Julieta já havia acendido o *char broiler* e colocado uma *sauteuse* na boca mais forte do fogão. Agora envolvia o mignon na pimenta moída.

— Demos sorte! — Sacudi a baguete no ar.

Enquanto eu fatiava o pão, não pude deixar de reparar na elegância com que Julieta tratava a carne. Mesmo sendo um prato simples, era evidente a atenção que ela dava a todos os processos e o respeito que tinha pelos ingredientes. Ela tinha mãos delicadas, dedos longos e finos, e segurava a carne com cuidado, porém com firmeza.

Novamente, de maneira sincronizada, Julieta começou a preparar a carne, e eu, as torradas.

— Você é de Carmelo, não é? — ela me perguntou, pondo uma fatia generosa de manteiga e azeite na *sauteuse*, em seguida colocando os tournedos.

— Sim, morei lá minha vida toda antes de me mudar para Montevidéu — respondi, colocando as fatias de pão sobre o *char broiler* quente.

Fiquei surpresa que Julieta se lembrasse desse detalhe, eu tinha comentado no dia da entrevista, mas achei que ela não havia prestado atenção.

— Eu passei férias lá uma vez, em uma estância de um amigo do meu pai — Julieta comentou enquanto selava um lado da carne.

Antes de virar e selar o outro lado, ela tirou a gordura queimada e colocou outra fatia de manteiga e mais azeite. Era uma coisa simples, mas o suficiente para que a carne ficasse suculenta e a manteiga queimada não alterasse o sabor do molho. Eu anotava tudo mentalmente.

— E você gostou?

— Foram as melhores férias da minha vida, para ser sincera.

Com a mesma elegância, Julieta flambou os filés em conhaque e, enquanto a panela ainda estava em chamas, tirou as carnes para fazer o molho e as colocou em dois pratos rasos.

— Eu tinha catorze anos e passamos dez dias lá — continuou Julieta enquanto colocava um pouco do vinho que bebíamos e o creme de leite fresco na *sauteuse* para reduzir em fogo médio. — Não fizemos muita coisa, mas lembro de andar de *jet ski* em Playa Seré e de visitar algumas vinícolas. O lado bom de ter um pai louco por vinhos é que ele me deixava degustar tudo. Mas o que eu mais gostei foi do dia em que alugamos um barco e fomos pescar. O aluguel dos barcos ficava dentro de um camping e quando voltamos, carregados de peixe, meu pai teve a brilhante ideia de cozinhar para todos os campistas. Ele é assim, meio maluco, faz amizade com todo mundo e adora cozinhar para muita gente. O lugar não tinha estrutura nenhuma, então, cozinhamos em churrasqueiras improvisadas, mas foi muito divertido.

— Seu pai parece um cara bem legal.

Tirei as torradas, que estavam com a marquinha do *char broiler*, e coloquei em outro prato. Em seguida, Julieta despejou o molho por cima da carne.

— Ele é — respondeu, nostálgica, enquanto pegava talheres para nós duas. — Três meses depois disso, ele ganhou a primeira estrela, e acho que só tirou férias de novo quando se aposentou.

— É o preço que se paga pelo sucesso — constatei, compadecida. — Imagino que deva ter sido um sonho, mas, ao mesmo tempo, uma pressão muito grande. Tinha mais algum restaurante estrelado aqui na época?

— Não, o La Concorde foi o primeiro na América Latina — disse Julieta, comendo uma torrada. — Ele ficou obcecado na época e não descansou até conseguir a segunda estrela. Depois que ela veio, acho que ele se cansou e decidiu que deveria ser eu a conseguir a última.

— Sem pressão — brinquei.

— Bom, ele que espere sentado, no momento minha única ambição é não perder nenhuma. Quem sabe daqui a uns dois anos eu comece a pensar em conseguir a terceira estrela.

— Aos sonhos possíveis! — Ergui a taça e Julieta brindou comigo.

— Aos sonhos possíveis!

* * *

— Nossa, já passa das três da manhã — eu disse, olhando para o enorme relógio que ficava na cozinha.

Estávamos mais uma vez sentadas no chão, terminando o vinho depois do jantar.
— Acho melhor a gente ir — concluiu Julieta, sem muita empolgação.
— Vou ligar para um táxi então...
Peguei o celular no bolso para terminar de discar o número começado havia mais de uma hora, mas Julieta me impediu, colocando a mão sobre a minha.
— Eu te levo. Onde você mora?
— Ah, não precisa, eu pego um táxi, é sério.
— Já está tarde e é perigoso. A não ser que você more, sei lá, em Tigre, eu te levo.
— Moro em Chacarita — respondi, notando que a mão de Julieta ainda estava sobre a minha.
— Ah, é aqui do lado.
— Bom, já que você insiste.

∗ ∗ ∗

O carro de Julieta estava no estacionamento do restaurante. Caminhamos em silêncio até lá, sentindo o vento gelado da madrugada levar embora o calor criado pelo vinho, pelo jantar e, possivelmente, pela companhia.
— Vou pela Avenida Corrientes? — perguntou Julieta quando já estávamos no carro.
— Isso, pode ser. Moro na frente do Parque Los Andes.
Julieta assentiu com a cabeça antes de ligar o carro, então abriu o porta-luvas, pegou um estojo cheio de CDs e colocou no meu colo.
— Escolhe alguma coisa que você goste.
Sem falar nada, comecei a procurar. Era estranho olhar os discos dela, era como ver um compilado da sua personalidade. Passei por "Kid A" do Radiohead, "Euforia" do Fito

Páez, "Jagged Little Pill" da Alanis Morissette, e vários outros que eu também gostava. Me decidi por um dos meus favoritos: *Lo que te conté mientras te hacías la dormida* de La Oreja de Van Gogh.

"Puedes Contar Conmigo" tocava enquanto Julieta manobrava no estacionamento e nós duas cantarolávamos.

— Fui em um show deles em Madri quando ainda morava em Paris. Acho que foi o melhor show que já fui — comentou Julieta.

— Eu adoro eles! Ouvia esse álbum dia e noite quando lançou. Chegou a um ponto em que minha mãe não aguentava mais e me proibiu de colocar no restaurante do hotel, disse que ia espantar os hóspedes com a repetição infinita.

— Tenho certeza de que os hóspedes apreciavam seu gosto musical.

— Bom, não sei, talvez eu tenha mesmo espantado alguns hóspedes tocando Spice Girls no último volume quando eu era adolescente.

Julieta apenas riu da confissão.

— Deixa eu adivinhar, você era a Baby Spice?

— Infelizmente! Eu queria ser a Sporty, mas minhas amigas insistiam que, por eu ser loira, deveria ser a Baby.

— Elas tinham razão. Até hoje você tem carinha de bebê.

— Sabe, isso não é tão elogioso quanto as pessoas pensam!

— É melhor do que causar medo nas pessoas com a sua cara — acrescentou com uma piscada.

— Você não causa medo — falei de forma pouco convincente. — Talvez um pouco... Está bem, bastante.

Julieta caiu na gargalhada.

— Desculpa, então.

— Mas agora que eu sei que você é uma pessoa de verdade, com coração e tudo, não tem mais nada que você possa fazer para me intimidar.

— Isso é um desafio? — Julieta observou, ficando séria mais uma vez.

— Não, não... É brincadeira — neguei, me apressando em fazer o sorriso, que combinava muito mais com ela, voltar ao seu rosto.

Quando me dei conta, já estávamos na frente do meu prédio e, apesar do horário, nenhuma de nós parecia estar com muita pressa.

— É isso então... Obrigada pelo filet *au poivre* e pelo vinho, os dois estavam excelentes.

Eu me sentia estranha. Até ontem não suportava ficar mais de dois minutos na presença dela, e agora estava enrolando para sair do carro.

— Bom, obrigada pela companhia. Hoje era meu aniversário. Quer dizer, ontem, na verdade. Dia quinze — contou Julieta, tímida.

— O quê? Por que você não disse nada? — perguntei, chocada. — Feliz aniversário!

Me aproximei dela sem pensar muito e a puxei para um abraço. Julieta pareceu ser pega de surpresa, ainda assim retribuiu.

— Você deveria ter dito alguma coisa no restaurante. Agora sinto que *eu* que deveria ter te pagado um vinho. — Soltei ela do abraço e continuei: — Já sei! A gente vai em um bar e eu pago uma rodada para comemorar.

— Amélia, não precisa...

— Aniversários têm que ser comemorados!

Julieta apenas sorriu antes de concordar.

— Se você insiste.

— Então tá, você escolhe o dia e eu escolho o bar.

— Combinado. — Julieta estendeu a mão para mim.

— Combinado — repeti. — Boa noite, Julieta. E feliz aniversário de novo! — disse, abrindo a porta do carro.

— Boa noite, Amélia.

CAPÍTULO 9

15/05/2007
De: la_tita@tierra.com
Para: a_gonz@earthsent.com
Re:Re:Re:Re:Assunto: diário compartilhado

Cara Mia,
Acho que deveria voltar na *nossa* livraria mais vezes; aquela foi a única vez que fui.
Notting Hill é um clássico, vi muitas vezes na adolescência.
Esses dias eu assisti *A casa do lago* com a Sandra Bullock e o Keanu Reeves, confesso que chorei! Acho que você vai gostar... eles também trocam cartas!
Eu também imaginei você, Mia. E sempre imaginei com uma aura doce e inocente, não sei, acho que é porque achei a sua atitude de deixar um bilhete para uma estranha em um livro preferido muito fofa!
Talvez eu esteja muito errada e você seja um homem de meia-idade tentando conversar com uma mulher mais jovem. Mas, por alguma razão, acho que a minha percepção sobre você está correta! Afinal, que estereótipo mais angelical é tocar harpa!?

Bom, já que você falou de instrumentos musicais, eu toco violino, quer dizer, tocava. Faz anos que não pratico. Tocava na orquestra da escola.

Mas como acho que isso não é um fato aleatório interessante, vou te contar o mais aleatório que eu consegui pensar:

Uma vez decidi pegar um voo até a Noruega para ver a Aurora Boreal (não é tão excêntrico se levar em conta que, na época, eu morava na Europa) e fiquei dois dias sozinha, hospedada em uma cabana, sem televisão, sem rádio e sem nenhum vizinho por perto. Foi um pouco assustador no começo, mas foi um dos momentos mais incríveis da minha vida.

Quando você está debaixo daquelas luzes, todos os problemas se tornam inexistentes e a única coisa que você consegue pensar é em como o universo é maravilhoso e o nosso único objetivo de vida deveria ser aproveitar tudo ao máximo.

Boa semana para você também, Mia.

Com carinho,
Tita.

P.S.: Acabei *Jane Eyre*, vou começar *A menina que roubava livros*.

✶ ✶ ✶

Era estranho estar na cozinha do La Concorde depois da noite anterior. Eu não conseguia olhar para Julieta da mesma maneira que olhava antes e queria fazer tudo direito para agradá-la.

Esse por si só já era um pensamento estranho, já que jurei que não iria me humilhar para agradar chef nenhum.

Mas eu não queria agradá-la para ser recompensada, queria agradá-la para deixá-la feliz. E esse era o segundo pensamento estranho.

Dessa vez, não conseguia ignorar os comentários machistas de Francesco toda vez que a chef lhe pedia alguma coisa. Não conseguia fingir que não via toda vez que Luciano revirava os olhos para algum comando. E nem conseguia não me aborrecer com o ar superior com que Maximiliano andava pela cozinha, sabendo que os cozinheiros gostavam mais dele do que de Julieta.

— Está muito gorduroso, Fran — Julieta notou ao testar a consistência de um molho num prato. — Tá vendo como a gordura está se separando aqui? Tenta colocar mais acidez e vê se consegue emulsionar, senão é melhor começar de novo.

— Sim, chef — ele respondeu contrariado.

Julieta continuou e parou ao lado de Lola, que preparava uma *crème brûlée*; e Maxi parou ao lado de Francesco, que resmungava por conta do molho talhado.

— Deixa eu ver esse molho — pediu Maxi. Ele testou o molho da mesma forma que Julieta fizera antes. — Eu acho que está bom, Fran, só coloca um pouco mais de vinho para agradar a chef — sugeriu e deu uma piscada cúmplice para Francesco.

Eu assistia estarrecida ao que acontecia ao lado da minha bancada. O molho estava visivelmente talhado e gorduroso e a única solução era jogar fora e fazer de novo.

— Obrigado, chef — respondeu como um cachorrinho manso desta vez.

— Sabe como Julieta é meticulosa, né? — Maxi disse antes de sair para verificar os preparos dos outros cozinheiros.

— Pra mim, isso é falta de um homem que dê um...

— Você não tem nada mais interessante para se entreter, não? — soltei sem me dar conta.

— Por que não vai preparar um *chivito*? — desdenhou.
— Porque eu sou uruguaia? Que original! Tem algum tipo de preconceito que você não tenha?
— Ei, vocês dois, já chega! — Julieta se meteu na conversa. — De volta ao trabalho. Os dois!
— Desculpa, chef! — eu disse enquanto Francesco apenas revirou os olhos e voltou ao seu molho talhado.

O clima na cozinha estava novamente tenso, mas dessa vez a culpa era do Francesco... E talvez minha, já que durante todo o expediente não perdi a chance de o alfinetar.

Por fim, Francesco não teve alternativa senão refazer o molho do começo depois que Julieta o provou pela segunda vez.

— Não acredito que tenho que fazer essa merda de novo. Sempre fiz assim, todo dia fica igual. Essa mal-amada deve tá naqueles dias pra me encher o saco desse jeito.
— Se tivesse feito na hora que foi mandado, ela não estaria te enchendo o saco — revidei.
— E você fica na sua, garota chata.

Estava pronta para revidar mais uma vez, quando a voz de Julieta chamou minha atenção.

— Amélia, posso falar com você, por favor? — Julieta pediu com o tom sério e a cara inexpressiva que eu já conhecia.
— Sim, chef — respondi e larguei a faca em cima da tábua, ainda me sentindo irritada. Francesco me lançou um sorriso sádico.
— Na despensa. Agora! — exigiu a chef.

Caminhei até a despensa atrás de Julieta e fechei a porta.

— Pode me explicar por que você está se engalfinhando com o Francesco?
— Eu? O cara não fica quieto um minuto!

Julieta respirou fundo e esfregou a mão no rosto.

— Amélia, eu sei que ele é difícil de lidar e que torra a paciência. Mas você é melhor que isso. Ignora e cuida do seu prato.

— Bom, ele está do meu lado, não consigo ignorar tudo. Ele parece uma metralhadora de bosta quando abre a boca.

— Eu sei que ele é machista, Amélia, e sei que ele gosta de te atormentar, mas ignora tudo que ele falar sobre você. Ele só está te provocando e revidar só vai piorar a situação.

— Não é de mim que ele fala, não, Julieta. É de você!

Ela foi pega de surpresa, e a vi se empertigar toda com a revelação. A sua expressão se tornou um pouco menos dura e um pouco mais doída.

Ela limpou a garganta.

— Eu agradeço que você queira defender minha honra ou coisa assim, mas eu prefiro que ignore e cuide dos seus pratos. Pode ser?

— Sim, chef — disse, resignada.

Encarei Julieta uma última vez antes de caminhar até a porta.

— Amélia — a chef me chamou antes de eu sair e me virei para ela. — Obrigada.

***

— O suflê da mesa sete está atrasado — gritou Daniel.

— Luciano?! — Julieta nomeou o responsável.

— Saindo, chef!

— Amélia, preciso do gaspacho da mesa cinco também!

— Levando, chef!

Terminei de limpar a lateral do prato e, com a ponta dos dedos, ajeitei alguns legumes frescos que estavam no meio da sopa fria. Notei Luciano terminando de limpar o seu também.

— Aqui, chef — Luciano disse, colocando o suflê de queijo na bancada de Julieta.

— Chef! — Fiz o mesmo logo atrás dele.

— Luciano, o que é essa mancha preta aqui? — Julieta perguntou, analisando o suflê.

O cozinheiro, que já estava saindo, voltou e olhou com atenção. Não tinha nenhum ingrediente escuro no suflê, mas era possível ver uma mancha escurecida dentro da massa.

— Hum, não sei — hesitou.

— Você tem outro assado?

— Não, chef, mas posso assar.

— Acho melhor...

— Sim, chef.

Julieta pegou uma colher e abriu o suflê para averiguar enquanto o cozinheiro colocava mais um no forno.

— Luciano, volta aqui, por favor — Julieta chamou, com seu tom mais sério, o que fez a brigada inteira parar e ver o que estava acontecendo. — Você pode me explicar o que um botão está fazendo no suflê de queijo?

— O quê?!

Julieta jogou o botão para ele, que o pegou no ar.

— Um botão!

— Como que isso foi parar aí? — Luciano indagou, confuso.

— Foi exatamente isso que te perguntei.

lhei para o uniforme do chef *entremétier* e todos os bo-
dólmã estavam ali, inclusive os da manga.

u juro que não sei como essa coisa foi parar aí!

ão foi você que preparou esse suflê? — Julieta per-
paciente.

semas não tinha nenhuma merda de botão quando
quins — justificou-se, exaltado.

— Primeiro, esse botão não foi parar ali sozinho. Então, se você não sabe, é porque não estava prestando atenção no seu trabalho. Segundo, meça as suas palavras porque você não está num bar falando com os seus amigos!

— Eu falo como eu quiser quando alguém está me acusando de algo que eu não fiz!

— Não na minha cozinha!

Luciano olhou enfurecido para ela, ambos irritados e confusos. Nem Luciano parecia entender como o botão havia parado ali, nem Julieta parecia entender o porquê desse tipo de coisa continuar acontecendo.

— Que seja — Luciano explodiu, tirando o avental. — Eu tô fora dessa birosca! — Jogou o avental na bancada e saiu pisando duro até o vestiário.

A cozinha toda ficou em choque por alguns segundos. Era bastante comum esses momentos de tensão no mundo da alta gastronomia, eu mesma já havia protagonizado um número razoável de discussões, mas raramente elas levavam a atitudes tão drásticas como alguém se demitindo.

Tinha alguma coisa muito errada acontecendo no La Concorde.

O silêncio na cozinha era tanto que dava para escutar as conversas vindas do salão. Julieta olhou para os funcionários e os seus olhos se demoraram um pouco mais em mim, que assenti, demonstrando apoio.

— Voltem aos seus postos — ordenou a chef, batend palmas para chamar atenção de todos. — Ou mais algué quer sair? — Esperou um segundo e, como ninguém se nifestou, seguiu. — Maxi, assuma a praça do Lucian pessoal, por favor, prestem atenção nos pratos.

* * *

Quinta-feira de manhã, eu estava deitada no sofá da sala fazendo palavras cruzadas, e Violeta estava escrevendo uma coluna para o seu blog. Com exceção da chuva que batia insistente na janela, o silêncio reinava no apartamento setenta e oito, já que Federico ainda dormia.
— Pintor espanhol, quatro letras... Não é Dalí.
— Goya — Violeta respondeu sem tirar os olhos da tela do notebook.
Anotei a resposta. Depois de mais alguns minutos de silêncio, fechei a revista e me virei para ela.
— Viole, no dia do churrasco, você falou que o Gazeta Portenha era conhecido por fazer matérias duvidosas — disse, e Violeta finalmente tirou os olhos do notebook para me olhar. — Você acha que consegue descobrir quem vazou a notícia da reação alérgica?
— Por que você tá interessada em saber isso agora? — perguntou, perspicaz como sempre.
Me sentei no sofá, ficando de frente para Violeta.
— Porque teve mais um acontecimento estranho no La Concorde ontem. E eu não sei, tanto o de ontem quanto o da alergia me parecem, sei lá, estranhos.
— O que aconteceu?
— Julieta achou um botão dentro do suflê. Mas os uniformes são lavados e reparados com muito cuidado por uma empresa especializada. Não me parece que iam deixar um botão solto para cair dentro de um prato. Além do mais, o dólmã do chef responsável tava com todos os botões pregados.
— É estranho mesmo. Você acha que tem alguém tentando sabotar o restaurante?
— Não sei, mas é estranho um restaurante renomado com profissionais qualificados tendo esse tipo de "acidente".
— Fiz aspas com as mãos.

— Eu vou ver se consigo descobrir alguma coisa sobre o Gazeta Portenha, tenho um colega que conhece um colunista deles — Violeta disse, anotando alguma coisa em um bloco de notas que estava em cima da mesa. — Você tem algum suspeito?

— Bom, tem o Francesco, que é um imbecil, ele com certeza faria uma coisa dessas. Mas sei lá, ele trabalha do meu lado e não sei como ele conseguiria, além do mais, ele não parece muito esperto.

— Talvez seja parte do personagem.

— Pode ser. Porque fora ele, não consigo pensar em mais ninguém.

— Vou ver se consigo descobrir alguma coisa — Violeta concluiu com um semblante intrigado.

Ainda pensativa, voltei para as palavras cruzadas, e instantes depois Inmigrantes começou a ecoar pela casa. O som meio abafado vinha do quarto de Federico, é claro.

Quando ele finalmente apareceu, tinha um sorriso largo no rosto e uma disposição incomum para aquela hora da manhã.

— Bom dia, mulheres da minha vida!

— O que aconteceu hoje que você tá de bom humor? — Violeta quis saber.

— Hoje, Viole, tem jogo do Boca pela Libertadores, esqueceu? E tô sentindo que esse ano vamos ser campeões. — Ele passou por ela e foi direto para a cozinha buscar uma xícara de café.

— Como eu poderia esquecer? Eu tenho que cobrir esse jogo — ela respondeu, elevando a voz para que ele a ouvisse da cozinha.

— Como assim "cobrir o jogo"? No La Bombonera?! — Federico voltou correndo da cozinha equilibrando o café, que naquele momento já não tinha importância.

— Desde quando você cobre esporte? — questionei.

— Que importa isso, Amélia? Ela vai tá lá dentro! No campo! — Federico estava eufórico, as veias do pescoço saltadas e os olhos quase pulando fora das órbitas.

— Meu Deus, se acalma, homem. — Violeta riu, em seguida virou para mim. — Desde que parece ser a única coisa relevante acontecendo nessa cidade hoje.

— Violeta, você precisa me levar com você!

— Você tá louco, Federico? Eu vou a trabalho, não a convite de algum amigo rico que comprou camarote. Tenta com algum amigo do seu pai, eh?

— Também não tô vendendo a alma ao diabo.

— Sei — alfinetei do sofá.

— Tá, tá... Eu já tentei com o meu pai. Tentei com todo mundo que conheço e nada — Federico respondeu, desanimado.

— Olha, eu não prometo nada, mas eu vou tentar arrumar uma credencial de imprensa.

Violeta pegou o celular e foi para o quarto dela fazer uma ligação.

— Eu tô delirando ou ela realmente tá tentando uma credencial pra mim?

— Você tem muita sorte mesmo, nene — disse, voltando minha atenção às palavras cruzadas. — E você não tem que trabalhar hoje?

— Eu cobri o Mariano dois domingos seguidos no mês passado, ele tá me devendo uma.

Quando Violeta voltou, nós dois nos viramos para ela com expectativa.

— Então? — questionei, sabendo que Federico estaria muito nervoso para verbalizar qualquer coisa.

— Nem acredito que fiz isso, mas inventei uma história e consegui a credencial.

Em um gesto rápido, ele a pegou no colo e começou a girar desenfreado com ela nos braços, os dois gritando: ele, de felicidade e ela, de medo de ir para o chão.

Eu observava a cena com um sorriso. Não era o tipo de interação que estava acostumada a ver entre os dois, mas era a que eu sabia que aconteceria em algum momento.

— E qual foi a história? — perguntei.

— Eu disse que hoje era aniversário do meu namorado, torcedor roxo do Boca, e queria fazer uma surpresa para ele — Violeta contou, corando um pouco. — Para todos os efeitos, hoje à noite você tem que fingir que é seu aniversário... E que é meu namorado.

— Acho que dá para fazer esse sacrifício — ele falou, brincando. Mas o brilho nos olhos dele não me passou despercebido.

***

Antes do trabalho, fiz um pequeno *détour* na videolocadora. Queria alugar o filme mencionado por Tita. Eu já estava com vontade de assisti-lo antes, mas o simples fato da minha correspondente virtual o ter indicado era suficiente para eu não querer esperar nem mais um dia.

Era estranho, mas a ideia maluca de Federico parecia ter sido certeira. Nunca imaginei que gostaria tanto de trocar e-mails com uma quase desconhecida. Mas sentia que tinha tanto em comum com Tita que, com frequência, esquecia que não a conhecia pessoalmente.

Pela primeira vez desde o dia que escrevi a nota, parei para pensar na minha vida amorosa. Eu adorava falar com Tita, mas será que isso poderia evoluir para algo mais? E, apesar de adorar conversar com ela, eu realmente não a conhecia. E se Tita fosse muito diferente do que eu imaginava?

Será que não estava fantasiando um pouco? E se Tita fosse uma mentirosa patológica?

E se...? E se...? E se...?

Além do mais, ela provavelmente era hétero.

Me sentia em um desenho animado com um diabinho soprando essas dúvidas em um ouvido; enquanto um anjinho afirmava no outro: *mas o destino funcionou até aqui.*

Resolvi dar ouvidos ao anjinho.

Então, entrei na locadora com um sorriso, sabendo que assistiria qualquer coisa que Tita recomendasse.

— Bom dia, Diego.

— Bom dia, Méli. — O atendente da locadora me cumprimentou de trás do balcão. — Adiantando o fim de semana?

— A semana está meio puxada, então resolvi me fazer um agradinho.

Gastei uns bons trinta minutos vagando por entre as prateleiras de filmes. Eu adorava andar pela loja pegando os DVDs na mão e lendo as sinopses. A locadora de Diego era também uma banca de revista e tinha o aroma característico de papel, que, para mim, era o cheiro do fim de semana.

Me decidi por *A casa do lago*, *Antes do amanhecer* — para ver pelo ponto de vista da Tita dessa vez — e *Volver*. Por fim, resolvi levar também *A dama na água*, para fechar quatro filmes e poder devolver só na segunda-feira.

CAPÍTULO 10

18/05/2007
De: a_gonz@earthsent.com
Para: la_tita@tierra.com
Re:Re:Re:Re:Re:Assunto: diário compartilhado

Querida Tita,
Preciso dizer que ri com a sua conclusão de que tenho um ar angelical! Tenho certeza de que a minha mãe discordaria de você, mas fiquei lisonjeada com essa descrição!
Eu imagino você como uma pessoa reservada — viajar para a Noruega *sozinha*! — e talvez tímida. Mas já sei, também, que é sensível e inteligente.
Mas voltemos para a parte da Noruega! UAU! Eu tô impressionada! Que aleatoriedade mais elegante! E que coragem. Eu teria tentado convencer alguém a ir junto e provavelmente teria perdido a oportunidade de um momento incrível. Você é intensa, Tita! Eu gosto disso!
Não consegui responder antes, me desculpe, tive uma semana agitada. Boa, mas agitada. Finalmente tive a resposta que tanto esperava: minha chefe disse que estou me saindo bem, você tinha razão sobre ter paciência.
Ah! Já ia me esquecendo. Ontem assisti *A casa do lago*!

MEU DEUS!
Aluguei para ver no fim de semana, mas não resisti.
Ainda estou impactada pela história. Você teria rido do tanto que eu chorei quando a Kate achou a cópia de *Persuasão* com a citação sublinhada!
Espero que a sua semana também tenha sido boa.

Beijos,
Mia

P.S.: Só para me certificar, é 2007 aí também, certo?

* * *

Quando me dei conta, já era sexta-feira de novo. Eu gostava muito da minha rotina nova, do meu emprego novo e, agora, da minha chefe nova. Mas tinha a impressão de que as semanas estavam passando mais rápido por conta disso.

— O que foi? — perguntei quando me levantei e encontrei Violeta e Federico sentados à mesa do café da manhã em um silêncio estranho. — Por que esse clima de velório? O jogo foi tão ruim assim?

— Não, foi um jogão. O Boca empatou no último minuto. Tá tudo igual pro jogo de volta — Federico explicou.

— Então qual o problema? Descobriram a mentira?

— Não, não. Deu tudo certo, nossa atuação foi acima de qualquer suspeita — disse Federico.

— A sua, com certeza, foi. Se Hollywood te descobre... — Violeta fez piada, mas não estava com cara de muitos amigos.

— Pinta de galã, eu tenho. Quem sabe?

— Ai, por Deus! Viole, não brinca com isso porque é capaz de ele acreditar. Iludido, tadinho.

— Já parei, até porque eu estou indo pra emissora. Hoje preciso começar mais cedo.

Violeta nos deixou na mesa e foi para o quarto trocar de roupa.

— Fêde, quem vai tocar no bar hoje à noite? Tô pensando em convidar Julieta para passar lá depois do expediente.

— Que Julieta?

— Valverde.

— Quem diabos é Julieta Valverde, Amélia?

— Julieta Valverde, chef do La Concorde, a minha chefe. Já te falei dela.

— Sua chefe? A esnobe que não se mistura com ninguém?

— Numa incrível reviravolta na história, ela não é a tirana que todo mundo diz. Na verdade, ela até que é legal, na dela, mas legal. Esses dias ela me deu uma carona pra casa e a gente conversou bastante.

— Hummm... E agora você vai chamar ela para sair, assim, do nada?

— Não é do nada, eu fiquei devendo uma bebida para ela. E você sabe, eu costumo honrar meus compromissos.

— Uhum. E como é essa Julieta? Bonita ou o quê? — Federico quis saber com um sorriso jocoso.

— Pode parar, Federico! É só uma saída sem segundas intenções. Até porque, por mais linda que ela seja, a última coisa que eu quero é arranjar problema no meu trabalho.

— Ah, então ela é bonita.

— Não sei. Sei lá, ela é normal. Meu Deus, como você é chato — disse, me sentindo confusa.

Violeta voltou do quarto com os *scarpins* na mão e se sentou no sofá para calçá-los.

— Qual é o drama dessa vez, vocês dois?

— Méli vai chamar a chefe dela para sair — Federico respondeu de bate-pronto.

— Se quer a minha opinião, péssima ideia, Amélia.

— Isso não é verdade! Esse *boludo* tá distorcendo os fatos. É uma saída como amigas.

— Péssima ideia mesmo assim. Nunca misture trabalho e vida pessoal, digo isso por experiência própria. Estou indo, se comportem na minha ausência.

Assim que Violeta fechou a porta, Federico se debruçou sobre a mesa e olhou para mim com a cara de culpa no cartório que eu conhecia muito bem de todas as vezes que ele fazia besteira.

— Tá, agora desembucha!

— Fiz merda ontem, Méli. Você precisa me ajudar a consertar, ou, sei lá, me dizer o que fazer.

— O que aconteceu nesse bendito jogo? Vocês discutiram de novo?

— Pior. Eu beijei ela!

— Você o quê?!

— Beijei ela. E não foi um beijinho, foi um beijão! Sei lá o que me deu, deve ter sido a euforia do gol do Boca no último minuto. Acho que entrei demais no personagem.

— E ela?

— Bem, ela me beijou de volta...

— Então ela gostou?

— Sei lá, Méli. Na hora foi normal, mas depois ela ficou toda esquisita e agora mal fala comigo, você viu, não viu?

— Calma aí, me conta isso direito. O que aconteceu depois do beijo?

— Nada, ela ficou me olhando meio assustada e eu pedi desculpa, eu acho... Foi na comemoração do gol, então foi tudo meio confuso. Além do mais, ela tava trabalhando e você sabe como ela é toda certinha. É claro que ela iria ficar brava!

— Hummm. Pode ser. Mas você não acha que tá na hora de contar para ela de uma vez?

— Contar o quê, nena?

— Que você tá apaixonado por ela, oras!

— Eu? De onde você tirou isso?

— Ah, nene, assim você até me ofende. Tirei da poça de baba que se forma no chão quando você tá falando com ela.

Federico suspirou.

— Tá bem, digamos que, *hipoteticamente*, eu goste da Violeta. Por que eu iria contar se ela tá namorando aquele mané?

— Por isso mesmo! Quem sabe esse não é o empurrãozinho *hipotético* que falta para ela largar ele de vez?

— Méli, sejamos francos, que chance eu tenho? Ela me vê como um playboy que saiu da casa dos pais por capricho e que quando cansar de bancar o rebelde, vai voltar pra lá correndo.

— É ela que te vê assim ou é você mesmo, Fêde? Já tá mais que na hora de correr atrás do seu sonho. Por que você não pega aquele plano de negócio que você tá lambendo há quase um ano, leva num banco e levanta a grana para abrir o seu bar? Nós dois sabemos que você nunca vai pedir para o seu pai mesmo.

— Eu tenho a grana, Amélia. Quer dizer, tenho uma parte, acho que talvez precisaria de um sócio. Mas só não fui atrás de um ainda porque, sei lá, e se eu fracassar? Não sei, será que um bar-barra-bistrô *speakeasy* não é inovador demais pra Buenos Aires?

— Claro que não, nene. Olha em volta, a cidade tá fervendo e as pessoas tão loucas por novidade e por um lugar em que possam comer bem sem ter que vender um rim. Seu bar secreto vai ser um sucesso! Além do mais, se você não agir logo, vem outra pessoa e faz.

— Você tem razão. Preciso criar coragem e partir para a ação.

— E isso vale para a Violeta também.

* * *

— Acho que já está limpo, Amélia — Lola disse, parando ao meu lado.

Eu esfregava minha bancada, no fim do expediente, de maneira distraída, olhando em direção ao salão, onde Julieta e Ignácio conversavam.

— Hum? Ah, sim. Já acabei aqui.

— O Joaquim, o Daniel e eu estamos indo tomar um chope. Você quer vir?

Eu estava esperando a cozinha esvaziar e Julieta voltar para convidá-la para sair sem chamar a atenção dos meus colegas. Estava também tentando lembrar a mim mesma que Julieta era uma pessoa legal e que, apesar da primeira (e segunda) impressão, ela não rejeitaria o convite só para me humilhar. Ainda assim, me sentia nervosa.

— Ah, hoje não posso, Lola. Desculpa.

— Fica para a próxima, então.

Cinco minutos depois, quando Julieta voltou à cozinha, eu ainda organizava as minhas facas, era possível que eu já tivesse trocado a faca de peixe e a de desossa de lugar umas quatro vezes.

— Amélia? — Julieta indagou, surpresa. — Você está aqui ainda.

— Estava esperando você, na verdade — disse bem mais séria do que pretendia.

Malditos nervos!

— Aconteceu alguma coisa? — Julieta perguntou, se aproximando de mim.

— O quê? Ah, não, não. — Soltei uma risada meio nervosa e coloquei as mãos no bolso da calça. Culpa do Federico, que fez soar como se fosse um encontro... E da Violeta, que disse que não era uma boa ideia. E minha, que me deixei contaminar. — Só queria ver se você está livre para eu te pagar aquela bebida de aniversário que prometi.

Pela cara de Julieta, tive a impressão de que ela não recebia muitos convites dos funcionários. Ponderei se talvez a Violeta tivesse mesmo razão e fosse melhor não misturar as coisas. Uma fração de segundo depois, Julieta relaxou e notei o indício de um sorriso.

— Ah, não achei que era uma promessa de verdade — confessou, tímida.

Quer saber? Dane-se se não é a melhor ideia.

Iríamos tomar uns drinks e iríamos nos divertir!

Não tinha nada de errado em ser amiga da própria chefe.

— Eu nunca brinco quando o assunto é beber. — Dei uma piscadinha para ela, me sentindo mais relaxada. — Então?

— Bem, nesse caso... Você pode esperar eu me trocar?

— Claro. Nos encontramos na saída, pode ser?

***

O meu relógio de pulso já marcava uma e vinte, e ainda nada de Julieta. Eu esfregava as mãos uma na outra para tentar me aquecer. Estava, para variar um pouco, frio naquela noite. Eu vestia um cardigã de tricô *off-white* por cima de um vestido floral azul-escuro, meia fina preta e botas Doc Martens.

— Vamos no meu carro?

Virei para Julieta, que terminava de acionar o alarme do restaurante. Ela estava... *diferente*.

É estranho quando você está acostumada a ver uma pessoa todos os dias de um jeito e, de repente, ela aparece diferente. Eu sabia que a chef do La Concorde era linda, e já a tinha visto à paisana antes. Mas hoje, bem, hoje ela estava *especialmente* linda.

E não tinha nada a ver com o *look*, que era até bem casual: mocassim preto, calça *skinny* preta, camiseta branca e blazer de tweed xadrez. Eu não sabia explicar, mas tinha alguma coisa mais leve nela, parecia iluminada. Fosse o que fosse, lhe caía muito bem.

— Humm... Pode ser.

O bar, como era esperado para uma sexta-feira, estava cheio. Antes de chegarmos ao balcão, eu já conseguia ver o risinho na cara de Federico. Sabia exatamente o que ele estava pensando, mas dessa vez era até compreensível. A Julieta era mesmo muito bonita para simplesmente ignorar esse fato.

— Julieta, esse é meu amigo Federico. Fêde, essa é minha chefe, Julieta.

— Prazer, Julieta. — Estendeu a mão para ela. — O que você quer beber? Ouvi boatos de que essa muquirana aqui vai pagar a conta hoje. Não sei como você conseguiu, mas aproveita porque é raro.

— Tem uma diferença entre ser muquirana e ganhar todas as apostas, nene — disse e lancei uma piscada para ele.
— Para mim, o de sempre.

— Pode ser a especialidade da casa para mim. O que você recomenda?

Os olhos de Federico até brilharam. Aquele era o seu tipo de cliente preferido, o que deixava o bartender recomendar os drinks.

— Nesse caso e, especialmente se você gosta de vinho, eu recomendo o Malbec Wake Up. É preparado com vinho Malbec, suco de limão, cascas cítricas, gengibre e redução de frutas vermelhas.

— Parece incrível. Me vê um desses, então.
— É pra já.
— Fêde, tem alguma chance de conseguirmos uma mesa?
— Hoje só lá em cima, Méli. Se quiserem subir, depois eu mando as bebidas.

— O que você acha? — perguntei à Julieta.

— Por mim, tudo bem!

Quando Julieta virou de costas, em direção às escadas, Federico não perdeu a oportunidade de juntar o indicador e o polegar em um sinal de aprovação para mim. Apenas revirei os olhos e tratei de sair dali o quanto antes.

No segundo piso, o som estava mais baixo e podíamos conversar sem ter que gritar ou chegar muito perto. Do ponto onde estávamos no mezanino, dava para ter uma visão panorâmica do Pancho.

Atrás do longo balcão, que ia quase que de uma ponta à outra do bar, havia uma parede iluminada repleta de bebidas que preenchia os dois andares, o que dava um efeito muito bonito, mas que não deveria ser nada prático se tivessem que usar como estoque.

O olhar de Julieta passeava pelo ambiente.

— Você vem muito aqui? Parece bem amiga do bartender.

— Ah, o Fêde é meu colega de apartamento, moro com ele e mais uma amiga. Ele é meu melhor amigo. Venho aqui por causa dele, na verdade.

— Já estava preocupada, pensando que tinha contratado uma beberrona, do tipo que fica melhor amiga de todos os *bartenders* da cidade —brincou.

— Só dos que me dão cortesias. — Dei uma piscada. — E você? É a primeira vez que vem aqui?

— Na verdade, não, eu costumava vir bastante antes de me mudar, mas depois que voltei é a primeira vez. Está diferente, mais sofisticado, não sei.

— Sofisticado? — perguntei. — Você acha *isso* sofisticado?

Não que o Pancho fosse uma birosca, mas estava longe de ser classificado como Julieta sugeria; era um bar moderninho com uma banda de rock de qualidade duvidosa tocando em um palco no primeiro piso e drinks da moda sendo preparados por *bartenders* jovens e tatuados.

— Bem, talvez não "sofisticado", mas comparado com o que era quando eu frequentava, pode-se dizer que evoluiu na escala de sofisticação. É que antigamente costumava ser um bar de cerveja barata, cheio de estudantes que passavam da conta nas noites de karaokê.

— Por alguma razão, não consigo visualizar você em um bar de estudantes com cerveja barata e noites de karaokê.

— Não? E onde você me visualiza?

— Em um bistrô francês, tomando uma taça de vinho ao entardecer de frente pro Sena, com um cachorro tipo um collie ou outra raça assim, elegante, fazendo companhia. Talvez algum acordeonista tocando ao fundo. Algo do tipo — respondi, teatralmente.

Julieta riu da imagem.

— Lamento informar, mas *"ao entardecer"*, eu estava sempre trabalhando, e raramente tinha tempo para sair quando morava em Paris. Quando saía sempre escolhia os bares mais baratos, porque meu salário não era lá grande coisa... E cá entre nós — ela diminuiu a voz, como se fosse contar um segredo —, eu prefiro gatos.

— Eu também — respondi, imitando o tom.

— Além do mais, os bares de Buenos Aires são muito melhores.

Um garçom chegou com os drinks: um Tequila Sunrise para mim e o Malbec Wake Up de Julieta.

— Você sentiu saudade de Buenos Aires quando esteve fora? — perguntei, me lembrando do comentário do Maxi de que ela só voltara por obrigação.

— Nossa, e como! Eu quis voltar assim que me formei na Le Cordon Bleu, mas meu pai me convenceu de que seria bom para o meu currículo trabalhar por lá antes. — Ela segurava o drink com as duas mãos de maneira tímida, e, naquele momento, parecia bem diferente da *chef* Julieta. —

Esse era o jeito de ele falar que seria mais fácil conseguir a última estrela para o La Concorde se eu tivesse experiência na França.

Julieta rolou de leve os olhos, embora não parecesse zangada com o pai. Ela provou o drink e soltou um gemido de aprovação antes de empurrar na minha direção para que eu provasse também, então continuou:

— Isso que o restaurante nem tinha a segunda estrela ainda, mas ele já tinha certeza de que iria conseguir. — Com a ponta dos dedos, Julieta prendeu a franja atrás da orelha. — Enfim, Paris é uma cidade maravilhosa, mas estou feliz de estar de volta. "There's no place like home" — concluiu, imitando Dorothy em *O mágico de Oz*.

Eu a olhava com curiosidade, era a segunda vez em menos de uma semana que uma ideia pré-concebida ou, nesse caso, uma ideia pré-*sugerida* sobre Julieta caía por terra.

Por que diabos os meus colegas falavam coisas tão ruins sobre ela? A riquinha metida a besta de que eu ouvi falar não se parecia em nada com a pessoa na minha frente.

Julieta tentou novamente, em vão, prender a franja atrás da orelha.

— Desculpa, não queria te alugar com isso — acrescentou. — Sei que soa como ingratidão, e que muitos adorariam ter a oportunidade que eu tive...

— Não, não. De forma alguma. — Saí do meu transe a tempo de interrompê-la. Eu não sabia o que falar, não queria parecer condescendente ou fingir que havia passado por algo parecido, então me lembrei de uma frase que tinha escutado no dia anterior. — "Todo mundo fala do amor como uma coisa altruísta, mas, na verdade, não há nada mais egoísta."

— *Antes do amanhecer*. — Julieta sorriu ao reconhecer a citação. — Eu amo esse filme!

— Eu também! Assisti de novo ontem. — Dei um gole no meu drink. — Mas o que eu quero dizer é que seu pai certamente queria o melhor para você, mas, bem, sabe como é, as pessoas confundem o que é bom para elas com o que é bom para todo mundo. A minha ex tinha certeza de que Montevidéu era a cidade para mim, porque era a cidade para ela. E não conseguiu aceitar que eu queria me mudar pra Buenos Aires, se Montevidéu tem tudo o que Buenos Aires tem.

Decidi que se iria ser amiga da minha chefe, então o melhor era sair do armário logo. Mas a fachada inexpressiva de Julieta, que eu me lembrava tão bem do dia da entrevista, atacou de novo.

— E é por isso que ela é uma "ex" agora? — perguntou simplesmente.

— Ela é uma "ex" porque não suportou a distância *continental* que separa Buenos Aires de Montevidéu... Pelo menos essa foi a alegação.

— Foi ela que terminou com você?

— Foi! Na véspera de Natal! — respondi, não conseguindo esconder meu ressentimento.

— Que cretinice! — Espelhou a minha reação. — Eu não a conheço, mas já sei que ela não te merecia.

— Meus amigos falam o mesmo.

— Então é porque é verdade.

Apenas sorri para ela.

Os primeiros acordes de guitarra ecoaram no bar.

— Isso é Presuntos Implicados? — perguntei, torcendo o nariz enquanto a melodia de "Todas las Flores" preenchia o ambiente.

— Esquece tudo que falei sobre sofisticação. Acho que preferia os estudantes com o karaokê.

CAPÍTULO 11

O Pancho ficava na Avenida Medrano, em frente à Plaza Güemes, a praça da Basílica del Espíritu Santo — uma igreja em estilo romano que servia como um lembrete material da descendência italiana do bairro.

Essa era uma das coisas que fazia de Buenos Aires uma cidade tão bonita. O contraste das construções históricas com arquitetura europeia e os inúmeros edifícios modernos com referências latinas davam ao bairro e à cidade uma cara nostálgica e vibrante ao mesmo tempo.

Assim que saímos do bar, essa percepção se tornou ainda mais palpável, com um casal de artistas de rua dançando tango na Plaza Güemes, em meio a alguns jacarandás.

Os jacarandás eram definitivamente as minhas árvores preferidas, e aguardava ansiosa pela primavera apenas para vê-los floridos mais uma vez. A cidade ficava exuberante com os tons de roxo e lilás; e parecia impossível não sentir o meu humor se elevando com as cores da nova estação e a promessa de dias mais vivos.

Mas, mesmo agora, com a folhagem seca do outono, o pequeno bosque servia como um palco charmoso e pitoresco para os dançarinos. Um bandoneonista e um violinista vestidos a caráter embalavam a apresentação.

— Você acredita que eu nunca vi um show de tango?
— Você está aqui há mais de um ano!
— Eu sei — disse, deixando meus pés me levarem para mais perto dos artistas. Mais senti do que vi Julieta me acompanhando.

Nos sentamos em um dos bancos em frente à basílica e assistimos ao resto da apresentação de uma música que eu não conhecia.

Após uma sequência de aplausos, em sua maioria vindo dos clientes de bares e restaurantes com mesas na calçada que rodeavam a praça, iniciaram "Por una Cabeza" de Carlos Gardel.

Senti os pelos do meu braço se arrepiando com o som dramático do bandoneon e do violino. Não existia nenhum outro som como aquele.

— Minha mãe era bailarina de tango — Julieta contou, no fim da apresentação.

Não foi tanto o tempo verbal da frase, mas o tom de Julieta que fez eu me virar para ela. A chef mantinha os olhos fixos no casal de dançarinos, que iniciava outra apresentação.

— Eu nunca a assisti se apresentar... ela morreu há bastante tempo — continuou. — Quer dizer, tem muitos VHS de apresentações dela lá em casa, e quando era criança assisti a todos várias vezes, a ponto de decorar as coreografias.

— Sinto muito — disse, colocando minha mão sobre a dela. O som melancólico do violino junto com o teor do relato fez eu sentir meu coração apertar. Já desconfiava que a mãe de Julieta não estava mais presente porque nunca a ouvi falar dela, mas não tinha certeza.

— Está tudo bem, já faz muito tempo — explicou, esboçando um sorriso triste. — Na verdade, eu nunca nem a conheci. Ela foi atropelada quando estava grávida de oito meses de mim... Acho que posso dizer que *nós* fomos. Eu sobrevivi e ela não.

Apenas acariciei a mão sob a minha. Como não sabia o que falar, preferi não dizer nada.

— Mas aí na adolescência eu me revoltei um pouco com o destino e me recusei por anos a assistir ou ouvir uma apresentação de tango. — Virou-se para mim. — E essa música, principalmente, me lembra muito ela. Como é um clássico, tem muitos vídeos da minha mãe se apresentando ao som dela, inclusive um em que ela estava grávida de mim.

Notei que os olhos de Julieta estavam marejados.

— Desculpa... por ter parado aqui, quero dizer. Se você quiser nós podemos ir.

— Não, não se preocupa. — Ela sorriu, menos triste desta vez, e apertou minha mão de maneira reconfortante. — Hoje em dia isso não me incomoda mais, na verdade, eu até gosto, me faz sentir mais próxima dela. Só que fazia muitos anos que não ouvia assim, ao vivo, e me emocionou um pouco.

— É uma música forte mesmo — eu disse. Ficamos em silêncio assistindo a mais uma performance. Quando achei que ela já se sentia melhor, resolvi tentar mudar o clima. — Isso quer dizer que você sabe dançar tango? — perguntei, elevando uma sobrancelha.

— *Meh*. — Julieta fez uma careta e um sinal de "mais ou menos" com a mão.

— O que eu tô entendendo aqui é "claro que sei, mas vou fingir que sei mais ou menos para não precisar mostrar", mas tudo bem, eu respeito sua escolha.

Julieta soltou uma gargalhada que só comprovou a minha suspeita.

— Não, na verdade, não sei muito mesmo, nunca dancei com alguém de verdade. Tipo, nunca pratiquei em uma escola ou coisa assim, só dancei na frente da TV com os vídeos da minha mãe.

— Tenho certeza de que não foi por falta de pretendentes a serem seu par. — Dei uma piscada.

Julieta desviou o olhar e tentou, novamente em vão, prender a franja atrás da orelha. Suas bochechas coraram tanto que pareciam refletir a rosa vermelha na mão do dançarino.

— Como eu disse — ela limpou a garganta —, por muito tempo eu me recusei a ouvir tango.

— Sei — falei, sorrindo para ela. — Mas se um dia você quiser ensinar uma pobre uruguaia descoordenada, fique à vontade.

— Vou pensar no seu caso.

Assistimos a mais uma dança em silêncio, então comentei:

— Sabe, eu estou morrendo de fome e tentando me lembrar por que não comemos no Pancho.

Eu sabia por que não havia comido: estava muito entretida com a companhia. Mas era melhor não falar isso.

— Pois é, acho que esquecemos de comer. Mas a melhor empanada de Palermo fica a três quadras daqui, descendo a Jerónimo Salguero, na esquina com a Santa Fe — anunciou, levantando-se e me puxando junto. — Fica aberta vinte e quatro horas.

Apesar de ser madrugada, a cidade estava fervendo com pessoas saindo e chegando dos bares e baladas espalhados pelas avenidas de Palermo. Caminhamos pela Jerónimo Salguero que, assim como a maioria das ruas daquela região, era bem arborizada e charmosa.

A lanchonete não tinha nenhum apelo: era minúscula, com cara de ter os mesmos móveis e equipamentos há pelo menos cinquenta anos, e o ambiente era de uma salubridade questionável. Mas não podia negar que o cheiro das empanadas assando era maravilhoso e meu estômago roncou com a sugestão de comida. Se aquele lugar era bom o bastante para a chef do La Concorde, era bom o bastante para mim também.

Mas como tudo tem limite, resolvemos pedir para viagem e continuar caminhando pela cidade em vez de comer ali.

— Quem diria, Julieta Valverde, chef-executiva do biestrelado La Concorde, comendo uma empanada de rua — brinquei.

— Não conte para o Pierre Escargot — pediu enquanto usava a própria empanada na embalagem para esconder a boca cheia.

— Quem é *Pierre Escargot*? — perguntei, tentando imitar o sotaque francês.

Julieta terminou de mastigar antes de contar a história.

— É um crítico do Guia Michelin que jantou no restaurante ano passado — disse e indicou um banco embaixo de um plátano para terminarmos de comer. Nos sentamos. — Ele não estava em visita formal nem nada, acho que nem faz mais visitas formais, porque todo mundo já conhece a cara dele, mas, enfim, ele pediu um *cassoulet* e disse para mandar o mais *français* possível. — Imitou-o com ironia. — Comeu tudo e, no final, teve a coragem de dizer que estava bom, mas seria melhor se não usássemos tantos ingredientes "exóticos", e por exóticos, ele, óbvio, quis dizer latinos.

Revirei os olhos.

— E qual era o ingrediente "exótico" em questão?

— *Chorizo*!

Soltamos uma risada. Os franceses, às vezes, têm uma postura muito defensiva com a própria gastronomia.

— E que diabo de nome é "Escargot"? Isso é nome de verdade? — perguntei, assim que acabei de comer minha empanada.

— Parece que é, e que a família dele cultiva escargot há, sei lá, seiscentos anos.

— Julieta, não dá para levar a sério a opinião de uma pessoa que cria lesmas para viver.

— A família dele cria lesmas, mas ele é crítico do Guia Michelin — ponderou, sorrindo.

— Ah, me desculpe, então, senhor Pierre Escargot, crítico do Guia Michelin — declamei com um sorriso irônico. — Na próxima vez que ele vier, podemos dizer que *medialunas* são melhores que croissant e ver a cabeça dele girar trezentos e sessenta graus.

— Não faça isso — Julieta disse, rindo. — É capaz de ele tirar as nossas duas estrelas.

— É, talvez seja melhor não arriscar.

— Mas que são melhores, isso são.

— Sem dúvidas — concordei, então parei para analisar onde estávamos e notei que estava meio perdida. — Eu venho ao Pancho quase toda semana e nunca vim para esse lado. O Parque Las Heras fica por aqui, não?

— Você realmente não conheceu quase nada da cidade, não é? — Julieta perguntou. — Sim, fica a quatro quadras para cá — continuou e apontou na direção nordeste. — Eu moro ali, quer dizer, não no parque, na frente do parque.

— Sério? — Olhei no relógio, já era quase cinco horas. Para onde tinha ido o tempo? — Então eu te levo em casa e depois chamo um táxi.

— Bom, mas meu carro está lá no Pancho ainda.

— Nesse caso, eu te levo no carro e depois chamo um táxi.

— Você me leva até o carro, eu te levo em casa e depois vou para minha casa — ela disse, levantando-se do banco.

— Você deveria virar taxista, já que adora dar carona.

— Ha! Muito engraçada, você. Só não quero ter que arrumar outra *garde manger* porque a minha foi sequestrada enquanto andava sozinha pela madrugada.

— Que visão de negócios — brinquei mais uma vez, sabendo que não adiantaria me fazer de rogada.

E quem eu queria enganar? Estava adorando que Julieta me levaria em casa e teria mais alguns minutos para conversar com ela.

Eu não conseguia entender de onde vinha a sua má fama, ela era uma pessoa excepcional; era gentil e educada. Tinha trejeitos que indicavam ser uma pessoa tímida, como a forma com que brincava com a pulseira, mexia no cabelo e desviava o olhar quando falava de algo pessoal.

Mas desde quando ser tímida era um crime neste país?

CAPÍTULO 12

Na noite de sábado, tudo estava calmo na cozinha do La Concorde. Calmo até demais.

Como aquela falsa calmaria que os marinheiros conhecem bem, a que antecede uma grande tempestade.

Sophia, a substituta de Luciano, uma moça chilena bastante quieta e compenetrada, tinha começado havia dois dias, e eu estava disposta a fazer com que ela se sentisse à vontade com a equipe. Afinal de contas, eu sabia muito bem como era ser a novata.

Infelizmente, nem todos os cozinheiros tinham a mesma atitude. O sempre mal-humorado Francesco a tratou com indiferença desde o primeiro minuto. Nessa noite, no entanto, ele estava especialmente azedo e distribuindo farpas e comentários atravessados, não só para Sophia, mas para toda a equipe.

Eu me perguntava se o mau humor dele era só porque seu amigo mais leal havia deixado a cozinha, ou talvez ele estivesse com alguma indigestão ou prisão de ventre. Fosse o que fosse, ele estava *insuportável*! Quando achava que não podia se tornar mais desprezível, ele sempre dava um jeito de me surpreender.

Quanto mais eu convivia com Francesco, mais aumentava a minha certeza de que era ele o sabotador da cozinha.

Ele nunca demonstrara o mínimo de gratidão por estar em uma cozinha como aquela, nunca pareceu se importar com a reputação e legado do La Concorde, e era evidente que não gostava de Julieta. Aliás, era evidente que não gostava de ninguém. Porém, para Julieta, ele tinha um repertório de revirada de olhos, bufadas e comentários ácidos totalmente exclusivo.

Esperava ansiosa pela investigação de Violeta para poder provar as minhas suspeitas. Além do mais, eu também não tinha dúvidas de que era ele que estava difamando Julieta.

Só de pensar que ele estava espalhando mentiras sobre ela, já sentia o meu sangue ferver e tinha vontade de bater nele com uma frigideira quente.

Mas eu só precisaria olhar para a cara dele até que Viole conseguisse as provas. Tentei me acalmar e voltar a atenção para a montagem do prato à minha frente.

— Alguém por acaso pegou o camembert que eu tinha porcionado? — perguntei, procurando por toda a praça. — Sumiu da minha bancada.

— Na certa a Lola comeu — Francesco disparou, divertindo-se com o próprio comentário.

— O que você disse? — Lola perguntou ao meu lado.

— Ah, qual é, é só uma piada!

— Porque eu sou gorda?

— Eu não disse isso, não precisa ficar toda ofendidinha.

— Ofendidinha é a mãe!

— Pelo jeito a carapuça serviu. Deve ter comido mesmo!

— Dá para calar essa boca, seu imbecil!? — interferi. — E quer saber, eu aposto que foi você que pegou o queijo só pra me sacanear.

— A balofa come os ingredientes e a histérica fica aí me acusando.

— Se você falar assim com a minha mulher outra vez, eu arrebento a sua cara! — Joaquim advertiu.

— Ignora esse imbecil, bem! — Lola tentou acalmar o marido, embora estivesse nítido que ela mesma estava prestes a avançar em Francesco.

— Histérico é você, que tá aí todo ressentido só porque o Luciano te abandonou — devolvi. — Vê se supera!

— Ei, ei, ei! — Julieta se meteu para apartar. — Já chega, vocês dois!

Eu sabia que deveria estar vermelha feito um pimentão porque sentia meu rosto arder, mas eu já estava de saco cheio desse sujeito e queria poder falar tudo que pensava dele. Ainda assim, tentei me acalmar.

— Aí ó, escuta a tua queridinha, sua puxa-saco.

— Meu Deus, cara, cala essa boca — Lola interveio mais uma vez. — Daqui a pouco a vigilância sanitária vai fechar o restaurante de tanta merda que você fala.

— Francesco, já chega! — Julieta disse, mais dura dessa vez.

A cozinha toda já estava acompanhando a cena. Sophia olhava tudo horrorizada, enquanto o resto, acostumado, aguardava o desfecho.

— Eu que tô sendo atacado por essas duas histéricas. É nisso que dá uma cozinha cheia de mulheres!

— Você tem algum problema em trabalhar com mulheres? — Julieta perguntou, calma, com a fachada inexpressiva que costumava me assustar quando era eu que estava do outro lado do embate.

— Eu tenho certeza de que *você* não tem!

— O que você quer dizer com isso?

— Nada! — ele devolveu, cheio de ironia. — Mas está na cara que essa loira sonsa tem tratamento especial aqui.

Levei um segundo para entender que ele estava mesmo falando de mim. Tratamento especial? Desde quando? Julieta era tão exigente comigo como com todo mundo.

— Do que você está falando, seu maluco? — questionei.

— Ah, por favor, você acha que a chef fica de sorrisinho comigo como fica com você?

— Ela não tem culpa de você ser insuportável!

— E eu não tenho culpa de ela não gostar de homem!

— Quê? — perguntei, mais em tom de surpresa do que de dúvida.

Notei Julieta se empertigar e suas bochechas corarem. Seu olhar desviou para mim e em seguida para o chão, mas só durou um segundo. Logo respirou fundo e voltou o foco para Francesco, com a sua habitual *poker face* novamente intacta.

— E você tem algum problema com isso?

— Na verdade, tenho vários! — respondeu Francesco.

Vi os ombros da Julieta relaxarem um pouco e ela soltar o ar preso em seus pulmões, como se estivesse torcendo por aquela resposta. O silêncio dominava a cozinha. Ninguém ousava nem respirar muito alto.

— Bom, nesse caso, a saída fica ali! — ela disse, apontando para a porta.

Ele apenas a olhou com uma expressão de choque, como se realmente não estivesse esperando por aquilo. O que era ridículo, já que ninguém fala assim com a própria chefe e sai ileso, mas vai saber o que se passa na cabeça desse desequilibrado.

— Pode pegar suas coisas e sair da minha cozinha — completou Julieta.

— Você está me demitindo? — perguntou, incrédulo.

— Sim, esse é o termo. Demitindo, despedindo, mandando embora, mandando para o raio que o parta, como você quiser chamar. Eu cansei de você e do jeito que trata as pessoas, Francesco. Então, tchau. Pode ir. *Au revoir!*

— Claro que a sapatona ia ficar do lado da loira azeda.
— Vaza, cara! — rebati.
— Sabe, Fran, você tem razão, eu gosto de trabalhar com mulheres, e por isso vou contratar uma para assumir a *sua* vaga! — disse Julieta com um veneno que eu nunca tinha visto, mas que me causou uma satisfação estranha.

Francesco apenas jogou o avental sobre a bancada e saiu bufando.

Os cozinheiros acompanharam em um déjà-vu coletivo enquanto mais um membro deixava a cozinha. Mas a verdade é que, dessa vez, todos respiraram aliviados quando Francesco finalmente atravessou a porta.

— Mais alguém tem alguma declaração ou queixa? — Julieta perguntou séria. Ninguém ousou se manifestar. — Nesse caso, de volta ao trabalho. Maxi, para a praça do *saucier*.

Não me passou despercebido que a chef fez questão de não nomear mais Francesco.

E, como em um passe de mágica, o clima na cozinha voltou ao normal. Uma hora depois do acontecido, ninguém mais parecia se lembrar e todos estavam gentis e produtivos. A tempestade finalmente passara e, ao que tudo indicava, o céu azul reinaria por um bom tempo.

* * *

Lola se analisava em frente ao espelho enquanto ela, Sophia e eu terminávamos de nos vestir ao fim do expediente.

— Você é linda, Lola — eu disse do banco do vestiário, de onde vestia minhas meias. — Não deixe aquele babaca te afetar.

Lola suspirou, concordando com a cabeça e, em seguida, voltou a se arrumar.

— Confesso que fiquei feliz que a chef mandou ele embora — Sophia falou, tímida, parecendo culpada pela satisfação que sentia.

— Você e a torcida do Boca inteira — acrescentei.

— Eu trabalho aqui há dois anos — Lola disse —, fui a primeira contratação sob a gerência da Julieta. O Fran já estava aqui desde a época do Nico. Ou seja, todo esse tempo eu tive que aturar ele e achei que ela *nunca* iria mandá-lo embora. Já tinha até perdido as esperanças.

— Então não fui só eu quem achou libertador ver a Julieta o enxotando em praça pública?

— Não! Eu achei muitíssimo satisfatório, era o que ele merecia — Lola concordou.

— Hum, eu também — Sophia completou.

Nós três soltamos uma risadinha com a memória.

Normalmente, eu não me sentiria feliz em ver outra pessoa sendo escorraçada, mas eu não era uma santa, e ele *pediu* por aquilo.

— E é verdade o que ele falou da chef? — Sophia perguntou baixinho, como se fosse algum assunto proibido.

— É sim — Lola respondeu.

— Você sabia? — perguntei com um tom um pouco mais acusatório do que intencionava.

— Todo mundo aqui sabe.

— Eu não sabia! — argumentei.

E por alguma razão eu sentia que *deveria* saber.

— Menos vocês, que são novas — Lola disse, sem fazer muito caso da minha reação. — Julieta é muito reservada, mas nunca fez segredo de que era lésbica. Logo que comecei aqui, ela estava namorando, e a namorada costumava frequentar o restaurante e nenhuma das duas fazia questão de esconder nada.

* * *

Fiquei tão distraída com a nova informação que nem me dei conta de que já estava havia algum tempo sentada sozinha no vestiário.

Peguei minha mochila e abri o flip do celular para ligar para a central de táxi. Ainda discava o número quando entrei na cozinha.

— Amélia, o que está fazendo aqui ainda?! — Julieta pareceu surpresa em me ver. Já fazia mais de meia hora que havíamos fechado a cozinha.

— Eu, hum, me distraí... — disse. Notei as bochechas de Julieta corarem levemente. O que Francesco falou mais cedo, sobre o tratamento especial, pairou sobre nós. — Eu, é... Eu queria pedir desculpas.

— Desculpas?

— É... Por ter causado aquela cena toda mais cedo.

— A culpa não foi sua, Amélia.

— É, eu sei, mas eu também não aliviei pra ele. E sei que sou irritante quando eu não gosto de alguém.

— Isso é verdade — comentou com um sorriso zombeteiro. — Mas tudo bem, eu adiei o máximo que pude essa demissão porque ele estava aqui há muitos anos. Mas eu também não aguentava mais.

Assenti com a cabeça.

— Bom, era isso — concluí, voltando minha atenção ao celular. — Vou chamar meu táxi.

— Deixa que eu te levo.

— Não precisa, Juli, é sério.

Julieta esboçou um sorriso com o apelido.

— Sei que não precisa, mas eu quero.

Apenas sorri e caminhamos juntas até a saída.

— Se você continuar me dando carona todo dia, Camilo vai acabar passando fome — brinquei.

— Quem é esse Camilo agora?

— Meu taxista. Quer dizer, o taxista que geralmente trabalha nesse horário no radiotáxi que eu chamo.
— Para a sorte do Camilo, nós trabalhamos em um restaurante. Se ele chegar a passar fome, a gente alimenta ele.

* * *

20/05/2007
De: la_tita@tierra.com
Para: a_gonz@earthsent.com
Assunto: obrigada!

Querida Mia,
Fico feliz que você tenha tido uma resposta da sua chefe, eu sabia que ela ia ceder aos seus encantos e deixar de ser durona!
Hoje estou exausta, então serei breve, mas não queria esperar até amanhã para agradecer!
Queria te agradecer por ter deixado aquele bilhete. De verdade! Você me ajudou a passar por um momento bem complicado.
Felizmente, sinto que as coisas estão melhorando e consigo ver a luz no fim do túnel. Mas sei que boa parte da melhora veio dos seus conselhos e muito da minha resiliência nesse mês veio das nossas conversas.
É até engraçado o impacto real que uma conversa on-line teve na minha vida. Acho que às vezes temos a impressão de que o que acontece on-line fica preso nesse universo digital paralelo e que em nada influencia na nossa vida.
Mas você está sendo bem real, Mia. Então, muito obrigada pela companhia e pelos conselhos!
Desculpa se pulei algum tópico, como disse, estou cansada hoje. Mas me conta mais de você!

Beijos,
Tita

P.S.: 2007? Aqui é 2022!
P.P.S.: Eu tô brincando, aqui é 2007 também!

CAPÍTULO 13

— Acorde de sons sucessivos no violão... seis letras?
— Arpejo.
— Ah, é verdade!
— Você toca harpa, Amélia, pelo amor de Deus — Violeta comentou, achando graça.
Violeta estava sentada à mesa da sala, escrevendo em seu notebook, enquanto eu estava deitada no sofá fazendo palavras cruzadas, como era costumeiro pelas manhãs.
— Tô meio distraída, eu acho.
— Aconteceu alguma coisa?
Ponderei por alguns segundos e decidi que a opinião de Violeta poderia me ajudar.
— Tá, acho que preciso de um conselho...
Violeta fechou o notebook na mesma hora e se virou para mim.
— Você se lembra daquela história do bilhete no livro, né? Então, a mulher que o comprou me mandou e-mail. Faz algumas semanas que estou conversando com ela e ontem ela me escreveu e, não sei, me deu muita vontade de convidar ela para sair, tipo, de verdade, mas não sei se deveria.
— Por quê? — Violeta perguntou. — Você acha que ela pode ser, na verdade, um pervertido ou coisa assim?

— O quê? Não! Não é isso. Tenho medo, sei lá, de não corresponder às expectativas. Eu nem esperava que alguém fosse responder o bilhete, mas aí ela respondeu e, meu Deus, é muito bom falar com ela. Ela é inteligente, interessante, às vezes é engraçada... E, não sei, não quero estragar isso. E se ela não gostar de mim pessoalmente? Ou se *eu* não gostar dela?

— Méli, acho que você já gosta dela — Violeta disse, soltando uma risada. — E parece que você já tá bem envolvida, então acho que a melhor coisa é descobrir logo se tudo isso que você descreveu é verdade ou só uma projeção da sua cabeça, eh?

— Será?

— Claro, *boluda*. Pensa comigo, se ela for tudo isso que você acha que ela é, perfeito, então vocês podem sair outras vezes e se conhecerem melhor e tal. — Violeta sorriu para mim. — E se por acaso não for, é melhor descobrir logo e partir para outra.

— Acho que pode ser...

Eu também não tinha certeza se Tita gostava de mulheres. Achava que existia um tom de flerte nos seus e-mails, mas não tinha como ter certeza. A verdade é que, ainda que fosse como amiga, eu gostaria de tê-la na minha vida.

— Tem algum outro motivo para você estar em dúvida?

— Tipo?!

— Sei lá, outra pessoa, talvez?

Como ela fazia isso? Tudo bem que Violeta era repórter investigativa, mas isso já era ridículo.

Não que eu admitisse em voz alta, mas parte da minha obstinação em fazer as coisas darem certo com Tita, era eliminar toda e qualquer possibilidade de alguma coisa com Julieta. Eu sabia que me envolver com colegas de trabalho era um erro, com a chefe então... Mas o problema era que a cada minuto que passava com Julieta, sentia mais e mais vontade de estar com ela. E isso era *muito* inconveniente.

E Tita também era interessante e encantadora. Eu adorava conversar com ela, sentia que nos conhecíamos havia anos, e tínhamos tantas coisas em comum que era impossível não gostar dela. Era a solução perfeita! E justamente por isso que eu tinha tanto medo. Tita parecia perfeita *demais*, e quando a esmola é muita...

— Claro que não — disse, convicta. — De onde você tirou essa ideia?

Violeta deu de ombros.

— Não, não tem outra pessoa — repeti com um pouco menos de convicção.

— Nesse caso, eu acho que você deveria deixar de besteira e convidar a mulher do bilhete para sair. Não foi justamente para isso que você o escreveu? Para o destino te guiar até a mulher dos seus sonhos ou sei lá?

— Ai, que cafona!

— E não foi?

— É, foi, mas soa cafona quando você fala em voz alta — reconheci, rindo.

— Soa cafona em "voz baixa" também, Méli.

Violeta tinha razão. Eu havia colocado o bilhete no livro com esse exato propósito, não havia motivo nenhum para dar para trás agora. Logo voltamos ao modo anterior, Violeta para o trabalho e eu para as minhas palavras cruzadas.

Não tardou até Federico acordar e se juntar a nós.

Assim que ele se sentou à mesa, o ar do apartamento mudou. Ainda pairava um clima estranho entre Federico e Violeta, e tratei de tentar quebrar o silêncio constrangedor.

— Capital africana banhada pelo Mediterrâneo, cinco letras?

Os dois se puseram a pensar.

— Acho que é mais fácil começar pelos países banhados pelo Mediterrâneo — Federico disse tentando achar um atalho para a resposta. — Bom, tem o Egito.
— Mas o Cairo não fica no litoral — comentei.
— Tem a Argélia também... Qual é a capital? — Violeta tentou ajudar.
— Sei lá!
— Nem ideia!
Federico e eu respondemos ao mesmo tempo.
— Líbano fica por ali também, não? — Federico perguntou.
— Líbano não fica na Ásia?
— Acho que você quis dizer Líbia — corrigiu Violeta.
— Diabo de nomes parecidos! Tá, mas qual é a capital da Líbia, então?
Violeta apenas deu de ombros com uma careta de desculpas.
— Eu também não sei! — Analisei o jogo mais uma vez. — A segunda letra é "U".
— Ah — Federico exclamou. — É Tunis. Capital da Tunísia.
Testei para ver se cabia e confirmei com a cabeça.
— Como você sabe disso? — perguntei, enquanto preenchia os quadradinhos.
— Eu já estive lá a trabalho.
— Às vezes eu me esqueço de que você já trabalhou todo engomadinho — brinquei.
— Pois é, apesar do que pensam por aí, eu também sei ser sério.
Violeta revirou os olhos e alfinetou:
— Você consegue disfarçar direitinho.
— Me diz, Violeta, como foi seu encontro com o Miguelito ontem? — Federico provocou, com um sorriso irônico.
— Você saiu com o Miguel de novo, Viole? — perguntei surpresa. — Achei que vocês tivessem terminado.

— Foi ótimo. — Ela me ignorou e respondeu Federico.

Apenas voltei para as palavras cruzadas. Estava na cara que essa discussão iria longe.

— Ele deve ter contado várias histórias *interessantíssimas* dos casos dele.

— Ciúmes... — eu disse.

Violeta e Federico me lançaram um olhar de reprovação.

— ... treze letras? — completei, estudando o jogo e ignorando a cara deles.

— Na verdade, a gente não conversou muito — revelou Violeta com uma piscada de provocação.

Federico se endireitou na cadeira e limpou a garganta antes de continuar.

— Quer saber, você que saia com quem quiser, eu não tenho nada a ver com isso.

— Não mesmo.

— Ah! Dor de cotovelo! — exclamei.

Novamente, eles viraram para mim a tempo de me ver escrevendo a resposta na revista. Pela segunda vez, reviraram os olhos.

— Bom, eu estou indo, porque o Léo tá me esperando — disse Federico, levantando-se.

Depois de alguns minutos, ouvimos a porta se fechando. Me virei mais uma vez para ela.

— Vocês vão ficar nesse climão para sempre? — indaguei. — O que aconteceu naquele jogo, afinal?

Violeta soltou um suspiro e se virou para mim também.

— Ele não te contou que me beijou? — perguntou mais encabulada do que eu estava acostumada a vê-la.

— Contou, mas sabe como ele é. Não conta as coisas direito.

— Mas nesse caso não tem mesmo o que contar. — Deu de ombros. — Ele me beijou e depois se arrependeu, foi isso.

— Ele te falou que se arrependeu?

— Não falou, mas eu percebi. Ele se afastou todo sem jeito depois e mal olhou na minha cara o resto da noite, e você viu como ele tá agora.

— Viole, não me leva a mal, mas para uma pessoa que ganha a vida investigando as coisas, você é meio desatenta quando o assunto é a sua vida amorosa. Parece que não conhece o Federico, claro que ele ia ficar sem jeito, o cara tem a confiança de um recém-nascido.

— Mas, Méli, eu não posso ficar esperando ele crescer para lidar com isso como adulto — disse, parecendo cansada da situação.

Até aquele momento, eu nunca havia interferido nos dramas de Violeta e Federico. Mas, dessa vez, sentia que se não desse uma mãozinha, esses dois cabeças-duras ficariam nessa pra sempre.

— Eu acho que você tá enganada, Viole. Ele me disse que tá repensando a situação atual dele e que pretende dar um rumo na vida e que foi você que o inspirou a querer ser uma pessoa melhor.

— O Federico disse isso? — Violeta perguntou, desconfiada.

— Disse!

Não, não disse. Mas eu li nas entrelinhas. E tinha *quase* certeza de que era verdade.

— O que mais ele disse?

— Que você o inspirou a correr atrás dos sonhos dele. E que ele vai seguir com a ideia de abrir um negócio.

Foi mais ou menos isso que ele disse, não foi?

— Uau!

— É sério, Viole, vocês dois deveriam conversar. E se um ficar esperando uma atitude do outro, vocês vão ficar nessa para sempre.

* * *

20/05/2007
De: a_gonz@earthsent.com
Para: la_tita@tierra.com
Re:Assunto: obrigada!

Tita,
Você gostaria de me encontrar na nossa livraria sábado dia vinte e seis, às onze horas?
Espero sua resposta.

Um beijo,
Mia

P.S.: espero que você diga sim.

* * *

— Truco! — exclamei.
— Seis — Lucho revidou.
— Nove!
— Méli, pelo amor de Deus! — Federico falou passando a mão no rosto.
Federico e eu jogávamos, ou melhor, perdíamos no truco para Lucho e Violeta. Era fim de tarde de domingo, e tentávamos recuperar a dignidade na quarta partida.
— Confia, Fêde!
— *Dale*! — Lucho aceitou.
— Puta que pariu — Federico resmungou. — É melhor você levar essa, Amélia — disse, escondendo a carta no bolo.
Violeta e Lucho jogaram um três de paus e uma manilha de espada, respectivamente.
Lancei uma piscada para a minha dupla.

— Você me deve uma cerveja, Fêde — avisei, jogando uma manilha de copas, a carta mais alta da rodada.

— Ah, essa é minha garota!

Federico e eu comemoramos com um *high five*.

— Boa jogada, Méli — Lucho disse, recolhendo as cartas, para começar outra partida.

Uma noite de jogatina era algo comum no nosso apartamento. Lucho se juntava a nós sempre que Martín tinha algum roteiro para terminar ou surgia uma inspiração repentina e precisava ficar sozinho para escrever. Hoje era o segundo caso.

Íamos para a quinta partida, o placar estava três a um para Lucho e Violeta.

— Agora vocês vão ver! Vamos ganhar de virada — provocou Federico.

O celular de Violeta vibrou na mesa.

— Que estranho, é o Carlito — ela disse, lendo uma mensagem de texto.

— Trabalho, Viole? — perguntou Lucho. — A essa hora e no domingo?

— Ele conseguiu aquele nome que você queria, Méli, de quem vazou a notícia para o Gazeta Portenha.

— Ah, o cara já foi mandado embora, graças a Deus.

— É? Bom, de qualquer forma, ele não soube dizer o sobrenome, só que foi um tal de Maximiliano.

— Espera, o quê? — Pulei da cadeira para ver a mensagem com os meus próprios olhos.

— Não foi ele que foi demitido? — Lucho perguntou.

— Não! Maximiliano é o nome do *sous chef*!

Eu encarava a tela do celular de Violeta com uma mão sobre a boca e olhos arregalados.

— Ou é uma coincidência ou o *sous chef* tá querendo ferrar o restaurante — Federico completou.

CAPÍTULO 14

Era uma coincidência.

Claro que era uma coincidência!

Será que não era uma coincidência?

Maxi sempre apoiou os cozinheiros, sempre os tratou bem. Sempre, sempre... fez Julieta parecer uma megera.

MEU DEUS!

Como eu fui burra!

Eu me remexia na cama. Não conseguia dormir nem parar de pensar no caso.

Estava na cara que aquele babaca do Francesco não era esperto o suficiente para passar a perna em Julieta, mas Maxi era.

Aquilo não iria ficar assim.

Eu sabia que um nome não era prova suficiente para acusá-lo. Então só restava uma coisa a ser feita.

Eu tinha lido todos os livros da *Nancy Drew* e sabia exatamente por onde começar: levantamento de informações.

Peguei o celular e hesitei apenas um segundo antes de mandar uma mensagem.

> Eu tb não conheço os
> Bosques de Palermo!

Apesar do horário, dez minutos depois, Julieta respondeu:

> Podemos começar pelo
> Rosedal amanhã, se vc
> quiser conhecer ;)

***

Não era um encontro. Era uma missão. Mas só porque era uma missão não queria dizer que eu não podia estar bonita. Certo? Era segunda-feira de manhã e estava parada na frente do meu guarda-roupas há quarenta e cinco minutos. Onde estava aquela filosofia de "não gastar mais tempo se arrumando do que a ocasião pede"? Como teria de estar no jardim em quinze minutos, me decidi pelo meu combo preferido: jeans claro e suéter caramelo. Resolvi fazer uma graça no cabelo com uma trança fina se mesclando ao cabelo solto. Eu queria estar apresentável... para a *missão*!

***

Estava sentada na escadaria do Patio Andaluz, esperando Julieta, que estava atrasada. Sentia a minha perna balançando de maneira involuntária e as minhas mãos úmidas, apesar de estar quatorze graus.

— Desculpe o atraso — Julieta disse, aproximando-se.

— Mas tenho uma boa justificativa, parei no El Gato Negro para comprar um café. Trouxe o seu com leite, sem açúcar. É assim que você toma, né? — perguntou, entregando o copo de papel.

— É sim, obrigada.

Era impossível a musculatura do meu rosto não responder com um sorriso a esse sinal de gentileza.

— Bom, e o que tem para fazer aqui? — perguntei, dando um gole no café. Estava na temperatura perfeita e senti minha garganta se aquecendo com o líquido.

— Hum, nada, na verdade, só olhar — respondeu meio sem graça. — Mas é muito bonito.

— Então vamos olhar — afirmei e me pus a caminhar. Julieta me seguiu. — Preciso ganhar minha carteirinha de portenha antes que eu seja deportada para o Uruguai.

— Francamente, não sei como você ainda não foi — brincou Julieta. — Daqui a pouco vai me dizer que ainda não comeu um churrasco argentino.

Caminhávamos lado a lado pelo Parque Tres de Febrero, um dos muitos que compunham os Bosques de Palermo, em direção ao Paseo el Rosedal, a atração principal. O dia estava perfeito para um programa ao ar livre, com o sol brilhando e o céu tingido de um azul intenso.

— Comer, comi, mas o uruguaio é melhor.

— O quê? — Julieta fingiu ultraje. — Sua sorte é que estamos com um membro a menos na equipe, porque esse comentário dá justa causa, Amélia.

— Tenho certeza de que aqui deve dar mesmo — respondi, rindo. Resolvi aproveitar a brecha e começar a minha investigação. — E você já tem alguém em mente para substituí-lo?

Julieta franziu a testa, talvez incomodada com a situação ou talvez por precisar falar de trabalho no seu dia de folga.

É por uma boa causa. Lembrei a mim mesma.

— Quando abri a vaga de *entremétier*, chegaram dois currículos com bastante experiência para *saucier*, acho que vou chamá-los para um teste. Mas não estou com tanta pressa, quero contratar alguém que tenha o perfil certo.

— Até lá o Maxi assume a vaga?

— Por ora, sim.

— E há quanto tempo o Maxi trabalha lá? Ele parece ter uns cem anos.

Julieta riu do comentário.

— Ele parece mesmo, mas acho que tem só cinquenta e cinco — Julieta disse. — No La Concorde, ele tá há uns vinte anos, eu acho. Desde antes da primeira estrela, ele era o braço direito do meu pai.

Esse filho da...

— E há dez como *sous chef* — Julieta concluiu.

Não era à toa que ela nem desconfiava que a traição pudesse vir de alguém que estava havia tantos anos no cargo. Mas é isso que eu também não conseguia entender: por que alguém que estava havia tanto tempo no negócio passaria a perna agora?

Independentemente da motivação, eu estava disposta a descobrir e salvar Julieta e o La Concorde desse ataque vil.

Resolvemos pegar o caminho que contornava o lago em vez do caminho principal. Quando nos aproximamos da ponte que dava para a pequena ilha no meio do lago, nos sentamos em um dos bancos para terminar o café e apreciar a vista.

A uns cinco metros de nós, um adolescente tocava a nona sinfonia de Beethoven no violino, então focamos na apresentação.

— Sempre fico arrepiada quando escuto essa sinfonia — falei, quando ele acabou.

— Eu também, era uma das que mais gostava de tocar na orquestra da escola.

— E o que você tocava? — perguntei, procurando algum dinheiro no bolso para o menino.

— Violino também.

— Que curioso, você é a segunda pessoa que me fala que tocava violino na escola. Acho que violino é um instrumento popular por aqui — concluí, me levantando e caminhando até o garoto para deixar algumas notas no estojo que estava no chão. Ele agora tocava "Eleanor Rigby" dos Beatles.

Julieta fez o mesmo e o menino apenas agradeceu com a cabeça. Seguimos em direção ao Rosedal.

O caminho principal até o Paseo el Rosedal passava pelo Jardín de los Poetas, um enorme jardim formal com vários bustos de poetas e escritores famosos.

— Minha mãe sempre reclama que os horários de um cozinheiro são insanos — comentei, passando pelo busto de Dante Alighieri. — Mas olha só, quantas pessoas podem passear no parque em uma segunda-feira de manhã?

— Não é? — Julieta concordou. — Além do mais, eu prefiro mil vezes nossos horários insanos e jornadas longas em pé em uma cozinha, fazendo o que eu adoro, a trabalhar em horário comercial resolvendo qualquer burocracia.

— Sem dúvida. Não troco a cozinha por nada.

— Nem eu. Inclusive, no mundo perfeito, trabalharia só na cozinha e passaria longe da parte burocrática — Julieta confessou assim que nos aproximamos do Rosedal.

Como era outono, as dezoito mil rosas não estavam na sua forma mais exuberante e florida, mas o lugar ainda era lindo, e perdemos algum tempo caminhando por entre os canteiros.

— Você não gosta dessa parte? — perguntei.

— Eu gosto da cozinha, de testar receitas novas, criar cardápios, mas, honestamente, odeio fazer entrevistas de emprego, lidar com fornecedores, responder jornalistas e dar entrevistas para revistas de gastronomia.

Eu já tinha percebido que ela era tímida, e agora, conhecendo-a melhor, achava que fora mais timidez do que soberba a sua postura durante a minha entrevista de emprego.

— Entendo. É mesmo muita coisa sobre os ombros de uma única pessoa, tipo, cozinhar, administrar, ser o rosto do restaurante.

Eu sabia que o La Concorde estava sempre estampando matérias em revistas de gastronomia e imaginava que Julieta passava boa parte do tempo em que ficava trancada em seu escritório respondendo jornalistas, colunistas e blogueiros.

— Bom, tem o Nacho, que, sinceramente, não sei o que faria sem ele, mesmo assim, é desgastante gerenciar um restaurante com tanta história. Existe muita pressão em cima de cada detalhe, e, às vezes, eu tenho a sensação de que o que menos faço é cozinhar.

— E você trocaria? O seu posto por um trabalho comum de cozinheira?

— Não me entenda mal, eu amo o La Concorde, praticamente me criei lá dentro. Mas era meu pai que adorava essa parte de falar com as pessoas, dar entrevistas, poder bater no peito e falar que tem o restaurante mais renomado do país. Eu não me sinto tão à vontade com toda essa exposição. Gostava bem mais quando trabalhava só dentro da cozinha. — Caminhamos até a ponte grega que levava à saída do parque. — Acho que, se eu pudesse escolher, escolheria abrir um bistrô pequeno. Menos funcionários, menos holofote, menos pressão. Um lugar em que eu pudesse focar mais na comida.

— Entendo. Às vezes eu também sinto falta da dinâmica que tinha na cozinha do hotel — disse, me referindo ao hotel da minha família. — Era um ambiente familiar em que todo mundo amava o lugar e fazia aquilo pelo amor e não pela glória.

— É isso que eu sinto falta; cozinhar pelo amor e não pela glória.

Como Julieta já avisara, não tinha muita coisa para fazer ali além de olhar. Então, quando terminamos, decidimos deixar o parque em busca de algum restaurante com mesa ao ar livre para almoçarmos antes de irmos ao Museo Sívori, um museu de arte moderna que ficava em frente ao Parque Tres de Febrero.

CAPÍTULO 15

Quando cheguei em casa, no início da tarde, encontrei Federico estirado no sofá, fazendo as *minhas* palavras cruzadas. Ele não esperou nem eu tirar os sapatos antes de começar a provocação.

— Humm, saindo com a chefe no dia da folga, nena? Para mim, essa amizade meteórica aí tem outro nome.

Eu amava Federico, de verdade, mas às vezes — sempre — ele agia como se estivesse na quinta série. A amizade meteórica não tinha nenhum outro nome. Sequer poderia ter outro nome. Eu havia me esforçado muito para conseguir entrar em uma cozinha profissional e não iria jogar a chance fora por uma questão de nomenclatura. O nome era e continuaria sendo *amizade*.

— Sim, o nome é investigação — disse, me jogando na poltrona que ficava de frente para o sofá, ao lado da mesa. — Saí com Julieta para colher informações sobre o Maxi — expliquei, tirando o All Star e cruzando as pernas em posição de meditação.

— O *sous chef* vigarista? E descobriu alguma coisa?

— Além de que ele é um traidor da pior espécie, não muita. Acredita que ele tá no restaurante há mais de vinte anos?

— Será que é ele mesmo, Méli?

— Não sei, nene, mas ontem tentei repassar os fatos, e ele teve todas as oportunidades de alterar os pratos. Além disso, ele sempre fez de tudo para pintar a Julieta como uma tirana. Mas não posso sair acusando o funcionário mais antigo sem provas.

— Então você não contou pra Julieta?

— Claro que não. Só vou falar quando puder provar.

— E como você pretende fazer isso, *Veronica Mars*?

Eu estava contrariada comigo mesma, porque acabei me distraindo com Julieta e me desviando da investigação. Havia um monte de perguntas que eu queria ter feito sobre o Maxi e simplesmente esqueci.

— Não sei ainda, mas vou ficar na cola dele e esperar algum deslize. Eu não sei nem qual é a motivação.

— Vê se não vai se encrencar com ele e acabar sendo mandada embora, nena.

Apenas concordei com a cabeça e soltei um resmungo parecido com um "uhum". Sabia que teria que tomar cuidado. Se Maxi fosse inocente e eu o acusasse de algo assim sem provas, com certeza, seria demitida. Ao mesmo tempo, se ele fosse culpado e me notasse xeretando em suas coisas, poderia armar para eu ser demitida. E tudo que eu não queria naquele momento era isso. Mas não poderia simplesmente abandonar Julieta e deixar aquele traidor destruir o bom nome do restaurante.

— Pelo jeito você e a Viole conversaram hoje de manhã, já que você sabia da Juli. Além da minha vida, sobre o que mais falaram? Criou coragem e finalmente falou o que sente, Federico?

— Não, não conversamos muito. Ela tinha uma reunião na emissora e já estava de saída. Mas, sabe, Méli, ela estava diferente comigo e me falou umas coisas estranhas sobre futuro, sei lá, não entendi muito bem.

— É mesmo? Seja lá o que ela falou, você deveria dar ouvidos, a Viole sabe das coisas.

— Sim, a Viole sabe das coisas — Federico concordou.

— Mas, enfim, eu vou falar com ela ainda essa semana — concluiu, determinado.

Não pude evitar um sorriso de satisfação com o meu plano de cupido.

— Diretor de *O sexto sentido*? — perguntou Federico, fazendo as minhas palavras cruzadas.

— M. Night Shyamalan.

— Como escreve isso?

— S, H, A, espera, acho que é S, H, Y... Calma aí, eu aluguei um filme dele.

Fui até o quarto pegar a sacola com os DVDs que alugara na semana anterior. Joguei *A dama na água* no colo de Federico para ele copiar a resposta.

— É bom? — Federico perguntou sobre o filme depois de terminar de escrever.

— Não é nem de longe o melhor dele, mas dá para encarar.

— Hum, é para devolver quando? Posso assistir?

— É para devolver hoje, na verdade. Mas pode assistir, depois você devolve para mim.

— Legal, e o que mais você tem aí? — Federico quis saber, espichando os olhos para a pilha de filme.

— Acho que nada que vá te interessar. *A casa do lago*, *Volver* e *Antes do amanhecer*.

— O Martín comentou do roteiro desse *A casa do lago* aí. Parece que é bom, né?

— É sim, foi a mulher do bilhete que recomendou.

— Que romântico — disse, elevando uma sobrancelha.

Apenas revirei os olhos, não sabia por que ainda contava as coisas ao Federico.

— Para quem não tinha namorada nenhuma, agora você tem duas, nada mal — continuou.

— De onde eu vejo, continuo sem nenhuma.

— Beleza, a Julietita é confusão mesmo, mas na mulher do bilhete você deveria investir, nena.

— Espera, como você chamou ela? — Dei um salto da poltrona.

— Mulher do bilhete?

— Não, não, a outra!

— Julietita?

Julie... *tita*?!

Primeiro o violino, agora isso?

Não. Não. Definitivamente, não! Seria improvável. Impossível, até. E muitíssimo inconveniente. Eu me recusava a ceder àquela ínfima possibilidade.

— Eu, é... eu preciso sair, Fêde. Tchau!

Precisava de ar fresco para pensar (e concluir, certamente concluir) que era uma possibilidade minúscula, muito, muito pequena mesmo, a de que Tita e Julieta fossem a mesma pessoa e, por essa razão, eu não precisaria me preocupar.

— Méli, espera, e os filmes?

— Pode assistir, depois você devolve — disse, saindo pela porta, sentindo meus pensamentos embaralhados.

Não, não, não. Devia ser uma coincidência.

Mais uma.

* * *

— Está muito bonito, Amélia — avaliou Maxi, com um sorriso falso, na praça que era de Francesco, ao lado da minha.

Como nunca percebi que esse homem era uma víbora sonsa e dissimulada?

— Obrigada, chef — disse, fazendo um esforço hercúleo para não revirar os olhos, ou pior, meter a mão na cara dele.

Eu tinha um objetivo bastante claro: não perder Maxi de vista. Nem por um segundo.

Eu tinha um objetivo. Apenas *um*! E talvez, nesse meio tempo, descobrir se Tita e Julieta eram a mesma pessoa. Mas, principalmente, não perder Maxi de vista.

Até porque, para citar *Jane Eyre*, "prolongar a dúvida era prolongar a esperança". Neste caso, a esperança de que Tita fosse apenas a Tita, minha correspondente virtual, e não a minha chefe. Minha chefe linda, inteligente, interessante e absolutamente fora de cogitação.

Por mais que adorasse sair com Julieta, eu sabia que ela estava fora do meu alcance e que Violeta estava certa em seu conselho: se envolver com chefe era uma receita pronta para confusão. E eu estava feliz, de verdade, em ser apenas amiga de Julieta. Mas, poxa vida, pelo menos a Tita poderia ser uma pessoa disponível e alcançável.

— Destino, eu sempre te defendi. Por favor, por favor, por favor, não apronta essa para mim! — murmurei para mim mesma.

Podia ser só uma coincidência. Tita era um apelido comum, podia ser diminutivo de Violetita, de Augustita, de Celestita... ou de umas trinta mil Julietitas. Além do mais, violino era um instrumento comum. Ainda se fosse, sei lá, *tuba*! Mas estava cheio de violinistas no mundo, assim como taurinos. Eu conhecia vários taurinos; meu pai era taurino. E ter morado na Europa, então, nossa... muito comum. Também era comum as pessoas perderem a mãe ainda jovens...

Meu cérebro estava a ponto de ter um curto-circuito.

Foco, Amélia. Foco! Maxi!

— Cadê o Maxi? — perguntei em voz alta, ao notar que ele não estava mais ao meu lado.

— Acho que foi na despensa — Lola respondeu, do meu outro lado, de modo automático.

— Já volto — disse para ninguém, já que ninguém estava prestando atenção em mim.

Tentei me recompor enquanto caminhava até a despensa. Eu tinha um objetivo. *Um.* Não poderia ser tão difícil focar nele. Com esse pensamento, abri a porta da despensa à procura de Maxi. Só Deus sabe o que ele poderia estar fazendo lá sozinho, talvez alterando algum ingrediente para que mais um cliente tenha um choque anafilático, ou colocando cianureto no açúcar para fechar o La Concorde de vez. Mas, assim que entrei, dei de cara com...

— Juli! O que você tá fazendo aí no chão?

— Shh. — Ela sorriu, fazendo um sinal de silêncio. — Fecha a porta!

— Tá... — disse, receosa. — Você tá bem?

— Estou. — Sorriu de novo. — Aproveitando que ainda faltam dez minutos para abrir o serviço para descansar. Senta aí.

Me sentei ao lado dela, encostada na estante de azeites e conservas.

— É a segunda vez que te encontro sentada no chão. Você não acha que deveria comprar umas banquetas?

Julieta soltou uma gargalhada.

Eu adorava aquele som.

— Acho que essa pode ser uma boa ideia. É que hoje estou fazendo o meu trabalho e do Maxi, então tá punk.

— Acho que você precisa de um *saucier*, urgente — falei, pensando que logo ela precisaria de um *sous chef* também.

— Eu preciso de umas férias, isso sim.

— Se eu falar "eu também", você promete não usar contra mim? Sei lá, como argumento para me despedir se eu fizer alguma cagada.

Julieta soltou mais uma vez aquela gargalhada que fazia meu estômago dar um loop.

Totalmente fora do meu alcance.

— Prometo!

— Então, eu também — disse com um sorriso. Ficamos em silêncio por alguns segundos antes de eu continuar. — Falando em férias, qual foi sua viagem preferida?

As minhas mãos estavam frias e úmidas ao mesmo tempo e um nó na garganta me impedia de respirar com tranquilidade.

— Hum, acho que uma que fiz pra Noruega para ver a Aurora Boreal.

Senti uma sensação de vertigem como se o chão tivesse sumido sob meus pés; ou minha alma, deixado meu corpo; ou as duas coisas ao mesmo tempo.

— Foi bem legal porque fui sozinha...

Não, não, não!

— ... e fiquei isolada dois dias.

Por quê?

Precisava sair dali naquele exato segundo.

Julieta ainda falava quando eu a cortei:

— Eu... eu esqueci um molho no fogo, tenho que ir — expliquei, me levantando do chão e saindo da despensa tão depressa que devo ter deixado uma sombra de poeira com o meu formato para trás.

Corri até o vestiário.

— Droga! Droga! Droga! — dizia para mim mesma enquanto caminhava de um lado para o outro. — Nós tínhamos um acordo! — exclamei, apontando para o céu. Eu não sabia com quem exatamente estava falando. Deus? Destino? Universo? Não importava, nós tínhamos um acordo!

★ ★ ★

Depois da revelação de Julieta, me esqueci de Maxi completamente e usei toda a energia que tinha para manter o mínimo de concentração no trabalho. Mas a verdade é que, se perguntassem, eu não saberia dizer nada do que aconteceu na cozinha naquela noite. Sabia, porém, de cada movimento da Julieta.

Não me lembrava de como havia chegado em casa e nem do que tinha conversado com Camilo no trajeto de volta. Mas assim que entrei no quarto, me joguei na cama e me esforcei para fingir que a revelação não me atropelara como um caminhão desgovernado. Deitei a cabeça no travesseiro para tentar clarear as ideias, mas a luzinha do meu notebook piscava como o timer de uma bomba-relógio.

Uma sensação de pura angústia atingiu o meu peito e me levantei para desbloquear a tela. Antes mesmo de o navegador terminar de carregar a caixa de entrada, eu já sabia o que me esperava.

22/05/2007
De: la_tita@tierra.com
Para: a_gonz@earthsent.com
Re:Re:Assunto: obrigada!

Querida Mia,
Eu adoraria ;)
Nos vemos sábado.
Com carinho,
Tita.

— Puta que pariu!

CAPÍTULO 16

Era de se esperar que eu não conseguisse dormir depois do tsunami que varreu minha sanidade para longe. Fiquei em um estado de torpor tão grande que sentia as engrenagens do meu cérebro trabalhando em câmera lenta.

Julieta era Tita.

Tita era Julieta.

Como isso era possível?

Tita tinha aceitado o encontro.

E agora? O que eu iria fazer?

— Destino, eu pedi um empurrãozinho, não era para me jogar do precipício! — falei para mim mesma. — Está bem, desculpa; você mandou Julieta. *Duas vezes*! Deve ter sido um erro de logística.

Fosse erro de logística ou sadismo do destino, eu teria que dar um jeito de desatar aquele nó.

Passei a quarta-feira toda no mesmo estado catatônico. Tentava em vão arrumar uma solução ideal, mas era como se todos os caminhos levassem a uma encruzilhada. Eu tinha certeza de que meus colegas podiam ver fumaça saindo da minha cabeça, já que o meu cérebro estava a ponto de fundir.

Durante o expediente, não soube ao certo como agir perto de Julieta. Toda vez que a chef parava ao meu lado para supervisionar a praça, sentia meu coração na garganta.

É possível morrer de estresse? Overdose de cortisol? Não sei, mas achava que, sim, era possível.

Eu sabia que precisava manter certa distância de Julieta até decidir o que fazer. A presença dela só me deixava ainda mais confusa e com os sentidos desregulados.

Estava distraída limpando a minha bancada no final do turno quando ouvi a voz de Julieta.

A mesma voz que semanas atrás me causava calafrios de medo, agora parecia o som mais doce do universo, e ainda me causava calafrios, porém não era mais de medo.

— Amélia? Está tudo bem?

— Sim, chef! — respondi, assustada com a pergunta.

— Você está um pouco distante hoje — disse, franzindo a testa. — Bom, eu só queria ver se você quer ir ao mercado público comigo amanhã...

— Amanhã?

— É, amanhã de manhã, você sabe, vou quase todos os dias. Pensei que talvez você fosse gostar de me acompanhar?

Não. Diz não!

— Claro! Vou adorar. Nos encontramos lá?

— Eu passo para te pegar às nove e meia, pode ser?

— Claro.

∗ ∗ ∗

Na manhã seguinte, desci mais cedo para esperar Julieta, estava nervosa e achei que tomar um ar pudesse me ajudar. Mas fiquei surpresa ao encontrar o carro dela já estacionado no outro lado da rua.

Abri um sorriso largo, totalmente involuntário, ao me inclinar na janela do motorista.

— Caiu da cama, chef?

Julieta deu um pulo no assento, estava distraída lendo o que parecia ser uma lista de compras.

Assim que me viu, sorriu de volta.

— Ah, é — disse sem jeito —, estou um pouco ansiosa hoje. Muita coisa pra fazer.

Não perdi tempo e dei a volta para embarcar no carona. Embora a natureza do sentimento fosse completamente oposta, eu me sentia mais estranha na presença de Julieta agora do que quando a achava assustadora. Respirei fundo e tentei relaxar.

Enquanto ela dava partida, perdi alguns segundos a observando. Deus, como era linda. Ela estava usando boina — *boina*! — no mesmo tom do mocassim marrom que já conhecia, jeans *skinny* e um casaco de lã. Parecia ter acabado de chegar de Paris, e senti certa dificuldade de respirar. Julieta ficaria linda vestida com qualquer coisa, mas aquele estilo combinava perfeitamente com a personalidade dela.

A viagem até o Mercado Público de San Telmo levou quase meia hora e, nesse tempo, pude me acalmar.

— Podemos tomar um café antes? — Julieta perguntou assim que cruzamos o enorme portão de entrada do prédio histórico.

— Claro. Tem algum lugar que você goste por aqui?

— Tem aquele dos cafés especiais, além do café, a *medialuna* deles também é uma delícia.

— Então tá decidido.

***

Eu já tinha devorado uma *medialuna* e pedido a segunda. Julieta tinha razão, eram macias e derretiam na boca. Ela, no entanto, parecia distraída e mal havia tocado em seu café.

— Hum, Amélia? — começou Julieta, um pouco acanhada, brincando com a caneca na sua frente. — Eu posso te contar uma coisa?

Parei a segunda *medialuna* a meio caminho da boca. Alguma coisa no seu tom me deixou tensa.

— Claro... Tá tudo bem?

— Ah, sim, sim, tudo bem... Eu queria, na verdade, pedir um conselho — disse tímida. Tentou prender a franja atrás da orelha que, como de costume, logo caiu novamente sobre seus olhos.

— Você pode me contar o que quiser, Juli — falei com um sorriso forçado — Ou pedir conselhos. Somos amigas, não?

Julieta pareceu relaxar com aquelas palavras. Tentei parecer casual bebendo um gole de café.

— É que aconteceu uma coisa estranha comigo — desabafou. — Há um tempo, eu comprei um livro...

Senti o ardor do líquido quente entrando nas minhas vias aéreas e quase espirrei o café pelo nariz.

— ... e, dentro do livro, encontrei um bilhete com um endereço de e-mail.

Não. Não. *Não!*

— Eu sei que parece meio sinistro, mas eu mandei um e-mail para a pessoa do bilhete e ela era muito legal. Desde então estamos nos correspondendo... — Julieta mantinha o olhar fixo na caneca à sua frente, que segurava firmemente com as duas mãos.

Isso é uma piada de mau gosto?!

— ... e a verdade é que tenho gostado, mais do que eu imaginei que poderia, de conversar com ela. Eu sei, é bem esquisito, mas tenho muita vontade de conhecer essa garota.

Tem?

— ... e finalmente ela me chamou para sair!

Finalmente? Como assim finalmente?

— E você vai? — perguntei, quase ofegando.

— Vou. Quer dizer, acho que vou. Eu até já confirmei. Mas era isso que eu queria perguntar, na verdade, você acha que devo mesmo ir?

Acho que eu vou morrer!

— Eu?!

— É... — assentiu, tímida. — O que você acha? Ela me chamou para encontrar com ela numa livraria às onze da manhã. Será que é um encontro?

SIM!!! Não é uma livraria qualquer, é a nossa livraria mágica, você precisa ler nas entrelinhas.

— Nunca me chamaram para um encontro no sábado de manhã — continuou Julieta.

— Humm... Bom, talvez ela também estivesse confusa e tentou parecer, sei lá, casual.

— Pode ser — ponderou, mexendo em uma pulseirinha de ouro no pulso esquerdo. — É que eu não sei se devo esperar alguma coisa além de amizade. No bilhete ela falou em amizade, mas nos e-mails pareceu que pudesse existir algo a mais... Pode ter sido só impressão minha.

Não, não foi!

— E você gostaria de que houvesse algo a mais? — indaguei, sentindo meu coração batendo na garganta.

Julieta inclinou a cabeça para o lado, pensativa, e a balançou afirmativamente. Aquele gesto foi tão hipnótico e, sem perceber, espelhei o movimento, balançando minha cabeça em sincronia.

— Nos e-mails ela é tão, não sei, incrível; sempre falando a coisa certa ou me surpreendendo com algo curioso... Até as coisas banais ela faz parecer engraçadas e interessantes. E eu adoro o senso de humor dela.

Sentia as palavras dela me envolvendo como um abraço. E essa sensação me fez esquecer tudo, esqueci como falar, esqueci até como respirar. Então, Julieta continuou:

— Mas e se ela não gostar de mim pessoalmente?

— O quê? Juli, olha para você — reagi, gesticulando na direção dela. — Como alguém não iria gostar de você? Ainda mais alguém que já gosta de como você pensa. O que diabos teria para não gostar? Ela tem muita sorte, isso sim — disse, sentindo muitas coisas, entre elas um pouco de ciúmes de mim mesma, o que era, no mínimo, peculiar.

Julieta corou e voltou sua atenção para a pulseira de ouro.

— Hum, obrigada, Méli.

Era a primeira vez que Julieta me chamava por um apelido, e esse fato não passou despercebido por mim, mas tinha muita coisa para processar naquele momento. E pouquíssimo tempo até o fatídico encontro no sábado.

CAPÍTULO 17

Agora, mais do que nunca, me sentia compelida a desmascarar Maximiliano. Sentia que devia isso a Julieta e, mais do que isso, eu precisava de alguma distração para tirar o encontro de sábado da minha mente.

— Federico, eu preciso da sua jabiraca emprestada hoje à noite — pedi assim que cheguei em casa e encontrei ele almoçando lasanha congelada na cozinha.

Franzi a testa ao ver a cena. Eu não entendia como as pessoas que não sabiam cozinhar conseguiam viver assim. Na geladeira e na despensa tinha tudo que era preciso para fazer comida de verdade.

— Não chama meu fusquinha assim — disse de boca cheia. Ele comia de pé, com a lasanha apoiada no granito da pia. — Pra quê?

— Decidi que vou seguir o Maxi para colher provas — contei, me sentando na bancada, ao lado de onde ele comia.

— Vê se toma cuidado, Méli. Porque eu nunca conheci alguém com tanta vocação para se meter em confusão como você. Mas tá, pode pegar. Você me deixa no Pancho e fica com ele, a noite você me busca lá.

— Fechou — concordei, pulando da bancada e dando um beijo na bochecha dele. — Obrigada, nene.

Fui correndo para o quarto pegar tudo que precisaria: máquina fotográfica, bloco de anotações, chapéu e óculos escuros para me disfarçar e...

— Fêde, você sabe onde a Viole guarda o gravador dela?

* * *

Assim que o serviço da cozinha fechou, me apressei em limpar a bancada e voei até o vestiário para trocar de roupa. Entrei apressada no fusca, que havia deixado estacionado do outro lado da rua para não levantar suspeitas, e esperei por mais de meia hora até finalmente avistar o carro do *sous chef* saindo do estacionamento de funcionários.

Dei a partida e me pus a segui-lo, tomando cuidado para manter uma distância discreta, ou pelo menos tão discreta quanto possível em um fusca laranja.

Estava incrivelmente nervosa, como se fosse eu quem estivesse cometendo uma transgressão.

Seguir um colega de trabalho caracteriza crime? Bom, sabotagem industrial, com certeza, sim!

Maxi dirigia em direção a Puerto Madero e, quando chegou no cais e pegou a Avenida Juana Manso no sentido sul, eu soube imediatamente para onde ele estava indo. Conhecia aquele caminho muito bem, embora tivesse trabalhado apenas poucas semanas ali. Como suspeitei, ele deu seta e entrou no Don Juan.

O restaurante já estava fechado, mas Maxi entrou pela porta dos fundos como se fizesse aquilo com frequência. Estacionei a jabiraca na frente de um empório que já estava fechado àquela hora e caminhei — de chapéu e óculos escuros — até o Don Juan. Eu conhecia bem o restaurante e sabia que tinha uma janela alta nos fundos da cozinha.

Por sorte, a abertura ficava acima da construção que abrigava o sistema de gás, então, liguei o gravador da Violeta e, tentando não fazer barulho, subi na construção. Com cuidado, olhei para dentro, mas não conseguia enxergar direito, vi apenas o asqueroso do meu ex-chefe, Guillermo Alcântara, conversando com Maxi. Apesar de a janela não ter vidro, apenas uma tela de proteção, não conseguia ouvir o que diziam e tentei me esticar mais para pelo menos poder ver melhor.

— Ai, que *boluda*!

Revirei os olhos para mim mesma ao perceber que não enxergava nada porque usava óculos escuros de madrugada. Bufei e o arranquei da cara.

Agora que via melhor, notei Maxi entregando alguns papéis a Guillermo, estreitei os olhos tentando focar, mas eles estavam longe e de costas para a janela. Tentei aproximar com o zoom da câmera, ainda assim não conseguia ver o que era.

O encontro levou alguns minutos e eu já estava ficando com torcicolo por esticar o pescoço. De repente, notei uma nova movimentação e os dois caminharam em direção à porta dos fundos — onde eu estava.

Pulei rápido da central de gás e senti meu tornozelo virando.

— Ai! — gemi baixo e tratei de correr mancando para me esconder atrás de um dos arbustos do canteiro. Empunhei a câmera fotográfica mais uma vez.

— *Flash, flash, flash*? — sussurrei para mim mesma enquanto tentava achar o botão de desligar o flash. Tudo que não precisava naquele momento era ser capturada em linhas inimigas. Quando finalmente consegui, torci para que, apesar de escuro, a luz dos fundos da cozinha fosse suficiente para iluminar as fotos.

— Você tem certeza de que ela só vai implementar esse cardápio em junho, certo? — perguntou Guillermo.

— Sim, ela acredita que deve ser o mês que os críticos Michelin virão, está guardando esse cardápio para eles.

As receitas! Os papéis eram as receitas novas de Julieta para surpreender os críticos Michelin.

Aquele traidor!

— Está bem, Maxi — disse Guillermo apertando a mão dele. — Se conseguirmos nossa segunda estrela, a cozinha da filial de Montevidéu é sua.

Era isso então. Maxi queria o cargo de chef.

Ele sabia que nunca iria conseguir ascender ao cargo de chef no La Concorde e por isso resolveu trair Julieta e o restaurante.

Quando me dei conta, Maxi já havia ido embora e Guillermo voltara a cozinha. Torci para que o gravador de Violeta tivesse um ouvido tão bom quanto o meu.

* * *

Passava das duas da manhã quando cheguei ao Pancho e estranhei quando não encontrei uma única vaga disponível. Contrariada, dei a volta no quarteirão à procura de um lugar para estacionar.

Assim que entrei no bar, vi o mar de camisas do Boca Juniors e me lembrei de que era dia de jogo.

— Pela animação, o Boca ganhou, né? — perguntei, assim que Federico me encontrou no balcão. Ele ostentava um sorriso de orelha a orelha.

— Ganhamos! Estamos na semi — confirmou, exalando um entusiasmo que eu já conhecia bem. — Quer beber o quê? Hoje é por minha conta!

Eu não queria beber nada. Na verdade, se pudesse escolher, iria para casa, mas estava de carona com Federico e, pelo movimento do bar, parecia que isso ainda iria demorar um pouco para acontecer. Então, nesse caso...

— Uma cerveja.

Federico pegou uma *longneck*, abriu, enrolou no guardanapo, colocou uma fatia de limão presa no gargalo e deslizou a garrafa sobre o balcão até mim, com a agilidade de quem faz isso duzentas vezes por noite.

— E como foi a investigação, descobriu alguma coisa?

— Descobri — respondi, entusiasmada. — Aquele cretino saiu do restaurante e foi direto para o Don Juan, acredita?

— Jura? E o que ele tava fazendo? — perguntou, debruçando-se no balcão.

Contei detalhadamente toda a minha empreitada desde que comecei a seguir Maxi.

Aproveitamos para ver as fotos no visor da câmera digital juntos. Surpreendentemente ou não, as fotos não ficaram claras o bastante; dava para ver apenas o vulto de duas pessoas. A gravação, que já tinha tentado escutar no carro, também se mostrara inútil, já que se ouvia apenas um chiado e algumas palavras soltas.

— Não acredito que você tava mesmo certa, nena.

— Pois é. O problema é que continuo sem provas. Vou ter que dar um jeito de convencer Juli a segui-lo comigo. Acho que ela vai precisar ver com os próprios olhos para acreditar numa cretinice dessas — supus, tomando um gole da minha cerveja. Federico concordou com a cabeça. Depois de alguns segundos, decidi compartilhar com ele o que *realmente* estava me incomodando. — Mas agora eu preciso te contar uma outra coisa — disse, abaixando o tom e me debruçando ainda mais sobre o balcão.

Federico fez o mesmo do outro lado, ansioso para ouvir o que eu tinha para contar. Respirei fundo antes de continuar:

— A mulher do bilhete, Tita, e a Julieta são a mesma pessoa.

Federico apenas piscou algumas vezes, tentando assimilar a informação. Depois de dois longos segundos, falou, com os olhos arregalados:

— O quê?

— Foi a minha chefe que comprou o livro, Federico! Eu sabia, eu sabia que era uma péssima ideia.

— Ei, foi uma ótima ideia — defendeu-se Federico. — Mas, Amélia, você tem certeza?

Balancei a cabeça em afirmação.

— Acredite. Infelizmente eu tive comprovações.

— Puta que pariu, nena!

— Foi exatamente essa a minha reação — disse, gesticulando.

— E ela sabe?

— Não! E eu não te contei a pior parte!

— Pior do que estar trocando e-mails românticos com a sua chefe!?

Respirei fundo antes de falar:

— Antes de descobrir, eu convidei Tita para um encontro no sábado e ela já aceitou e agora eu estou surtando porque não sei o que fazer.

Federico apoiou a testa na mão, sobre o bar.

— Como você consegue se meter nessas situações, Amélia?

— Não sei, Fêde! Mas você precisa me ajudar, eu não sei o que fazer.

— Você não pretende ir nesse encontro, né?

— Como não? Não posso deixar ela plantada.

— Claro que pode, Amélia.

— Mas calma que tem mais. — Contei sobre o encontro no mercado público e o conselho que Julieta me pediu. — Eu achei que iria enfartar ali mesmo!

— E você conseguiu convencer ela a não ir?

— Na verdade, eu a incentivei a ir.

— Ai, meu pai! Por que você fez isso, *boluda*?

— Sei lá, nene. Eu fiquei muito nervosa na hora, não sabia o que fazer. É a primeira vez que tô num triângulo amoroso com a mesma mulher!

— Méli, me escuta. Não vai — disse, sério. — Você acha mesmo que a Julieta vai achar normal isso? Com esse monte de coisa esquisita acontecendo no restaurante? E, nena, não me leve a mal, mas posso apostar um ingresso para a final da Libertadores que você certamente tava no meio de, pelo menos, metade das confusões... — insinuou Federico. — Aí ela descobre que tava trocando confidências com você *sem saber* há mais de um mês. O que você acha que ela vai pensar?

— Eu tenho provas contra o Maxi!

— Ah, sim, fotos borradas acusando o funcionário mais antigo e leal do restaurante. Que conveniente!

— Eu não a convenci a comprar o livro, Federico. Ela comprou porque quis. Foi uma coincidência — argumentei, irritada.

— Coincidência ou não, você esteve conversando com ela todo esse tempo. Você tá disposta a arriscar o seu emprego e a sua amizade com Julieta nisso?

Apenas deixei a cabeça cair sobre o balcão.

— Méli, não vai nesse encontro e tira essa Tita da cabeça. Finge que os e-mails nunca existiram e segue a vida.

Olhei para ele sem saber o que responder. Federico continuou:

— Não arrisca o emprego que você desejou tanto por causa de uma quedinha, nena.

CAPÍTULO 18

Chegamos em casa depois das quatro da manhã, mas eu sabia que não conseguiria dormir a não ser que uma bigorna igual àquelas do Papa-Léguas caísse na minha cabeça e me deixasse inconsciente.

Não conseguia parar de pensar nas palavras do Federico: "Não arrisca o emprego que você desejou tanto por causa de uma quedinha".

Eu sabia que ele *provavelmente* tinha razão. Mas a palavra "quedinha" não parecia adequada. E nem essa solução.

No fundo, sabia que não deveria me envolver com Julieta de qualquer forma que não fosse apenas amizade. Sabia disso. Mas, ao mesmo tempo, não parecia certo simplesmente mentir para ela.

Tita gostava de Mia, e Julieta tinha o direito de saber que Mia era... bem, eu! O que faríamos com essa informação era algo para decidirmos depois, mas eu estava disposta a arriscar. Tita valia a pena, e Julieta valia a pena.

O problema era que o alerta de Federico soava incessante na minha cabeça. Será que Julieta iria mesmo achar que eu a estava usando? Será que Julieta acharia que as coisas estranhas acontecendo no La Concorde foram armações minhas? Eu tinha *quase* certeza de que não, Julieta não

pensaria isso. Mas, infelizmente, o *quase* era a palavra com maior força nessa frase.
Eu rolava na cama tentando arrumar uma solução. Se o maior risco que corria era o de Julieta achar que eu estava por trás das sabotagens, bem, a solução parecia óbvia: contar a verdade sobre Maxi *antes* de sábado.
Enquanto ela não soubesse dos e-mails, não teria motivo para não acreditar em mim!
O problema era que já passava das quatro e vinte da manhã de sexta-feira.
— Vale a tentativa.
Respirei fundo antes de mandar uma mensagem de texto.

> Vc tá acordada?

Sete minutos se passaram antes da resposta.

> Tô, tá tudo bem?

Eu me perguntava se Julieta dormia. Todas as vezes em que tinha mandado mensagem de madrugada, ela estava acordada para responder.

> Tá sim. Juli, vc poderia passar aqui em casa amanhã de manhã? Tenho uma coisa importante pra te mostrar

Sabia que a mensagem provavelmente assustaria Julieta, mas não sabia de que outra maneira poderia contar uma coisa assim.

> Posso... Tá tudo bem mesmo? ;/

Rolei na cama e enfiei a cara no travesseiro. Se isso era uma quedinha, preferia não saber o que era paixão.

Não se preocupa, amanhã
eu explico tudo! ;*

* * *

— Méli, você a conhece há um mês, mas esperou por essa vaga por mais de um ano — Violeta argumentou.

Eu tinha acordado cedo; na verdade, nem tinha certeza se havia dormido, mas aproveitei a presença da Violeta no café da manhã para tentar esclarecer um pouco as ideias. Infelizmente, a opinião dela era a mesma que a de Federico, e eu sentia que todas as saídas "racionais" eram estúpidas.

Eu sabia que Violeta e Federico estavam apenas tentando me proteger, porque sabiam que eu era impulsiva, mas ainda não estava convencida de que ignorar Tita fosse mesmo a melhor saída.

— Eu quero ao menos tentar, Viole. E, não sei, acho que Julieta também tem o direito de decidir se o fato de eu ser a Mia muda ou não alguma coisa para ela.

— Entendo que você queira fazer as coisas do jeito certo, Méli, mas se ela não estiver disposta a sair com uma funcionária, isso vai criar um clima estranho e é capaz até de estragar a amizade entre vocês. Mas se ela estiver, bom, então ela irá se interessar por você de qualquer forma. Se ela já gostou de você uma vez... É uma questão de tempo. E até lá *você* decide se vale a pena arriscar um emprego desses por um namoro. Porque você sabe para que lado a corda vai arrebentar se isso não der certo, não é?

Eu ia falar alguma coisa quando meu celular vibrou em cima da mesa. Abri o flip para ler a mensagem.

— Juli chegou.

Violeta acrescentou em tom maternal:

— Você sabe que eu te amo e vou te apoiar de qualquer forma, eh? — enfatizou, colocando uma das mãos sobre o meu braço. — Mas tenta não fazer nada impulsivo.

Apenas concordei com a cabeça e desci para buscar Julieta. Assim que cheguei na frente do prédio, encontrei dona Célia sabatinando Julieta, que tentava educadamente responder às perguntas da mulher.

— Eu, é, estou visitando uma amiga... Ah, ali, Amélia — disse com alívio ao me ver.

— Bom dia, Juli. Dona Célia, como vai?

— Bom dia, Amélia — falou dona Célia. — Eu estava explicando para essa moça que a vaga é só para moradores.

Meneei a cabeça com um sorriso, para evitar soltar uma bufada.

— Bem, essa vaga é do nosso apartamento, como a senhora pode ver ali. — Apontei para a numeração na frente da vaga. — Setenta e oito, vê? E Julieta está visitando o apartamento setenta e oito.

— Hum — resmungou contrariada. — É que as pessoas andam tão folgadas hoje em dia. Estacionam nas nossas vagas para irem ao parque. Daqui a pouco vão querer usar até os nossos banheiros.

O nosso prédio ficava em frente ao Parque Los Andes, que nos fins de semana sempre lotava as ruas de pessoas e carros. Mas verdade seja dita, ninguém nunca pediu para usar o banheiro.

— A senhora tem razão, temos que defender as nossas vagas e banheiros — concordei com um leve tom de ironia. O suficiente para a dona Célia não notar. — Vamos, Juli?

— Claro — respondeu, parecendo aliviada. — Foi um prazer, dona Célia — acrescentou por educação.

— Parabéns, você sobreviveu ao seu primeiro encontro com a Bruxa do 71 — anunciei enquanto conduzia Julieta até o apartamento.

Meu tornozelo ainda doía um pouco, mas eu já não mancava mais.

— Tadinha, Méli, ela só é preocupada.

— Não, mas ela mora mesmo no apartamento setenta e um. Ó, ela mora aqui — disse, apontando para a porta no primeiro andar com o número setenta e um colado.

— Eu me referia à parte da bruxa. — Ela riu. — Mas é realmente uma coincidência interessante.

Eu teria que me lembrar de agradecer dona Célia por ajudar a quebrar a tensão daquela visita misteriosa.

Abri a porta do apartamento setenta e oito, no segundo andar, e dei passagem para Julieta.

— Juli, essa é a Viole. Viole, Julieta, minha chefe!

— Prazer, Julieta. — Violeta se levantou da mesa e a cumprimentou.

— Ah, eu já vi você na TV — Julieta disse com um sorriso que Violeta retribuiu.

— Bom, eu vou deixar vocês conversarem em paz; tenho que correr para a emissora. Méli, depois deixa o gravador na gaveta do meu quarto?

— Pode deixar.

Assim que ficamos sozinhas, uma densidade diferente tomou conta do ar. Eu me sentia tão desconfortável que não sabia nem se deveria sentar ou não.

— Senta aí — instruí, com uma tranquilidade forjada, apontando para o sofá, enquanto eu me sentava na poltrona.

Novamente o silêncio tomou conta da sala. Eu coçava a cabeça, e Julieta brincava com a pulseirinha.

— Você quer um café? Um chá? Um suco? Uma *medialuna*? Um *œuf cocotte*...

— Hum, não, obrigada, estou bem — interrompeu Julieta. — Méli, não quero parecer mal-educada, mas por que você me chamou aqui?

— Ah! Pois é, é que, assim, hum... — eu gaguejava. — Antes de qualquer coisa, preciso que você acredite em mim.

Como você conta para sua chefe que o funcionário mais antigo é, na verdade, um traidor?

— E por que eu não acreditaria? — perguntou Julieta com gentileza.

— Porque o que eu vou contar é difícil de acreditar e não tenho provas. Mas juro que é verdade, eu vi com os meus próprios olhos.

— Méli, você tá me preocupando.

Eu balançava meus pés e esfregava as mãos uma na outra.

— Tá, lá vai...

Respirei fundo.

Um clima tenso se instalou no ar, e toda a atenção de Julieta estava em mim... que congelei.

Eu queria contar, é claro, mas e se ela não acreditasse e me mandasse embora?

Não, não, ela não faria isso... eu acho.

— Tá bem... — Julieta respondeu, reticente, depois de alguns segundos de silêncio.

Ela estava bem na minha frente, esperando o que eu iria falar, agora era tarde para dar para trás, então ensaiei, mais uma vez, a respiração profunda e disparei:

— Maxi é um traidor e tá de conluio com o Guillermo Alcântara para desmoralizar o La Concorde!

Novamente o silêncio se instaurou, não se ouvia nem os cachorros latindo na rua. Ou talvez eu que não estivesse conseguindo me concentrar em nada que não fosse na reação de Julieta.

— Desculpa, o quê?

— Maxi... Ele que tá sabotando o restaurante!

— Amélia... hum, você tá bêbada? — perguntou Julieta, franzindo as sobrancelhas.

— O quê? Não! O Maxi é o sabotador, Juli.

— Isso não faz o menor sentido, Amélia. Que sabotador?

— Ah, Juli, eu sei que você também sabe que tem alguma coisa muito errada acontecendo no La Concorde.

Julieta se empertigou no sofá, como se aquele fosse um assunto privado. Como se eu soubesse de algum segredo que Julieta julgou estar seguro.

— Juli — tentei, mais calma —, eu sei que você sabe que tem alguém sabotando o restaurante. O choque anafilático e o botão não foram acidentes e você sabe.

— Eu... — A voz de Julieta falhou e ela tentou novamente. — Eu sei que tem algo estranho acontecendo.

— É isso que eu tô dizendo, é o Maxi!

— Amélia isso não tem graça — disse em tom de repreensão.

— Julieta, eu tô te falando! No dia do profiteroles, eu provei a calda da Lola, não tinha leite de amêndoas. E antes de entregar o prato, ela veio até a minha praça me emprestar o maçarico dela porque o meu estava sem gás. O Maxi era a pessoa mais próxima da praça dela naquele momento, eu me lembro perfeitamente porque ele tinha estado na minha praça segundos antes. Ele era a única pessoa que poderia ter despejado a outra calda por cima.

— O que você tá falando não faz o menor sentido, Amélia. O Maxi trabalha conosco há *anos*!

Eu coçava a cabeça, me remexia na cadeira e balançava os pés. Tudo ao mesmo tempo.

Respirei fundo mais uma vez.

— Eu segui ele ontem!

— Você o quê?

— Segui ele ontem!

Eu podia ver na cara de Julieta que ela queria perguntar alguma coisa, mas estava com medo da resposta. Continuei:

— Ele foi até o Don Juan.

— Quê?

— Ele foi até o Don Juan e entregou as suas receitas novas para o Guillermo Alcântara, aquelas que você estava guardando para os críticos Michelin.

— Como você sabe dessas receitas? — perguntou, tentando achar qualquer outra resposta que não a óbvia.

— Porque eu o *segui* — repeti, enfatizando. — E ele falou que você só as implementaria em junho, porque é quando você acha que os críticos virão.

Julieta apenas esfregou as mãos no rosto, acho que não sabia o que fazer, pensar ou dizer, e nem conseguia olhar para mim.

— Juli, você precisa acreditar em mim. Espera, eu tenho fotos! — Pulei da poltrona e peguei a câmera para mostrar as fotos borradas. — Eu sei que não dá para ver direito, mas são eles, se você aproximar vai ver a careca no topo da cabeça do Maxi.

— Por que ele faria isso? — Foi tudo que Julieta conseguiu articular.

Me sentei ao lado dela no sofá, me sentindo culpada por algo que nem fui eu que fiz.

— Pelo que eu entendi, se o Don Juan conseguir a segunda estrela, o Maxi assumirá a cozinha da filial de Montevidéu.

Quase pude ouvir o coração dela se partindo.

— Deve ter alguma outra explicação. Você deve ter se confundido. O Maxi não faria isso.

Me sentia nervosa.

Eu tinha certeza. Mas sabe quando você tem certeza de que trancou a porta, então alguém pergunta "tem certeza?" e, de repente, você começa a se questionar? Eu tinha certeza! Mas não tinha provas, e a expressão de Julieta desejando que fosse um mal-entendido estava começando a afetar a minha certeza.

— Nós podemos seguir ele hoje de novo e você pode ver com seus próprios olhos.

Julieta se virou rapidamente para mim. Não soube identificar se ela estava esperançosa de que segui-lo pudesse provar que ele era inocente, ou com medo de que provasse que eu estava certa.

Era claro que Julieta estava tentando acreditar que era um engano, mas eu sabia que se ela despendesse alguns segundos para ligar os pontos, iria perceber que as chances de ser um engano eram ínfimas.

— E se ele não voltar lá?

Eu não tinha pensado nisso ainda, mas a probabilidade é que eu dera um golpe de sorte em pegá-lo no flagra na primeira tentativa. Julieta tinha razão, nós não tínhamos como ter certeza de que Maxi iria voltar lá, a não ser que...

— Podemos dar um motivo para ele ir.

Julieta me encarou com um semblante triste.

Eu havia achado até divertido perseguir Maxi, mas agora, vendo a decepção no olhar dela, eu estava me sentindo péssima por ser a portadora da notícia.

— Uma alteração no cardápio? — perguntou Julieta.

— Um cardápio digno da terceira estrela!

Julieta concordou com a cabeça antes de acrescentar:

— Eu tenho umas receitas engavetadas que achei que ainda não era o momento de usar — disse, meio mecânica.

— Talvez esse seja o momento.

— Acho que temos um plano — acrescentei, sem muita empolgação.

— Amélia, eu sei que você acha que viu alguma coisa, mas deve ter outra explicação.

— Acredite, Juli, eu queria muito que você tivesse razão.

— Acho que hoje à noite vamos descobrir.

Depois de um longo momento, ela esboçou um meio sorriso e sacudiu a cabeça.

— O que foi? — perguntei.

— É estranho, mas eu realmente consigo visualizar você bancando a *Harriet, a espiã*.

Apenas retribuí o meio sorriso, mas o clima estava estranho e a tensão por conta da notícia, somada à proximidade de Julieta-barra-Tita, me deixaram sem saber o que fazer.

— Méli, me diz que você fez café da manhã — Federico gritou, saindo do quarto. — Eu tô com uma ressaca do car... Julieta! Bom dia — disse para a convidada, mas olhando para mim.

— Bom dia, Federico.

— Desculpa, nene, eu também não comi nada ainda. Ai, meu Deus, Juli, você quer comer alguma coisa, tomar um café, uma água, um suco?

Eu não conseguia lembrar se já tinha oferecido alguma bebida a ela. Estava atordoada e exausta.

— Não, obrigada — respondeu com educação. — Eu já estou de saída. Tenho que colocar nosso plano em prática.

Nos despedimos e, assim que fechei a porta, me virei para o meu amigo.

— Nem começa, Federico!

CAPÍTULO 19

Resolvi chegar mais cedo no restaurante para ajudar Julieta com o plano — aproveitando a desculpa para poder passar mais tempo com ela.

Cada minuto que passávamos juntas, eu me convencia mais e mais de que essa *quedinha* não tinha nada de "inha", estava mais para uma estabacada de cara no chão.

Mas, no momento, eu tinha outra coisa para me preocupar: Maxi. Ainda faltavam vinte minutos para que ele chegasse, e Julieta havia me chamado para ir a sua sala mostrar as receitas.

— Sobe lá que eu já vou, só vou trocar uma palavrinha com o Nacho antes.

Aquela seria a segunda vez que entraria no escritório da chef, sendo que a primeira havia sido no dia da entrevista. Era estranho pensar que apenas um mês e meio se passara desde aquele dia, mas a minha percepção de Julieta tinha mudado completamente.

A sala dela, por outro lado, não mudara nada. Perdi alguns segundos olhando a estante de livros forrada de Larousse e livros de chefs famosos. Os Guias Michelin de 1991 e 2003 estavam em destaque, em uma prateleira só para eles e alguns prêmios de melhor restaurante do ano.

Continuei o tour pela sala e, assim que meus olhos recaíram sobre a mesa dela, senti o ar faltando nos meus pulmões. Ali estava, linda e desbotada como sempre, a cópia de *Jane Eyre* em que eu havia deixado o bilhete.

Senti minha mão trêmula ao pegar o livro. Sabia que ela era Tita, mas, de alguma maneira, ver a obra na sua mesa tornava aquilo mais real. Folheei o livro como se não o conhecesse de cor, e não pude evitar um sorriso ao perceber que Julieta o enchera de marcadores nos meus trechos preferidos.

O bilhete, que eu escrevera há mais de um mês, estava sendo usado para marcar uma página. Quando abri, vi destacada com uma caneta marca-texto laranja:

> *"... eu me lembrava de que o mundo real era vasto, e que uma quantidade enorme de esperanças e medos, de sensações e emoções, estava à espera daqueles que ousassem sair por ele afora, buscando, em meio a seus perigos, o verdadeiro conhecimento do que é a vida".*

Meu coração acelerou no peito ao notar que era a citação que eu havia escrito no primeiro e-mail.

Naquele momento, me senti como Kate Foster, de *A casa do lago*, encontrando a cópia de *Persuasão* escondida no assoalho, com a citação sublinhada.

E, minha nossa senhora, como eu havia chorado naquela cena.

Mas diferente de *Persuasão*, *Jane Eyre* não era um livro sobre um amor impossível, muito pelo contrário, era sobre correr atrás e merecer a felicidade.

E era isso que eu iria fazer.

— Você gosta das irmãs Brontë? — Julieta perguntou, entrando na sala.

Dei um pulo.

Que diabo de mulher mais sorrateira!

— Uhum — balbuciei, pois sentia minha garganta fechada.

Fechei o livro, coloquei com cuidado no mesmo lugar de que tirei, limpei a garganta e acrescentei:

— Menos da Emily.

Julieta franziu a testa, como se um pensamento houvesse passado como um raio por seu cérebro. Eu sabia que tinha dito exatamente essas mesmas palavras como Mia.

Mas, para citar *Jane Eyre*: o mundo é vasto para aqueles que correm riscos.

Julieta sacudiu a cabeça e voltou a sorrir.

— Acho que a Emily não é muito popular mesmo. — Ela caminhou até o outro lado da mesa e se sentou em sua cadeira, fazendo sinal para eu fazer o mesmo na cadeira à frente. — Essa é a receita — anunciou, entregando-a para mim. — Quando Maxi chegar, vou dizer que houve uma alteração, que pensei nessa receita ontem e que vamos sugerir para todo cliente que tiver pinta de ser crítico.

— Tá, e eu fico lá embaixo para ver se ele tenta se comunicar com aquele imundo depois disso.

— Nesse caso, acho melhor você descer. Ele deve chegar daqui a pouco e é melhor que não te veja aqui, para não desconfiar de nada.

* * *

O expediente se arrastava havia horas e os ponteiros do relógio andavam em câmera lenta.

Será que Maxi havia sabotado o relógio também?

O tempo sempre passou assim, devagar?

Eu estava agitada, sentia meu corpo formigando e era impossível ficar parada. Desconfiava que Julieta também estava tendo o mesmo problema.

Maxi, por sorte, parecia não suspeitar de nada e, como esperado, andava mandando mensagens misteriosas no meio do trabalho.

Julieta e eu havíamos decidido que, assim que encerrássemos o serviço, iríamos correndo para o Don Juan; queríamos chegar antes de Maxi, pois sabíamos que o carro de Julieta o seguindo poderia chamar atenção. Ela já havia combinado com Ignácio para que ele fechasse o restaurante.

Depois de uma semana e meia, ou pelo menos foi o que pareceu para mim, finalmente encerramos o expediente e à uma e quatorze da madrugada chegávamos ao Don Juan.

Sugeri que Julieta deixasse o carro na Camila O'Gorman, rua transversal à do restaurante, para não correr risco de Maxi vê-lo.

Não era de se estranhar que Guillermo Alcântara tivesse aberto o Don Juan ali. Desde a revitalização nos anos 1990, Puerto Madero se tornara um forte polo gastronômico com diversos restaurantes conceituados. O bairro era, também, bastante turístico e, bem em frente ao restaurante, havia um hotel de luxo.

Julieta sugeriu que esperássemos no saguão do prédio, assim poderíamos ver quando Maxi chegasse sem sermos reconhecidas.

Nos sentamos em duas poltronas próximas à enorme porta de vidro fumê. Julieta estava bastante agitada, balançando os pés e esfregando as mãos uma na outra.

— Você tá com medo de que ele não venha? — perguntei.

— Eu estou com medo de que ele *venha*.

— Sinto muito, Juli.

Com receio, coloquei a mão sobre o ombro dela.

— Não entendo por que esse tipo de coisa continua acontecendo comigo.

— O que você quer dizer?

Julieta levou alguns segundos para responder:

— É a segunda vez que alguém me trai por um cargo.

Apenas esperei paciente pela história. Sabia que Julieta iria explicar, só estava tentando achar as palavras.

— O último restaurante em que trabalhei em Paris... — começou, meio reticente — ... era um restaurante estrelado, superbadalado. Eu havia conhecido a chef, Jacqueline, no Le Cordon Bleu, nós estudamos juntas. Ela era filha de um chef mega renomado de Nice que tem mais de dez estrelas espalhadas em sete restaurantes, inclusive dois com três estrelas.

"Quando ela abriu o próprio restaurante, me convidou para ser chef de praça, na época eu era *entrémetier* em um bistrô já estrelado, mas por acreditar no talento dela, resolvi aceitar a vaga. No final, eu estava mesmo certa, e juntando talento e sobrenome, ela ficou conhecida em Paris e teve uma ascensão meteórica, conseguindo duas estrelas em três anos.

"Todo mundo queria trabalhar lá; chegavam pilhas de currículos todos os dias. Todos os cozinheiros jovens sabiam que aquele era o lugar para se estar se você quisesse ser visto."

Ela fez uma pausa e eu esperei.

— Na época, eu namorava a María — continuou —, ela era espanhola e também tinha ido a Paris para estudar gastronomia. Ela sempre me pedia para conseguir uma vaga para ela no AvantGarde, esse era o nome do restaurante — explicou. — Até que um dia surgiu uma vaga de *garde manger* e eu a indiquei.

"Durante uns seis meses foi tudo maravilhoso. Até o dia que o *sous chef* saiu para abrir o próprio restaurante e a vaga ficou lá, para todos os cozinheiros se estapearem por ela. Mas eu estava tranquila, porque Jacqueline já tinha me dito mais de uma vez que, assim que Adrien saísse, o que ela sabia que seria logo, eu ficaria com a vaga, afinal nós dois éramos os funcionários mais antigos.

"Mas, para minha surpresa, não só eu não consegui a vaga, como quem conseguiu foi a María. Não teria sido tão ruim, se eu não tivesse descoberto que ela conseguiu a vaga porque estava me traindo com Jacqueline há dois meses! No mesmo dia, eu pedi a conta e decidi voltar para Buenos Aires."

Julieta se endireitou na poltrona, claramente desconfortável em revelar a história. Eu não tinha certeza do porquê de ela estar me contando isso, mas sabia que significava que ela confiava em mim o suficiente para se abrir e pelo menos isso era um bom sinal.

— Naquela época, meu pai já falava em se aposentar, mas o plano dele era que eu ficasse lá mais alguns anos para que, quando voltasse, assumisse um segundo restaurante que ele estava idealizando. Na verdade, ainda está, ele pretende abrir um restaurante na vinícola em Mendoza — esclareceu, virando-se para mim. — Mas eu não conseguiria ficar mais tempo em Paris e falei para ele que voltaria de qualquer forma. Quando voltei, ele percebeu que eu não estava bem e falei para ele que não queria ir para Mendoza, queria ficar em Buenos Aires. Foi aí que ele me ofereceu o La Concorde. Agora estou achando que o Maxi sabia que se eu não tivesse voltado, ele seria o substituto do meu pai.

— Isso não justifica ele apunhalar vocês pelas costas, Julieta. O La Concorde é a *sua* herança, e você é mais do que competente para o cargo. — Eu ainda estava absorvendo toda a história.

— Eu sei. Não estou o defendendo, de maneira alguma. Eu trabalhei duro para chegar aqui e meu pai jamais me passaria o cargo de chef se eu não merecesse — falou com dignidade. — Só acho que isso foi o que o motivou.

— E essa María... — comentei, querendo saber mais sobre o passado de Julieta. — Há quanto tempo vocês estavam juntas?

— Dois anos.

— Que desgraçada!

— Depois disso, eu jurei que nunca mais na vida iria misturar trabalho e amor.

Espera, o quê?

Me senti em um trem-bala que freia de repente.

— Não vale a pena — continuou Julieta. — Fiquei sem namorada e sem emprego. E, sei lá, não quero mais esse tipo de drama na minha vida. Às vezes eu acho que nesse ramo não se pode confiar em ninguém. Olha só o Maxi, ele trabalha conosco há anos, estava acima de qualquer suspeita...

— Uhum — balbuciei.

— Prefiro não me envolver com ninguém dessa área de novo.

Eu já entendi!!!

Me sentia nocauteada, a minha coragem e vontade de arriscar tudo morreram naquele minuto. Violeta tinha razão, ir ao encontro só criaria um clima estranho entre a gente, e eu não queria perder a amizade de Julieta.

Sabia que deveria falar alguma coisa. O silêncio iria começar a pesar a qualquer segundo, mas simplesmente não sabia o que falar. Sentia vontade de chorar.

Por sorte...

— Maxi chegou — alertei, vendo-o estacionar no Don Juan.

* * *

Igual ao dia anterior, ele entrou pela porta dos fundos como se fosse algo rotineiro. Julieta não perdeu tempo, saiu da poltrona feito um raio e caminhou a passos largos em direção ao Don Juan.

Eu não tive escolha senão segui-la e, para a minha surpresa, ela foi direto para a porta em que Maxi havia entrado. Não havíamos conversado sobre o que faríamos quando o *sous chef* chegasse, mas imaginei que iríamos apenas observar e levantar provas. Em vez disso, Julieta já chegou invadindo a cozinha do concorrente. Apertei o passo para não perder a cena.

— O que diabos está acontecendo aqui, Maximiliano?

Talvez não seja o melhor momento para comentar, mas, agora que eu conhecia Julieta melhor, tinha que admitir que achava sexy esse jeito ice queen de quando ela estava irritada.

— Julieta? — Maxi e Guillermo falaram em uníssono.

— Amélia? — Guillermo acrescentou ao notar a minha presença.

— Então, Maxi — pressionou Julieta. — Vai me contar por que está de conluio com o nosso maior concorrente?

— Não é o que você está pensando, Julieta.

— Eu não estou pensando nada, Maxi, eu estou *vendo*!

— Não sei o que você acha que está vendo, Julieta, mas Guillermo é meu amigo. Não vejo problema nenhum em me encontrar com um amigo depois do expediente.

— Você deveria exigir seus direitos, Maxi — Guillermo Alcântara ironizou. — Isso é invasão de privacidade.

— Você não se meta — advertiu Julieta.

— Você está na minha cozinha, querida. Quem não deveria se meter é você.

— A cozinha pode ser sua, mas as receitas são dela, seu *pelotudo* — vociferei.

Senti a mão de Julieta me puxando pelo casaco e tive a impressão de que ela estava com medo de que eu fosse atacar o chef do Don Juan a qualquer momento... Talvez fosse mesmo.

— Você poderia controlar seu cão de guarda, por favor? — Guillermo pediu a Julieta.

Julieta respirou fundo, ignorando Guillermo antes de dirigir a palavra ao *sous chef*:

— Responde, Maxi, o que você está fazendo aqui?

— Como já disse, Julieta, eu não te devo satisfação de nada depois do expediente.

— Claro que deve, seu imbecil! — revidei mais uma vez. — Deve satisfação de por que você roubou as receitas do La Concorde.

Guillermo Alcântara ergueu uma sobrancelha para Julieta, dividindo a atenção entre eu e ela. Diferente de Maxi, ele parecia estar se divertindo com aquilo.

— Então, Maxi? — Julieta exigiu.

— Eu não sei do que essa menina está falando.

— Não se faça de sonso! — eu disse.

— Você não roubou minhas receitas, então?

— Claro que não — negou Maxi.

— E você não as trocou pela vaga de chef na filial de Montevidéu? — perguntou Julieta, mais fria do que nunca.

— Delirante como sempre, não, querida? — Guillermo disparou, com um sorriso cínico. — Lembra aquela vez que você achou que eu estava interessado em você? Francamente, Julieta, como se eu fosse perder meu tempo com uma frígida como você.

Dessa vez, eu parti de verdade para cima dele, mas a mão de Julieta, me segurando forte pelo pulso, me impediu de prosseguir. Sentia meu sangue fervendo, mas fechei os punhos com força e tentei me controlar.

Estava claro que Guillermo tentava desestabilizar Julieta e ganhar tempo para Maxi. Por sorte, ela era mais centrada do que eu e não se deixou afetar por aquela provocação.

— Então, Maxi, você está ou não trocando as minhas receitas por uma vaga nesta espelunca?

Vi o semblante de Maxi o trair e tive certeza de que Julieta também viu, porque ela continuou pressionando:

— Anda, Maxi, responde!

— De onde você tirou uma ideia dessas, Tita?

Foi a primeira vez que ouvi alguém chamar Julieta assim. O apelido trouxe uma ruga à testa dela. Tive a impressão de que Maxi estava tentando apelar para alguma memória pessoal ou familiar, já que a conhecia há anos.

— Fui eu que contei a ela! — Achei por bem esclarecer tudo.

— E o que você está fazendo aqui, garota metida?

— Isso não te interessa — respondi, petulante. — Mas já que você perguntou... Convidei Julieta para dar umas voltas por este lado da cidade, porque ontem estive aqui e tirei algumas fotos interessantes de vocês dois! Aproveitei também para fazer umas gravações de você confessando que estava entregando as receitas de Julieta — blefei.

Maxi soltou uma bufada e, embora não tenha admitido em voz alta, ficou evidente em seu semblante que ele sabia que não tinha saída.

— Por quê? — interrogou Julieta, mais magoada do que zangada.

— *Por quê?!* — Maxi exclamou, nervoso dessa vez. — Eu trabalhei por *anos* naquela cozinha, Julieta; dediquei metade da minha vida àquele lugar, para, na minha hora de brilhar, o seu pai me jogar para escanteio só porque você estava com dor de cotovelo.

Julieta pareceu se abalar com a confissão. Mas eu não tinha cultivado a minha fama de encrenqueira para deixar ela sair por baixo nessa:

— Isso não é justificativa para apunhalar ela pelas costas, Maxi!

— Pelo jeito, você continua insuportável como sempre — Guillermo falou para mim.

Dei de ombros. A única coisa me impedindo de pular no pescoço dele era a mão de Julieta que ainda segurava meu pulso com firmeza.

— E você continua asqueroso como sempre — retrucou Julieta para Guillermo. Depois se virou para Maxi e continuou: — Eu não vou fazer uma denúncia em respeito aos anos que você esteve conosco. Mas eu não quero olhar para a sua cara nunca mais na vida.

— Olha pelo lado positivo, Maxi — eu disse —, você já tem um emprego em Montevidéu. Quer dizer, se o Don Juan conseguir mais uma estrela.

— Você não pode me demitir.

— Eu não vou te demitir — esclareceu Julieta, fria. — Eu não vou te pagar nem um centavo a mais, Maxi. *Você* vai pedir as contas! Caso contrário, eu levo as fotos e o áudio que a Amélia fez até a polícia, aí você que se entenda com a lei. É crime, não é, Amélia, espionagem industrial? — perguntou com ironia, e apenas balancei a cabeça energicamente. Julieta continuou: — Amanhã te espero às duas horas em ponto no La Concorde para assinar sua rescisão. Se você não estiver lá, eu levo as provas na delegacia. Vamos, Méli.

Antes de sairmos, Julieta lançou um olhar de repulsa para os dois, mas, assim que entramos no carro, a sua pose desmoronou.

Ela apoiou a cabeça no volante e começou a chorar, muito possivelmente de nervoso. Eu podia ver as mãos dela tremendo.

Sabia que as raízes daquela carga emocional eram mais profundas do que apenas o embate que acabamos de ter.

Como não sabia o que falar, achei melhor agir.

— Vem cá. — Puxei Julieta para um abraço. — Tá tudo bem, vai ficar tudo bem.

Com uma das mãos, acariciei suas costas e com a outra afaguei os seus cabelos cacheados. Eles cheiravam a alecrim, o que eu não soube dizer se vinha do xampu ou das ervas da cozinha. Só sabia que gostava.

Sentia as mãos de Julieta segurando meu suéter com força, apertei ainda mais o abraço e continuei fazendo cafuné, tentando acalmá-la.

— Eu sinto muito, Juli.

— Se eu tivesse continuado na França como meu pai queria, Maxi seria o chef do La Concorde e nada disso teria acontecido — disse Julieta.

— Juli, olha pra mim. — Me afastei apenas o suficiente para poder mirá-la nos olhos, enxuguei as suas lágrimas com o dorso da mão e continuei: — Maxi ser mau-caráter não é culpa sua. Você não pode se responsabilizar pelas coisas das quais não tem controle. Além do mais, sabendo da índole dele, você queria mesmo *ele* como o chef do restaurante do seu pai?

Julieta me encarou e depois de um momento, assentiu, balançando a cabeça.

— É que parece que tá tudo dando errado. Por mais que me esforce, não consigo ter um minuto de paz naquela cozinha. Sinceramente, às vezes tenho vontade de jogar tudo para o alto.

— Vai ficar tudo bem — amenizei. — A origem dos problemas na cozinha era só uma, e isso acabou de ser resolvido.

***

Pelo segundo dia consecutivo, cheguei em casa depois das três da madrugada. Se fosse preciso, teria passado a noite fazendo companhia à Julieta, mas ela jurou que estava bem. Dessa forma, não tive muita opção senão ir para casa e enfrentar mais um round daquele dia interminável.

Me sentei na frente do notebook e esfreguei as mãos no rosto. Estava exausta! Tinha vontade de chorar, gritar e sumir, tudo ao mesmo tempo. Queria que houvesse uma solução melhor, mas naquele momento sabia que aquela era a única.

Julieta falara com todas as letras que nunca mais se envolveria com uma funcionária. Ela não disse "por ora", ou "até eu encontrar a pessoa certa" ou "neste momento". Ela disse "nunca mais na vida". Ainda que fosse uma hipérbole, eu era obrigada a admitir que o timing daquela confissão fora certeiro.

No fundo, eu sabia que, naquele momento, Julieta precisava muito mais de uma funcionária leal e de uma amiga do que de uma *possível* namorada; e contar que Mia e eu éramos a mesma pessoa só causaria ainda mais confusão na vida dela e muito provavelmente afetaria a nossa amizade.

Com peso no coração, escrevi:

26/05/2007
Para: la_tita@tierra.com
De: a_gonz@earthsent.com
Re:Re:Re:Assunto: obrigada!

Querida Tita,
Infelizmente surgiu um imprevisto e não poderei ir ao nosso encontro amanhã.
Sinto muito mesmo e espero em breve poder explicar o que aconteceu.

Com carinho,
Mia

CAPÍTULO 20

No sábado, a brigada de cozinheiros trabalhou sob efeito de choque com a notícia e o motivo do desligamento de Maxi.

Além de Julieta, que continuou trabalhando dobrado fazendo o papel de chef e *sous chef*, eu também tive que me desdobrar, já que ela me colocou temporariamente como *saucière*.

Agradecia o trabalho extra, porque assim podia ocupar a minha mente com alguma outra coisa que não Julieta. Eu mal conseguia olhar para ela sem me lembrar de que havia dado um bolo nela naquela manhã. Só podia torcer para que, pelo menos, ela tivesse visto o e-mail a tempo.

Porém, independentemente de ter lido a tempo ou não, eu sabia que ela estava magoada, porque Tita não havia respondido ainda.

Não era de se surpreender que com os últimos acontecimentos e o estresse de cobrir um funcionário, Julieta estivesse de volta ao seu modo implacável.

Entretanto, dessa vez ela não estava sendo superexigente como antes, o que, para mim, acontecia por dois motivos. Primeiro porque ninguém na cozinha teria coragem de contrariar uma única palavra da chef. E segundo porque a Julieta, por sua vez, parecia com medo de perder mais algum funcionário.

Ainda assim, ela estava com a expressão mais fechada que eu já vira e não falava nada que não fosse sobre trabalho. O mau humor perdurou pela semana seguinte. Na quarta-feira, eu, que não aguentava mais ver Julieta naquele estado, decidi tomar uma atitude. Colocaria um sorriso no rosto dela nem que tivesse que vestir a brigada inteira com fantasias de palhaço, pegar o fusca do Federico emprestado e fazer uma daquelas apresentações de circo em que dezesseis palhaços saem de dentro de um fusca minúsculo e as pessoas ficam se perguntando como diabos eles couberam ali. No entanto, eu esperava não precisar chegar a tanto, porque, honestamente, odiava palhaços.

Esperei pacientemente até que Julieta estivesse livre de todas as obrigações do dia.

Era o segundo dia da nova *saucière* e a chef ficou passando orientações até depois do fechamento da cozinha; já que durante o expediente estivera absolutamente sem tempo.

Me troquei e enrolei o quanto pude no vestiário tentando parecer casual. Quando saí, finalmente a encontrei sozinha terminando de organizar a praça de saída dos pratos. Ufa! Se eu tivesse que enrolar mais um pouco, começaria a parecer uma *serial killer* ou coisa assim.

— Juli — chamei com gentileza. Julieta, que estava de costas, deu um pulo, e notei que ela parecia estar longe, perdida em pensamentos. — Desculpa, não quis te assustar, só queria perguntar se você tá a fim de sair para beber alguma coisa hoje?

— Desculpa, Méli, mas estou sem disposição para sair.

Tentei disfarçar meu desapontamento diante da resposta; sabia que ela estava cansada. Talvez fosse melhor mesmo.

— Mas, se você quiser, podemos beber um vinho aqui mesmo — sugeriu.

Senti o sorriso se formando no meu rosto.

— Você precisa de ajuda para fechar o restaurante?

— Não, Nacho já tá cuidando disso. Só preciso deixar umas instruções para amanhã, mas é rapidinho. Você pode ir escolhendo um vinho na adega.

— Sim, chef — disse, batendo continência.

Julieta revirou os olhos, mas deixou escapar um vislumbre de sorriso, o que considerei uma vitória.

Perdi alguns minutos na adega, queria um vinho mais encorpado para nos aquecer naquela noite fria. Fui direto para a seção dos Malbec de Mendoza. Por fim, escolhi um Malbec 2004, que sabia ser uma boa safra. Peguei duas taças, coloquei um saca-rolhas no bolso e fui até o salão esperar por Julieta.

— Traz um casaco, a lua tá linda hoje — gritei para ela do salão assim que a vi saindo de sua sala no mezanino. — Vamos lá fora!

— Que mandona — respondeu, mas voltou para pegar o casaco mesmo assim.

Esperei no Le Dôme, que tinha uma saída para o jardim. Assim que entrou, com o casaco na mão, Julieta olhou para o céu pelo teto envidraçado. Apesar dos ramos de alamanda que cobriam boa parte da superfície, a enorme lua cheia estava visível.

— Tem razão — disse com a expressão mais relaxada que vi em seu rosto nos últimos cinco dias. — Tá linda mesmo.

Caminhamos juntas até o jardim, que não era muito grande, mas se estendia por toda a lateral do terreno e era muito bem cuidado. Não tinha nada além do gramado, um velho plátano no centro e uma cerca viva que cobria o muro, ampliando a vista verde.

Nos sentamos no banco de madeira, embaixo da árvore, com a lua gloriosamente cheia bem em frente.

— Nossa, tá frio mesmo hoje. — Julieta notou, colocando o casaco. — Abre esse vinho logo, antes que eu congele aqui.

O inverno nem havia começado ainda, mas aquela noite marcava apenas três graus positivos.

Não perdi tempo em abrir a garrafa e servir as taças.

— Pronto — disse, entregando uma para Julieta. — A noite tá linda, não tá?

— Tá mesmo!

— Olhar para o céu sempre me lembra de casa.

— Eu entendo o porquê, ainda me lembro do céu noturno de Carmelo. É muito lindo. Um dos mais bonitos que já vi, não que eu tenha visto muitos.

— Você já viu a Aurora Boreal, só esse fato isolado já te credencia a falar de céus noturnos.

Senti um desconforto instantâneo ao lembrar das palavras de Tita sobre essa viagem. Como se o fato de Julieta ter compartilhado por e-mail alguns detalhes a mais, ainda que mínimos, sobre o assunto fosse suficiente para me tornar uma trapaceira.

Eu não tinha nenhuma intenção de tirar vantagem das informações prévias que tinha, mas simplesmente não podia ignorar as coisas que sabia a respeito dela.

Conhecendo-a melhor, pude perceber o quanto Julieta havia sido sincera nas suas correspondências e isso fazia eu me sentir ainda pior.

— Achei que você não tivesse prestado atenção nisso, saiu correndo no meio da conversa naquele dia — comentou, parecendo novamente intrigada ao lembrar.

Eu presto atenção em tudo que você diz, pensei.

— Eu tinha esquecido um molho reduzindo.

— Méli, você não é *saucière*.

— Eu estava testando uma coisa diferente — desconversei e voltei ao tema original. — Já vi o céu do Atacama à noite. É impressionante!

— Nossa, eu tenho muita vontade de conhecer. Você ficou hospedada em algum chalé?

— Não, a gente acampou — disse, fazendo uma careta com a memória. — Eu e a Carolina, minha ex.

— Não foi legal? — perguntou, tentando não rir da minha cara.

— Para mim foi, ótimo! Ficamos a quatro mil e quinhentos metros de altitude, fizemos observação de estrelas, e eu fiz uma trilha no sopé da Cordilheira dos Andes. Mas a Carol passou muito mal com a altitude e vomitou os dois dias inteiros. Tanto que fiz a trilha sozinha. Foi meio corta onda, mas, tadinha, acho que ela não teve culpa.

— Você deixou a sua namorada passando mal sozinha e foi fazer uma trilha?

— O quê? Eu queria conhecer a Cordilheira! — Dei de ombros. — Não sabia se iria poder voltar alguma outra vez.

— Para ser sincera, acho que eu faria a trilha também — sussurrou, como se fosse alguma transgressão.

— Vê! — Gesticulei para ela. — Além do mais, eu odeio cuidar de gente doente.

Julieta apenas riu da minha cara de repulsa.

— Aposto que você não acha mais tanta cretinice ela ter terminado comigo no Natal — acrescentei, tentando tirar sarro de mim mesma, mas questionando verdadeiramente se não tinha merecido o toco que levei.

— Bem, eu não conheço ela, mas conheço você. E pelo que conheço, você é uma pessoa leal, que se importa de verdade com os outros — disse e deu um gole no vinho. — Eu tenho certeza de que você não foi a primeira cozinheira a pensar que tinha alguma coisa errada na cozinha, mas foi a única que se deu o trabalho de investigar e teve coragem de me contar, mesmo sem provas.

Senti minhas bochechas se aquecendo com aquelas palavras. Tomei um gole de vinho para disfarçar o embaraço.

— Se a sua ex se ressentiu ou não, não sei, mas sinceramente, se eu fosse a sua namorada, eu teria insistido para você fazer a trilha. De que adiantaria você ficar no acampamento também, ué? — disse, com naturalidade.

Se eu fosse a sua namorada.
Se eu fosse a sua namorada.
Se eu fosse a sua namorada.

Eu tinha me esforçado muito, muito mesmo, para não deixar essa ideia invadir os meus pensamentos, mas essas poucas palavras chegaram como um furacão e, por apenas um segundo, me deixei levar por elas.

E se isso fosse um encontro e não um happy hour?

E se, em vez de tentar nos aquecermos com o vinho, eu pudesse me aconchegar perto de Julieta e aquecê-la com um abraço? E se em vez de falarmos do passado, pudéssemos fazer planos juntas para o futuro? E se, em vez de nos despedimos com um "boa noite", pudéssemos nos despedir com um beijo, ou simplesmente não nos despedirmos e passarmos a noite juntas?

Por um minuto, me deixei levar por essa ideia. Mas logo o frio da madrugada e a realidade me trouxeram de volta ao presente.

De que estávamos falando mesmo?

— Hum, obrigada — disse, me sentindo tímida de repente.

— De nada — respondeu Julieta com um sorriso que, se eu não estivesse tão certa de que não era, descreveria como conquistador.

Ficamos em um silêncio quase confortável por alguns segundos. "Quase" porque parecia confortável para Julieta, mas eu estava sendo atacada por mais pensamentos do que conseguia gerenciar.

— Falando na sua investigação — continuou Julieta, brincando com a taça —, falei com o meu pai ontem, e ele tá considerando retornar a Buenos Aires.

— E isso é bom ou ruim?

— É bom e é ruim. Bom porque ele voltaria, colocaria tudo nos eixos e eu não precisaria me preocupar tanto. Ruim porque seria um atestado de fracasso, além de estar arruinando os planos dele.

— Entendo. Mas olha pelo lado positivo, talvez ele pare de querer planejar seu futuro por você.

— Falando assim, meu pai parece péssimo. Eu o fiz parecer péssimo?

— Não, só um pouco controlador.

— Seria muita ingratidão minha, ele dedicou a vida inteira a mim e ao restaurante. Ele era tão jovem. Aposto que estava apavorado em ter que cuidar sozinho de um bebê. Ele podia ter me deixado com a minha avó materna; ela, inclusive, tentou convencer ele a fazer isso. Tadinho, acho que ela não acreditava que ele daria conta. Mas ele não abriu mão de mim. Nunca.

Apenas assenti com a cabeça, imaginando que os primeiros anos de Julieta deviam ter sido bastante difíceis para todos eles, com Julieta sem mãe, Nico sem a esposa e sua avó sem a filha.

— Ele nunca se casou de novo? — perguntei depois de algum tempo.

— Não. Ele troca de namorada como quem troca de roupa — Julieta sorriu e rolou os olhos —, mas só começou a apresentar elas a mim quando eu já era adulta. Acho que a única mulher que ele realmente amou foi a minha mãe.

Ficamos em silêncio por uns instantes.

— Mas eu entendo, porque não é fácil encontrar a pessoa certa... — acrescentou reticente.

Se eu fosse um golden retriever, esse seria o momento em que levantaria as orelhas em alerta. No entanto, apenas me virei para Julieta, que continuou:

— Eu acho que ela não gosta tanto assim das coisas que eu penso.

— A garota do livro?

— É. Ela, hum... não apareceu no sábado. Fiquei lá plantada — admitiu, envergonhada. — Quer dizer, não foi exatamente um bolo. Depois eu encontrei um e-mail que ela havia mandado de madrugada, cancelando.

— Espera! Você foi?!

Me sentia surpresa, culpada, com pena e, acima de tudo, com vontade de sumir em imaginar Julieta, plantada, esperando por mim.

— Fui — confessou, olhando para a própria taça. — Você mesma disse que eu deveria ir, lembra? Apesar de que agora, olhando em retrospectiva, não foi um conselho lá muito bom.

Julieta tentou fazer graça, desviou o olhar da taça e o pousou em mim, que estava mortificada demais para forjar qualquer reação.

— Tudo bem, nem foi tão ruim assim — continuou Julieta, vendo a minha cara de pesar. — Além do mais, percebi que estava colocando expectativas demais nesse encontro.

Senti a minha garganta fechando.

— E você respondeu o e-mail dela? — perguntei, sabendo muito bem a resposta.

— Não, e acho que nem vou. A verdade é que não sei quase nada sobre essa mulher; e ela claramente se arrependeu do convite, afinal, que tipo de imprevisto surge de madrugada senão arrependimento?

— Tenho certeza de que ela deve ter tido um bom motivo para desmarcar.

— Talvez, mas não acredito. Os e-mails dela eram sempre longos, cheios de explicação, até meio prolixos, mas eu gostava justamente por isso. Ela parecia sempre querer provar que gostava de conversar comigo. Mas o último foi vago e distante. Eu até pensei que talvez tivesse acontecido alguma emergência e depois ela explicaria, mas ela também não entrou mais em contato.

Não sabia o que responder, nunca havia me sentido tão pouco merecedora da confiança de alguém antes. Eu havia tentado fazer o que era certo, mas tudo que consegui foi me enterrar ainda mais na história. O que mais me doía, entretanto, era saber que, se Julieta estava magoada, a culpa era inteiramente minha.

— Eu percebi que estava muito envolvida — continuou Julieta em um tom mais baixo —, eu mal a conhecia, aliás, eu *não a conheço*, mas sentia como se eu pudesse estar, hum... me apaixonando — revelou, encabulada.

Se apaixonando?

Deus, como era possível que a frase que eu mais queria escutar vindo dela poderia fazer eu me sentir tão mal agora?

Por que eu fui escrever aquele bilhete?

Por que eu não contei logo?

Por que não fui ao encontro e enfrentei essa situação como uma pessoa adulta?

— E sei que é ridículo — Julieta acrescentou —, como eu disse, nem a conheço, mas eu queria conhecer ela e queria muito tornar tudo real, por isso aceitei o convite. Mas o bolo que levei sábado foi como um choque de realidade.

— Eu sinto muito, Juli — disse, tentando expressar toda a sinceridade daquele sentimento.

Tentei confortá-la e pousei minha mão sobre a dela.

— Você tá gelada! Não quer entrar? — perguntei enquanto esfregava a mão dela com as minhas, na tentativa de aquecê-la.

— Não, eu estou bem, obrigada. Logo o vinho deve fazer efeito.

— Espero que não muito, você ainda tem que dirigir até em casa. Nós precisamos de você viva — falei, aliviada com a mudança de assunto.

— Não é assim tão fácil me derrubar. Apesar de quase terem conseguido nos últimos dias.

— O importante é que não conseguiram.

— Bom, pelo menos esse problema tá resolvido — ela disse e se encolheu dentro do casaco. — Agora preciso resolver o próximo.

— Tá, mas acho melhor resolver lá dentro antes que você fique doente.

* * *

No dia seguinte, me senti feliz em perceber que o humor de Julieta havia melhorado significativamente. Apesar de achar que a chef estava um pouco abatida e talvez resfriada, a vi sorrindo e conversando com os cozinheiros de maneira descontraída antes do expediente.

Era quinta-feira, e os preparos na cozinha estavam só começando quando Julieta interrompeu os serviços e pediu a atenção de todos.

— Como todos vocês sabem, afinal fizemos questão de não esconder a natureza do desligamento de Maximiliano, confiança é algo que buscamos tanto quanto talento neste restaurante. — Julieta fez uma pausa, como se estivesse procurando as palavras certas. — A última semana foi difícil para todos nós e me obrigou a tomar decisões importantes, mas estou certa de que esse tsunami de mudanças veio para nos colocar em um novo momento. Mudanças trazem renovação e renovação é algo positivo.

Todos esperavam ansiosos pelo rumo que o discurso tomaria. Julieta continuou:

— Espero que essa troca de cargo que vou anunciar agora seja a última por um bom tempo e que possamos fazer o que mais amamos, que é cozinhar, com muito mais tranquilidade daqui para a frente — disse com o sorriso confiante de uma líder que sabe o que está fazendo. — A partir de amanhã, teremos um novo *garde manger*, Hernán se juntará à equipe.

Um silêncio profundo se abateu sobre a cozinha, e senti todos os olhos se virando para mim.

Ela disse um novo *garde manger*? Mas eu era a *garde manger*! Ai, meu Deus, eu iria ser demitida...

— Amélia... — Julieta começou.

... em público!

Senti o sangue deixando o meu rosto, estava gelada e a ponto de cair dura no chão a qualquer momento.

— Você é a nossa nova *sous chef*. Parabéns!

Uma onda de aplausos e congratulações se seguiu.

Espera, o quê?

CAPÍTULO 21

— Dois *soufflés au fromage* e um *parfait* de *foie gras* na mesa oito — gritou Daniel.

— Entendido — respondeu Sophia, meio perdida.

— Sophia! Preciso do ovo *mollet* para finalizar o prato — lembrou Julieta.

— Hum, indo, chef — respondeu, tentando pescar o ovo na panela e provar o tempero de uma bisque ao mesmo tempo.

— Também preciso dos aspargos salteados agora! — acrescentou Julieta.

— Sim, chef.

— Deixa que eu descasco o *mollet* — eu disse, pegando a escumadeira da mão de Sophia. — Termina os aspargos.

— Sim, chef — respondeu, dessa vez mais aliviada.

Era o meu primeiro dia como *sous chef* e me sentia nervosa, mas sabia que agora era minha função ajudar os cozinheiros e garantir que todos os pratos saíssem corretos e dentro do tempo.

Tirei o *mollet* da água e o coloquei em água fria para interromper o cozimento. Com uma colher limpa, provei a bisque.

— Está bom de tempero, só deixa reduzir mais.

— Sim, chef.

Com cuidado, descasquei o delicado ovo *mollet* em poucos minutos, e Sophia terminou o preparo dos aspargos.

— Deixa que eu levo. Coloca o suflê no forno agora, ou ele não chega — instruí com calma. — E, Sophia, respira! Você está indo bem.

— Obrigada, chef!

Levei o ovo e os aspargos para Julieta terminar a montagem dos pratos.

— Aqui, chef.

— Obrigada, Amélia — disse, pegando o *mollet* com cautela. Cortou ao meio e o serviu por cima de um creme de cogumelos, uma metade sobreposta à outra, com a gema cremosa começando a escorrer. — Eu sabia que você daria conta. Bom trabalho acalmando a Sophia.

— Obrigada, chef — agradeci, não conseguindo conter o sorriso.

***

Julieta resistia bravamente ao resfriado que tentava tirá-la de combate. No sábado, no entanto, depois de se arrastar pela cozinha por boa parte do expediente, ela finalmente entregou os pontos. Ignácio e eu estávamos insistindo que ela fosse para casa repousar desde que botou os pés no restaurante, mas foi só perto da meia-noite que ela concordou que não estava em condições de trabalhar.

— Amélia fica responsável — avisou aos cozinheiros antes de sair. — Qualquer coisa, me chamem, vou estar na minha sala.

— Sim, chef! — todos responderam juntos.

O resto da noite passou sem nenhuma complicação. Desde a demissão de Maxi e da revelação de que ele estava sabotando o restaurante, o clima na cozinha havia mudado completamente. Não existia mais aquela tensão estranha no ar e todos estavam trabalhando mais alegres e descontraídos.

Quando a cozinha fechou, fui à sala de Julieta para ver como ela estava e a encontrei encolhida no sofá, enrolada em uma manta, com uma cara de dar dó.

Estava acordada por pura teimosia e eu sabia disso.

— Eu trouxe sopa — anunciei, me aproximando do sofá. — Você vai se sentir melhor depois de comer alguma coisa.

Julieta se sentou no sofá, aceitando a tigela de sopa de legumes. Depois, apontou com os olhos o lugar ao lado dela para que eu me sentasse também.

— Não precisava se dar ao trabalho, Méli — Julieta falou com a voz anasalada.

Notei que os seus olhos estavam mais brilhantes e o nariz mais vermelho do que antes.

— Teimosa do jeito que você é, era capaz de cair dura no chão antes de pedir ajuda. Você precisa comer e repousar, Juli. Não entendo por que você tá aqui ainda.

— Não sou teimosa, sou persistente. Tem diferença.

Revirei os olhos.

— Isso aí tá gostoso ou o quê? — perguntei, mudando de assunto, sabendo que Julieta não iria admitir nunca que precisava de cuidado.

— Tá uma delícia. Foi a Sophia que fez, né?

— Êh, fui eu que fiz! — disse, empurrando-a de brincadeira com o ombro. Entre o choque e o riso, Julieta acabou se engasgando. — Ai, Jesus, desculpa! Você tá bem? — Dei um tapinha nas costas dela.

— Tô — respondeu, limpando a boca, ainda rindo de mim. — Eu sei que foi você, sua boba. Tá uma delícia, obrigada!

Enquanto Julieta terminava de comer, contei tudo que havia acontecido na cozinha depois que ela subira para o escritório.

— ... aí a Sophia disse "vou chamar um táxi", aí o Joaquim disse "a gente te leva", aí ela disse "ah, não precisa", aí a Lola disse "deixa de besteira, a gente te leva", aí a Sophia concordou, aí eles foram embora e eu fui fazer a sopa.

Quando terminei o relato virei para Julieta, que estava com uma cara engraçada.

— O que foi?

— Nada — disse, apoiando a tigela na mesa lateral. — Bem detalhado.

— Pensei que você fosse querer saber tudo que aconteceu.

— Sim, sim, obrigada — ela falou, com gentileza, dando uns tapinhas no meu joelho e repousando a mão ali.

— Hum, você quer que eu dirija até sua casa? — perguntei, ignorando a mão na minha perna. — É perto do Las Heras, né? — Julieta confirmou com a cabeça. — Depois eu chamo um taxi de lá, fica até mais perto.

— É? Pode ser, então — ela respondeu, e eu pensei que Julieta devia estar se sentindo mal mesmo porque nem ofereceu resistência. — Ou, em vez do táxi, você pode usar o meu carro e devolver amanhã ou depois.

***

No trajeto até em casa, Julieta cochilou no banco do carona, o que só confirmou ainda mais as minhas suspeitas.

— Juli — chamei, afagando o cabelo dela. — Acorda, eu não sei qual é o prédio.

— Hum, é aquele ali. — Apontou para o prédio na esquina em frente. — A garagem é do lado da escadaria.

— Qual é a sua vaga?

— Trezentos e dois. Bem em frente ao elevador — murmurou, sonolenta.

Antes mesmo de eu terminar de estacionar o carro, Julieta já estava dormindo de novo.

— Juli, chegamos.

Desliguei o motor e tirei o cinto de segurança. Ela fez o mesmo, embora um pouco confusa.

— Aonde você vai? Não ia ficar com o carro?

— Vou te levar lá em cima — respondi, saindo do carro. — Não confio em você sozinha. Vou me certificar de que você tem tudo que precisa em casa, depois eu vou.

Acionei o alarme do carro e chamei o elevador.

— Essa é boa!

— Além do mais, você tá doente por minha causa, então, é o mínimo que posso fazer.

Esperei Julieta entrar primeiro no elevador.

— Por sua causa?

— É, foi depois que eu te fiz congelar na quarta-feira de madrugada que você ficou assim.

— Ah, isso? Que besteira, Méli. É claro que não é sua culpa.

O elevador parou no terceiro andar, e Julieta abriu a porta do apartamento trezentos e dois.

— *Bienvenue chez* Julieta!

A primeira coisa que notei foi a quantidade de caixas de lenço de papel e xícaras de chá espalhadas pela sala. Fora isso, tudo parecia na mais perfeita ordem. Cada coisa em seu lugar, exatamente como era de se esperar de uma pessoa metódica como ela.

— Você quer que eu te faça um chá de limão e mel enquanto você toma um banho quente? Que remédios você tá tomando?

— Hum, nenhum, é só um resfriado, logo passa.

— Ou vira uma pneumonia!

— Que exagero, Amélia. Só preciso dormir um pouco e amanhã já estarei melhor — insistiu. — Mas aceito o chá que você ofereceu. Só que não tenho limão.

— Tudo bem, eu dou um jeito. Vai tomar o seu banho.
Julieta relutou, mas finalmente cedeu e foi tomar um banho quente. Estava fazendo muito frio e a calefação ainda não havia aquecido a casa. Um banho era a melhor maneira de se esquentar.

Comecei a abrir os armários em busca de alguma coisa para substituir o limão e não demorei muito para descobrir que quase não havia comida naquela casa.

— Essa mulher vive de vento?

Depois de remexer nos condimentos, a única gaveta sortida daquela cozinha, encontrei gengibre em pó.

— Vai ficar uma porcaria, mas deve servir.

Vi, então, os vasinhos de ervas sobre a soleira da janela e colhi umas folhinhas de hortelã para melhorar o sabor.

— Agora sim.

Enquanto esperava Julieta terminar o banho, aproveitei para arrumar a sala, jogar fora as caixas vazias de lenços de papel e tirar as xícaras de chá da mesa de centro.

— Méli, você não precisa limpar a minha casa — Julieta disse, saindo do quarto de pantufas e vestida em um simpático pijama de girafinhas com um roupão fofinho por cima. O cabelo volumoso que eu adorava, preso em um coque frouxo.

Definitivamente um lado dela que eu desconhecia. Não sabia o que esperava ver; talvez um pijama elegante de seda, mas essa era uma surpresa simplesmente *adorável*.

Ignorei o protesto e terminei de colocar as xícaras na pia. Julieta ajudou pendurando o sobretudo azul, que eu havia deixado sobre o sofá, no cabideiro do hall antes de se sentar.

— O sabor não deve estar lá aquilo tudo, mas vai te ajudar a dormir melhor.

Entreguei a xícara de chá a Julieta e me sentei ao seu lado no sofá, soltando um suspiro. Havia sido uma semana longa e eu também estava exausta.

— Nem sei como agradecer o que você tem feito por mim, Méli, me sinto abusando da sua boa vontade. Você trabalhou o dia todo, e agora tá aqui fazendo hora extra.

— Não tô aqui a trabalho, Julieta. Tô aqui porque sou sua amiga e amigos são para essas horas.

Estava ali porque não conseguia ficar longe dela, mas Julieta não precisava saber disso.

— Quer dormir aqui? — ela perguntou, fazendo o meu sono se dissipar na mesma hora. — Não tenho quarto de hóspedes, mas esse sofá é bem confortável, já dormi nele muitas vezes.

Agradece e vai pra casa, pensei.

— Pode ser — respondi.

Sabia que, para o meu próprio bem, não devia ficar, mas, por outro lado, como poderia deixar Julieta sozinha e doente? E se ela piorasse? E se ela precisasse de alguma coisa?

— Pode ser? — Julieta abriu um sorriso, e senti as minhas bochechas quentes de repente.

Será que ela aumentou a calefação?

Julieta se levantou com cuidado para não derramar o chá, que deveria estar realmente detestável, já que ela só dera um gole. Mas não era minha culpa se uma chef de cozinha como ela não tinha comida em casa.

— Vem, vamos pegar uns lençóis e cobertores para você.

Julieta foi empilhando roupa de cama, cobertor, travesseiro e toalha de banho, enquanto eu observava o cômodo, que era claro e caloroso ao mesmo tempo. O closet era minúsculo, mas muito bem-organizado. O quarto, em compensação, era espaçoso e arejado, com uma janela que preenchia toda a parede lateral.

A maioria dos móveis era branco, e a decoração em tons pastel dava um ar leve e descontraído ao ambiente.

— Você precisa de um pijama? — ela perguntou, trazendo o meu foco de volta para o closet. — Escolhe um meu aí na quarta gaveta.

— Quarta?
— O que foi?
— Todo mundo sabe que pijamas ficam na *terceira* gaveta. Roupa íntima, meias, pijamas — eu disse, apontando para cada gaveta, antes de abrir a quarta para escolher um pijama.
Julieta revirou os olhos.
— Calcinha, sutiã, meia, pijama — respondeu, também apontando cada gaveta. — Por que estamos discutindo isso?
— Não sei.
Escolhi um pijama curto: shorts e camiseta.
— Você não vai ficar com frio?
— Não gosto de pijamas compridos.
— Então tá. Você precisa de mais alguma coisa? Uma escova de dentes, talvez?
— Eu tenho uma na mochila. Pode ir dormir, Juli — falei, puxando-a pelo braço para levá-la até o pé da cama. Estava claro que aquela teimosa se esforçava bastante para se manter acordada.
— Tá bem, boa noite, então — Julieta disse e logo em seguida, para a minha surpresa, já que ela não era de muito contato físico, plantou um beijo no meu rosto. — Obrigada por ficar comigo.
Talvez quem estivesse doente agora era eu: delirando e com febre.
É normal sentir a pele nessa temperatura?
— Hum, de nada — respondi, sem jeito.

* * *

Antes de dormir, perambulei pelo apartamento, lendo as lombadas dos livros na estante, olhando os suvenires de viagem e as capas de CDs...

As fitas de vídeo das apresentações de tango da mãe de Julieta também estavam ali, apesar de só haver um aparelho de DVD no móvel da sala. Peguei uma das fitas para olhar a capa. Uau!

A mãe de Julieta era *linda*.

Não conseguia enxergar muito bem porque a foto da capa estava bem desgastada, e eu, sem óculos; mas a mãe de Julieta parecia ter ascendência árabe ou espanhola, com cabelos pretos, rosto longo e fino, e um sorriso hipnótico. Conseguia ver que Julieta era mesmo uma mistura de seus pais, já que Nico era loiro com os cabelos cacheados.

Caminhei até a porta da sacada e afastei a cortina para dar uma espiada na noite. Fiquei surpresa ao ver a grande quantidade de plantas que Julieta tinha ali fora, então lembrei que aquelas eram as plantas de Tita.

Estava no apartamento de Tita!

Tita, que havia desistido de Mia, era Julieta, que não se envolvia com funcionárias.

— Isso que eu chamo de dupla derrota.

Por fim, decidi tomar um banho para dormir.

Nem lembrava mais como era boa e relaxante a sensação de um banho quente. Nós precisávamos de um encanador de verdade para resolver o problema do chuveiro. Tinha coisas que Lucho, apesar de sua boa vontade e talento para faz-tudo, simplesmente não podia resolver.

Assim que terminei o banho, me joguei no sofá e tive a impressão de que peguei no sono antes mesmo de deitar a cabeça no travesseiro.

Provavelmente teria dormido a noite toda se não fosse pelo estrondo.

Dei um salto do sofá.

Demorei um segundo para me situar e lembrar onde estava, mas, assim que assimilei a informação de que o som vinha do

quarto da Julieta, saí correndo e encontrei ela apoiada na parede com um vaso em caquinhos na frente da mesa de cabeceira.
— O que aconteceu?
Corri, desviando dos cacos no chão, para ampará-la pelo braço.
— Me levantei para buscar água, mas fiquei tonta — Julieta explicou em um fio de voz. Me apressei em colocá-la de volta na cama.
— Meu Deus, você tá quente! — Coloquei a mão na testa e, depois, na bochecha de Julieta. — Tá queimando de febre.
— Tô com sede.
— Eu, é... Eu vou buscar água, ligar para uma farmácia vinte e quatro horas e depois recolher esses cacos antes que alguém se machuque — disse, mais para mim mesma do que para Julieta.

Na sala, ao lado da estante, havia uma pequena escrivaninha em que ficavam o computador e o telefone. Não tive muita dificuldade para encontrar a lista telefônica dentro de uma das gavetas. Liguei para a farmácia e depois voltei ao quarto para levar o copo de água e checar a temperatura de Julieta mais uma vez.

Checar era uma figura de linguagem, já que, assim como comida e remédio, termômetro também era item em falta naquela casa.

Julieta, que já pegara no sono novamente, estava ardendo de febre, e torci para que o entregador da farmácia fosse rápido. Limpei os cacos do vaso e resolvi esperar pelo remédio ali mesmo, caso Julieta acordasse e precisasse de alguma coisa.

Olhei o relógio de cabeceira, cinco e quinze da manhã. Me ajeitei na cama ao lado de Julieta, colocando um travesseiro entre a cabeceira e as costas.

Eu não tinha nada para fazer, mas, mesmo que tivesse, não conseguiria me concentrar. Estava preocupada, nunca tinha cuidado de ninguém doente. Geralmente era Violeta quem fazia as vezes de enfermeira quando um de nós, ou mesmo Lucho e Martín, apareciam com qualquer ziquizira, e sempre dei graças a Deus por isso.

Quando o interfone tocou, me sobressaltei. Talvez eu tenha cochilado. Percebi que estava fazendo cafuné em Julieta e o meu gesto brusco a havia acordado também.

— Desculpa, não quis te acordar — falei baixinho.

— Aonde você vai? — Julieta perguntou, me segurando pela mão ao notar que estava me levantando. — Volta!

— Só vou buscar os seus remédios.

— Tá, mas volta.

— Volto.

— Promete?

— Prometo!

Peguei o roupão dela na mão para vesti-lo.

— Eu posso pegar emprestado?

Julieta fez que sim com a cabeça.

O roupão de Julieta era a coisa mais fofinha e quentinha que já tinha vestido, além daquele cheiro de alecrim, que era o meu novo cheiro preferido.

Apertei forte o nó do roupão e saí pela porta. Não era de se estranhar que Julieta tenha ficado doente, aquela semana estava mesmo absurdamente fria. Só de descer até a portaria para pegar os remédios com o motoboy, já senti as mãos e pés dormentes. Estava começando a me preocupar com o inverno que teríamos que enfrentar em breve.

Retornei ao quarto de Julieta alguns minutos depois, com um copo de água e três remédios diferentes na palma da mão.

— Eu tenho que tomar tudo isso? — se queixou Julieta.

— Tem certeza?

— Absoluta — atestei, me sentando na beirada da cama e entregando o copo de água para ela. — Esse aqui é um antitérmico, esse outro é para aliviar os sintomas e esse último... Hum, bom, eu não lembro, mas o farmacêutico prescreveu, então você tem que tomar.

Julieta fez uma careta.

— E se eu tomar todos, qual é a minha recompensa? — ela perguntou em um tom que talvez quisesse ser provocador, mas era apenas cômico no estado em que estava.

— Hum, ficar boa e eu parar de te encher o saco?

— Isso não é uma recompensa.

— Ficar boa e eu *continuar* te enchendo o saco?

Julieta revirou os olhos, mas tomou os remédios.

— Tudo bem, eu gosto de você me enchendo o saco.

— Que bom, porque eu gosto de te encher o saco. — Peguei o copo vazio da mão dela. — Agora, volte a dormir — acrescentei, já me levantando.

— Você não ia ficar?

— Só vou buscar outro copo de água e o meu livro.

— Mas volta! — repetiu pela, não sei, quarta vez?

— Sim, Julieta, eu vou voltar — enfatizei, rolando os olhos, mas a verdade é que sentia borboletas no estômago com o pedido.

Quem diria que uma mulher como aquela, que parecia tão séria e intimidadora, podia ser tão carente?

Quando voltei, apoiei o copo de água na mesa de cabeceira da Julieta, coloquei os óculos e me acomodei do outro lado da cama para continuar *Vinte mil léguas submarinas*.

— Você tá sem sono? — balbuciou Julieta, quase dormindo mais uma vez.

— Tô — menti.

— Você não precisa ficar de babá, Méli. — Julieta acariciou a minha mão que estava sobre o colo. — Pode dormir, se eu precisar de qualquer coisa, eu te chamo.

— Tudo bem, Juli. Dorme bem — disse, me virando para plantar um beijinho na sua testa.

CAPÍTULO 22

Acordei com a claridade do dia machucando os meus olhos.

A primeira coisa que notei foi que a mão de Julieta ainda estava sobre a minha, e *Vinte mil léguas submarinas* esquecido no meu colo. Ajeitei os óculos que haviam entortado no meu rosto durante o sono e olhei para o relógio digital sobre a mesa de cabeceira; eram nove horas e dezoito minutos.

Julieta ainda dormia, então decidi me levantar e solucionar o problema da falta de comida daquela casa.

Quando saí do quarto, olhei em volta como se visse o apartamento pela primeira vez. Era bonito, mas bem mais simples e pequeno do que imaginava para a chef de um restaurante estrelado. Ainda assim, era elegante e bem decorado. O piso amadeirado trazia calor, assim como as cortinas de linho que se amontoavam sobre ele. A sala e a cozinha formavam um ambiente único, sendo demarcadas apenas por uma bancada.

Era uma cozinha bonita e moderna, e o único defeito que havia encontrado era mesmo estar desabastecida.

Caminhei até a sacada para tomar um pouco de ar fresco. A vista era bonita. Dali, dava para ver boa parte do Parque Las Heras, que ficava bem em frente ao prédio e estava cheio àquela hora da manhã com pessoas passeando com cachorros, fazendo exercícios, ou apenas sentadas nos vários bancos, se esquentando ao sol.

Perdi alguns minutos na sacada, também aproveitando o sol. Em seguida, dobrei a roupa de cama que ainda estava sobre o sofá, depois peguei um bloquinho de notas e uma caneta, e comecei a elaborar uma lista de compras.

* * *

— Juli... — Tentei acordá-la com um cafuné, aproveitando o momento para afundar os dedos mais uma vez nos seus cabelos. — Juli, acorda.

— Hum — balbuciou. — Méli? Que horas são?

— Quase meio-dia — sussurrei. — Como você tá se sentindo?

Apesar de Julieta estar acordada, continuei acariciando o seu cabelo.

— Melhor, eu acho — disse, meio sonolenta.

Minha mão desceu até a bochecha dela.

— Você ainda tá um pouco quente, melhor descansar por hoje.

Pode ter sido só uma meneada de cabeça, mas tive a sensação de que Julieta aninhou o rosto na minha mão.

— Eu trouxe o café da manhã e os remédios.

Julieta se espreguiçou e se sentou na cama. Seus olhos ainda tinham a característica falta de brilho causada pela gripe, e ela estava abatida; mas fora isso, parecia melhor do que durante a madrugada.

Me levantei para pegar a bandeja que havia apoiado na cômoda e a coloquei ao lado dela.

— Uau!

Na bandeja tinha duas *medialunas*, torradas, um copo de suco de laranja natural, uma xícara de café com leite, uma tigela de kiwi cortado em cubinhos e mais três comprimidos.

— Méli, não precisava se incomodar — disse, sem graça.

— Cuidar de você não é um incômodo.

Eu já havia notado que sempre que Julieta se sentia tímida ou sem graça, desviava o olhar para o chão ou para as mãos; dessa vez não foi diferente.

— Aqui, ó — falei, pegando o copo e entregando para ela. — Toma o suco, você precisa de vitamina C.

— Sim, senhora — retrucou com um sorriso. — Você vai comer comigo, não é?

— Eu já comi.

— Por favor — ela insistiu, manhosa. — Pelo menos me faz companhia debaixo das cobertas. Tá frio aí fora.

Senti as bochechas corando com a sua escolha de palavras.

— Hum, tá, só me deixa trocar essa calça jeans por um short então — disse, ainda me sentindo encabulada. Julieta apenas sorriu com a vitória.

Voltei minutos depois, trazendo comigo uma sacola.

— Eu passei na locadora também — anunciei, animada, entrando debaixo da coberta. — Espero ter acertado na escolha, peguei: *De repente 30*, *O mágico de Oz*, *Quatro casamentos e um funeral* e *Dirty Dancing*.

— Acho que vou começar a ficar doente mais vezes — ela disse, comendo um cubo de kiwi com a mão.

— Não, por favor. Eu fiquei muito preocupada.

Algo no meu tom fez Julieta se virar para mim, a sua expressão mais séria de repente.

— Me desculpa se eu te assustei de madrugada.

Pousou mais uma vez a mão sobre a minha.

— Não, tá tudo bem. O importante é que você já tá melhorando... quer dizer, você parece melhor.

— E estou! Obrigada por ter cuidado de mim.

Dessa vez, Julieta não desviou o olhar, e pude observar aqueles olhos castanhos que, às vezes, formavam uma armadura perfeita, e outras, como agora, eram tão expressivos e acolhedores que eu só queria me perder neles.

Sentia meu coração acelerado. Não sabia explicar, mas sempre que estava perto dela, eu sentia como se meus neurônios estivessem em guerra, bombardeando adrenalina e cortisol desenfreadamente, provocando as reações mais exageradas.

Limpei a garganta antes de falar:

— Bom, não é como se eu tivesse uma trilha pela Cordilheira dos Andes para fazer ou coisa assim.

Julieta soltou uma gargalhada, mas não pude deixar de pensar que, por ela, eu abriria mão do que quer que fosse.

— É justo.

— Bom, e qual é o escolhido para começar a maratona? — perguntei, espalhando os DVDs na cama dela.

— Hum, eu gosto de todos. *O mágico de Oz* era um dos meus preferidos na infância. — Olhou as capas com atenção. — Mas, "ninguém coloca a Baby de lado!".

— Ótima escolha — eu disse, me levantando para colocar *Dirty Dancing*.

Eu já tinha reparado que Julieta adorava citar frases famosas de filmes antigos e achava aquilo adorável.

— É agora que você me diz que também sabe a coreografia de "(I've Had) The Time of My Life", de tanto assistir ao filme quando era criança? — provoquei, me aconchegando ao lado dela e roubando um kiwi da bandeja que estava entre nós.

— Ei, você não disse que já tinha comido? — relembrou, dando um tapinha na minha mão, ignorando a pergunta.

Dei de ombros.

— Tudo bem se souber, eu não vou pedir para você me mostrar nem nada, mas só porque você tá doente.

Julieta estreitou os olhos.

— Sabe, você foi a primeira pessoa para quem eu contei que dançava na frente da TV com os vídeos da minha mãe

— Julieta disse. — Além do meu pai e da minha avó, que me viram dançando, é claro. Mas vou te falar, já me arrependi de compartilhar essa informação.

— Agora é tarde — brinquei, dando play no filme.

Apesar do clima de descontração, aquelas palavras mexeram comigo. O fato de Julieta se sentir à vontade o suficiente para me contar algo que nunca contou a ninguém, fazia eu me sentir, ao mesmo tempo, lisonjeada e muito, muito culpada por estar mentindo.

***

Julieta não aguentou nem quinze minutos acordada.

Levei a bandeja de volta até a cozinha e resolvi que assistiria mais um pouco do filme antes de fazer o almoço.

Para alguém que, acordada, era tão avessa a contato físico, até que Julieta era bem grudenta dormindo, e assim que me sentei novamente na cama, ela repousou um braço sobre a minha cintura.

Cheguei a questionar se ela estava mesmo dormindo, porque aquilo parecia muito uma provocação. Mas Julieta estava perdida em sonhos, respirava profundamente e, vez ou outra, o braço que estava sobre mim, sofria alguns espasmos e ela se aconchegava ainda mais perto.

Fazia muito tempo que não me via em uma situação tão doméstica com outra mulher. Apesar de Carolina e eu termos terminado havia apenas cinco meses, nós passamos quase oito meses inteiros namorando à distância e, quando nos víamos, tínhamos pouco tempo a sós.

Mas ali, com a Julieta abraçada a mim, não pude deixar de pensar que me acostumaria facilmente a uma rotina assim com ela, passando o domingo de manhã todo na cama, maratonando filmes antigos, cozinhando juntas...

Quando me dei conta, o filme estava quase acabando, e Baby havia sido, ironicamente, colocada de lado.

Desisti de tentar assisti-lo e me levantei para preparar o almoço. Decidi fazer um minestrone por ser quente e rico em vitaminas, ideal para uma pessoa doente.

Comecei pela *mise en place*. Comprara comida para abastecer a geladeira de Julieta por um mês, mas desconfiava que ela não cozinhava muito em casa. Por isso resolvi fazer uma porção grande para poder congelar uma parte.

— Amélia, o que você tá fazendo? — perguntou Julieta ao sair do quarto, vestindo o pijama de girafinhas e a cara de sono. — Você não precisa cozinhar, podemos pedir comida.

— Assim você me ofende, Julieta — disse, cortando uma cenoura em cubos. — Você prefere mesmo delivery do que a minha comida?

Julieta se aproximou de mim e se encostou na bancada e, por um momento, imaginei como seria se, em vez disso, ela me abraçasse por trás e me desse um beijo. Um calafrio percorreu toda a extensão da minha espinha. Aquela domesticidade toda estava mexendo com a minha imaginação.

— Claro que não, só não quero abusar ainda mais da sua boa vontade.

— Eu juro que se você insinuar, mais uma vez, que estou aqui forçada ou por obrigação, vou me ofender de verdade e vou embora — ameacei, tentando soar séria, mas, pela cara de Julieta, acho que não fui bem-sucedida.

— Tá bem, tá bem, me desculpa. — Levantou os braços em rendição. — É só que não tô acostumada com ninguém me mimando assim — disse e, antes que eu pudesse responder, acrescentou: — Me deixa te ajudar, pelo menos.

— Não precisa, Juli. Era para você estar descansando.

— Eu não tô com a peste bubônica, Méli. É só um resfriado. Consigo picar uma cebola sem cair dura no chão.

— Hum, nesse caso, você pode ser minha *sous chef* se quiser, mas se você se sentir mal, volta para o quarto, tá bem?

— Sim, chef — disse Julieta com um sorriso. — E o que é para eu fazer?

— Pode cortar o salsão. Pedaços de um centímetro.

— Que séria — disse, divertindo-se. — O que vai sair aqui, afinal?

— Um minestrone.

— Que delícia, já estou morrendo de fome.

Trabalhávamos lado a lado e, assim que a primeira parte da *mise en place* ficou pronta, comecei o preparo, refogando a cebola em uma panela funda. Julieta continuou picando o restante dos ingredientes.

— E quem mais vem comer aqui hoje? — Julieta perguntou, ironizando o volume de ingredientes.

— Vou fazer a mais para você ter comida hoje à noite e amanhã, porque, pelo que eu vi naquela gaveta ali... — indiquei com a colher de pau para uma gaveta embaixo da cafeteira que tinha dezenas de cardápios e cartões de restaurantes —, você vive de delivery.

— Eu gosto de valorizar os profissionais de cozinha.

— Sei. Bom, então valorize esta profissional — apontei para mim mesma —, e coma comida de verdade enquanto estiver doente.

— Sim, chef!

Terminei o *pinçage*, adicionei um litro de água e as batatas em cubo. Ajustei o sal e a pimenta e fui inspecionar o trabalho de Julieta, que cortava a abobrinha.

— Julieta, esse corte não está padronizado — disse, me posicionando ao seu lado, fazendo minha melhor imitação dela.

— Hum, desculpa, chef.

— Olha esse corte aqui, não dá para usar. Este cubo parece um pinheiro de Natal — analisei, pegando um cubo de abobrinha cortado com perfeição.

— Ei, eu nunca disse isso — defendeu-se, ao se virar para mim.

Ela estava no canto da cozinha, entre a península e a bancada de apoio.

— Ah, disse, sim!

Cruzei os braços, com um sorriso pretensioso.

— Não para você — respondeu, tentando se defender.

— Não, para mim você disse que não se importava se eu tinha pena do filé-mignon ou não.

— Que megera!

— Só um pouquinho. — Eu apoiei uma mão na península e outra na bancada, encurralando Julieta. — Mas até que eu gosto.

De repente, me dei conta da distância quase inexistente entre nós. Julieta estava apoiada contra o ângulo entre a península e a bancada, e eu estava bem próxima a ela. Podia sentir a sua respiração ofegante contra a minha.

— Gosta? — ela perguntou em um sussurro. O seu olhar, mais convidativo do que nunca, se dividindo entre meus olhos e minha boca.

— Uhum — balbuciei.

Senti a boca seca de repente, e o cheiro de alecrim impregnando os meus sentidos. Estava a milímetros de dar um beijo nela. Podia sentir o calor que emanava do corpo dela e... me lembrei de que, provavelmente, era a febre.

Sacudi a cabeça, tentando pensar melhor.

Julieta estava doente e fragilizada e, provavelmente, se sentia carente. Eu sabia que cabia a mim refrear qualquer situação que ela pudesse se arrepender depois. Ainda mais com uma colega de trabalho!

Eu estava ali para cuidar dela, não para me aproveitar.

— Quer dizer, acho que é, hum... — titubeei, me afastando e passando uma das mãos no cabelo. — Acho que é bom para manter todo mundo motivado a ser melhor.

Julieta pareceu perdida, como um cachorrinho abandonado que não entende por que o dono o deixou. Senti o meu coração se partindo.

Ficamos em silêncio por mais tempo do que seria confortável antes de Julieta conseguir elaborar qualquer frase.

— Eu, é... Eu não tô me sentindo muito bem. Vou tomar um banho quente pra ver se eu melhoro — ela disse, olhando para tudo, menos para mim.

— Você não quer se deitar? — perguntei, preocupada, me aproximando dela.

— Não. — Se afastou. — Só preciso de um banho mesmo. Você, hum, você termina o almoço?

— Sim, sim, claro.

Julieta saiu em disparada até o quarto e tive vontade de enfiar minha cabeça na panela quente do minestrone.

* * *

Depois do banho, Julieta parecia disposta a fingir que nada havia acontecido. E eu me sentia ao mesmo tempo aliviada e triste com esse acordo velado, mas sabia que seria melhor assim. Pelo menos, por ora.

Almoçamos juntas, assistimos a mais um filme e, aos poucos, a situação foi voltando à normalidade. Se é que dá para chamar de normal uma situação em que você se apaixona duas vezes pela mesma mulher e consegue perder as duas chances de ter algo com ela.

De qualquer forma, no fim do dia, já estávamos rindo e conversando como já se tornara habitual entre nós. Eu sentia meu coração apertado em deixar Julieta, mas em algum momento precisaria voltar para casa. Não porque quisesse ou tivesse algo importante para fazer, mas simplesmente porque seria estranho ficar.

Era preciso lembrar que, antes de mais nada, Julieta era a minha chefe. Minha chefe que não se envolvia com colegas de trabalho.

Sem contar que ela havia me promovido, e a conta me parecia muito simples: se ela quisesse algo no âmbito *pessoal* comigo, não teria estreitado ainda mais a relação *profissional*.

Ainda assim, ela quase deixou que eu a beijasse.

No táxi, a caminho de casa, fiquei imaginando como seria se eu não precisasse ir. Se os acontecimentos do almoço tivessem sido diferentes, e se, em vez de me afastar, eu tivesse me aproximado e a beijado. Será que a despedida, agora, teria sido diferente? Será que, em vez de me agradecer com um abraço como ela fez, Julieta teria me puxado para outro beijo?

Ainda estava absorta em meus pensamentos quando cheguei ao condomínio.

Dona Célia estava debruçada na janela conversando com a Inês do setenta e cinco, que estava sentada no banco do jardim.

— Pelo que falaram, a menina já tem oito anos — dona Célia disse para Inês, mas não prestei atenção.

Me perguntava como teria sido o resto do dia se tivéssemos mesmo nos beijado. Será que Julieta iria querer me beijar de novo, ou iria chegar à conclusão de que deveria se manter fiel à sua promessa?

Abri a porta ainda tentando entender a reação dela.

— AAAAH — soltei um grito ao ver, no meu sofá de fazer palavras cruzadas, Federico e Violeta aos beijos.

— Méli — falaram em uníssono, dando um pulo. Federico procurando uma camiseta e Violeta cobrindo a parte superior do corpo com uma manta.

— Eu, é... tem três camas nessa casa! — exclamei, tapando os olhos. — Quer dizer, duas, porque a minha tá proibida. Mas vocês deveriam usar uma delas... Enfim, eu, é, eu vou deixar vocês dois, hum, continuarem — disse, correndo para o quarto. — Depois lavem essa manta!

CAPÍTULO 23

Nas duas semanas que se seguiram, poucas coisas realmente mudaram.

Violeta e Federico exalavam a paixão inerente e inconfundível de um início de namoro. Lucho e Martín progrediam na luta pela adoção. Dona Célia continuava fofoqueira. E eu, apaixonada pela minha chefe.

Julieta e eu não saímos outra vez depois do expediente, nem ela me convidou mais para ir ao mercado público. Eu sabia que ela estava tentando se distanciar por conta do que aconteceu na sua casa, e deveria estar agradecida.

Mas não estava.

Estava apenas irritada.

— Credo, Méli — Federico reclamou em uma quarta-feira depois de perguntar se eu tinha feito o café e eu responder que não era a mãe dele para ficar preparando o seu café da manhã. — Com esse humor do cão aí, você vai continuar solteira.

— Não enche, Federico — respondi do meu sofá, fingindo fazer palavras cruzadas.

— Eu sei que você tá assim porque perdeu a Tita e a Julieta — ele disse da mesa, tomando um suco de laranja industrializado que, sinceramente, eu não sabia como poderia estar bom depois de mais de um mês aberto.

— Pra perder eu tinha que primeiro ter tido, você não acha?

— Você podia tentar de novo... — sugeriu, reticente.

— Tentar o quê?

— O lance do bilhete.

— Porque funcionou tão bem na primeira vez — falei com ironia.

— Ué, é claro que funcionou — ele disse, meio defensivo da própria ideia. — Foi um infortúnio mesmo a sua chefe ter encontrado, mas a ideia funcionou perfeitamente.

Bem, ele tinha razão, a ideia havia, de fato, funcionado. O problema é que eu não queria que ninguém mais achasse bilhete nenhum.

Alguém já havia achado. E era ela que eu queria!

— Por que você não conta pra ela? — Federico fez uma nova sugestão depois de algum tempo de silêncio.

— Pra Juli?

— É.

— Você foi o primeiro a dizer que eu não deveria contar nada.

— Isso foi antes do lance com o outro chef pilantra.

— Será? — refleti, sentindo um misto de esperança e pavor.

— Qual a pior coisa que pode acontecer?

— Ela falar que não namora funcionárias e prejudicar a nossa amizade e relação profissional.

— Você acha que chegaria a tanto?

— Não sei, nene — respondi.

Sabia que havia sido eu a recuar naquele dia, na casa dela, mas Julieta também não tentara mais nada. Na verdade, ela estava mais distante do que quando eu a achava uma megera, o que me fazia acreditar que ela se esforçava bastante para não me deixar ter esperanças.

E, odiava admitir, ela estava sendo muito bem-sucedida.

Além do mais, não sabia como ela descobrir que eu era a Mia poderia melhorar as coisas. Afinal, "Mia" a tinha deixado plantada no primeiro encontro.

De alguma forma, eu havia conseguido o incrível feito de deixar Julieta de má vontade com a Mia e com a Méli.

— Aonde você vai? — Federico perguntou quando eu me levantei em um impulso rápido do sofá.

— Dar uma volta.

***

Peguei o primeiro metrô que vi e, quando me dei conta, estava na rua do Pancho. Não, não na rua do Pancho. Na rua da livraria.

Da *nossa* livraria.

Parei na frente dela, mais uma vez, surpresa com o fato de um lugar tão bonito ter passado despercebido por mim tantas vezes.

Soltei um suspiro antes de abrir a porta e ouvir o sininho anunciando a minha entrada. O cheiro de café misturado ao de papel me trouxe uma sensação boa de aconchego e, pela primeira vez em dias, me senti calma.

A mesma senhora que me atendeu no primeiro dia acenou com a cabeça para mim, enquanto perdi algum tempo por entre as estantes. Na última vez, tinha apenas um objetivo e não dei a atenção que a livraria merecia, mas agora era onze da manhã e eu tinha bastante tempo antes de ter que ir para o trabalho.

A livraria e o café ocupavam o mesmo espaço e seria impossível dizer onde um começava e o outro terminava, o que me deixava com a sensação de estar em uma biblioteca de casa vitoriana em vez de uma livraria do século XXI.

Depois de muito pensar, me decidi por uma edição antiga de *Mansfield Park*. Olhei ao redor para escolher uma das mesinhas ornamentadas, então pedi um cappuccino para acompanhar.

A minha bebida já estava na metade e eu finalmente havia conseguido me concentrar em mais de dois parágrafos quando ouvi o sininho da porta anunciando a chegada de outro cliente.

A culpa de eu estar tão suscetível aos barulhos e interrupções ao meu redor certamente não era de Jane Austen, mas não consegui evitar olhar em direção à porta.

No instante que encontrei os olhos castanhos que estava me esforçando tanto para não pensar, fiquei sem reação.

Julieta me encarou, paralisada na porta, parecendo mais perdida do que eu. Tive a impressão de que ela não sabia se me cumprimentava ou se ainda tinha a opção de sair sem ficar esquisito.

— Juli! — exclamei e ergui o braço em um breve aceno, sabendo que precisava fazer alguma coisa.

— Amélia?

Podia ver que Julieta ainda ponderava, mas, depois do que pareceram horas, ela caminhou até a minha mesa.

— Eu não sabia que você conhecia esse lugar — a chef disse, transparecendo todo o desconforto que eu sabia que ela estava sentindo.

Por que eu tinha que estar aqui? Na livraria da Mia e da Tita?

— Vi esses dias, quando estava indo ao Pancho, e achei uma fofura. — Tentei ser o mais sincera possível.

— Eu também conheci há pouco tempo — contou ao se sentar à minha frente.

— E você? O que tá fazendo aqui? — perguntei.

— Tive que vir em casa tomar banho, porque um feirante virou um isopor cheio de peixe e gelo em cima de mim no mercado público hoje...

— Ah, então é esse o cheiro que eu tô sentindo.

Julieta arregalou os olhos enquanto as suas bochechas ficavam escarlate.

— Dá para sentir ainda?

Não consegui conter o riso com a cara de espanto dela. Simplesmente adorável.

— Eu tô brincando, Juli — falei, colocando a mão sobre a dela. — Você é sempre cheirosa.

Ela relaxou os olhos, as sobrancelhas e abriu um sorriso, mas as bochechas continuaram coradas. Julieta não tirou a mão, como temi que pudesse acontecer, e senti o meu sorriso se alargando.

Como eu era ridícula, pelo amor de Deus! Havia passado duas semanas de mau humor só porque ela não estava falando comigo, e foi só ela aparecer que não conseguia mais parar de sorrir.

— Humm, enfim, eu tive que vir em casa, então decidi passar aqui para comer alguma coisa antes de ir ao restaurante.

Por um segundo, havia me esquecido que o apartamento dela era a poucas quadras dali. Mas acho que mesmo que tivesse me lembrado disso, não suspeitaria que pudesse encontrá-la aqui.

— Eu tô morrendo de fome — falei. — O que você sugere?

— Eu gosto das empanadas.

Não pude deixar de notar que ela estava mais relaxada, não parecia mais que iria fugir a qualquer segundo. Tirei a minha mão da dela para poder olhar o cardápio que ficava sobre as mesas.

Depois que fizemos o pedido, Julieta puxou assunto.

— Tá gostando? — perguntou, usando os olhos para sinalizar o livro que eu estava lendo.

— Acabei de começar.

— Você nunca leu?

— Não — respondi. — Uma vez eu vi o filme com a minha ex, mas não lembro de ter gostado muito.

— Eu nunca vi o filme, mas é o meu livro preferido dela.

— É sério?

— Por que o espanto?

— Você tem cara de que gosta de um melodrama tipo *Persuasão*.

— E o seu preferido dela é *Orgulho e preconceito*, eu suponho? — Julieta perguntou com um quê de alfinetada.

— *Emma* — respondi.

Ela tinha um sorrisinho de lado que eu não conseguia identificar.

— Mas agora que eu sei que é o seu preferido, vou ler com mais boa vontade — continuei, passando a mão sobre a cópia de *Mansfield Park*, que, tinha que confessar, ainda não havia me fisgado.

— A Fanny Price não é assim tão carismática como a Jane Eyre, mas a história delas tem algumas similaridades, tipo, as duas são órfãs, as duas...

A menção a *Jane Eyre* me pegou desprevenida.

Por que ela estava falando como se tivesse certeza de que eu tinha lido? Será que ela sabia que eu era a Mia e estava me dando uma chance de contar?

Ou será que era só porque *Jane Eyre* era, tipo, um dos livros mais conhecidos do mundo e ela só presumiu que eu tivesse lido?

— ... foi aqui que eu comprei aquela cópia ilustrada que você viu no meu escritório.

Ah!

É claro! Ela tinha me visto com o livro na mão naquele dia em que estávamos tentando desmascarar o Maxi.

Ufa!

Apesar do meu alívio, a conversa com Federico voltou à minha cabeça. Será que talvez eu devesse contar para ela de uma vez? Mesmo que ela esteja zangada com a Mia, ela entenderia o meu motivo, né? Eu não gostava de esconder isso dela e estava começando a achar que seria mais simples contar de uma vez.

De qualquer forma, não iria contar naquele minuto, porque teria que pensar em como fazer isso. Então, por ora, o tema das autoras vitorianas, principalmente dentro da nossa livraria, deveria ser evitado.

— E você torce para o Boca?
— Hum?
— Boca Juniors. Hoje é a final da Libertadores...
— Ah! — Ela pareceu levar alguns segundos para acompanhar a mudança brusca de assunto. — Eu não acompanho futebol. Você torce para eles?
— Eu sou uruguaia — disse como se a resposta fosse óbvia.
— Verdade. — Ela franziu as sobrancelhas.

Imagino que esteja tentando entender o motivo de eu ter puxado esse tema. É verdade que eu poderia ter sido mais sutil, mas, pelo menos, mudamos de assunto.

— Pelo jeito as pessoas só estão preocupadas com esse jogo mesmo — ela comentou. — Porque é a primeira noite em mais de quatro meses que o restaurante não tá com as reservas lotadas.
— O Federico tem certeza de que eles vencem hoje.
— Ele é torcedor?
— Ele é obcecado — corrigi.

A atendente trouxe as nossas empanadas e comemos em silêncio. Porém, dessa vez, era um silêncio agradável.

— Você viu que logo vai estrear aquele desenho que eu te falei do ratinho cozinheiro? — perguntei.

— Ainda não entendo qual pode ser o apelo de um filme sobre um *rato* em uma cozinha. E qual é o propósito de nos fazer torcer contra a vigilância sanitária?

— O pior é se chamar *Ratatouille* — acrescentei, franzindo a testa. — Nunca mais vou conseguir comer um sem pensar em ratos.

— Pra ser sincera, eu nunca gostei de *ratatouille*. Acho um prato com gosto de nada.

Era obrigada a concordar, também não era o meu prato preferido.

— Acho que devíamos assistir — sugeri sem pensar muito.

— Podemos ir em uma segunda-feira.

— Combinado — devolvi, sem conseguir conter o sorriso.

Julieta também tinha um em seu rosto; e, pela primeira vez em duas semanas, achei que ficaria tudo bem.

— Eu vi o trailer — comentei depois de alguns segundos. — E tem um chef baixinho, que acho que é o vilão, ele é igualzinho ao Maxi.

Dessa vez, Julieta soltou uma gargalhada. Acho que foi a primeira vez que a vi rir da situação e fiquei contente de ter conseguido arrancar essa reação.

Infelizmente não demorou muito até ela anunciar que precisava ir porque tinha que estar no La Concorde mais cedo para responder alguns e-mails.

Quando ela se despediu, fiquei pensando no Boca Juniors. Não no time, mas na certeza da torcida de que tudo daria certo.

Talvez só estivesse me faltando a mesma confiança que o Federico tinha.

* * *

Apesar de o restaurante não estar lotado, aquela noite fora tão agitada como as outras.

— Lola, o *clafoutis* da mesa três está atrasado! — Julieta anunciou.

— Já estou levando, chef — Lola disse, enquanto decorava uma *pavlova* com flores comestíveis.

— Pode deixar que eu levo — adiantei, pegando o *clafoutis* já pronto na bancada, porque sabia que a decoração exigia muito foco.

— Obrigada, chef.

Ainda era estranho ouvir Lola me chamando assim, mas não podia negar que gostava.

— Obrigada, Amélia — Julieta disse assim que entreguei a sobremesa.

Apenas assenti.

— Você quer uma carona hoje? — perguntou enquanto limpava a borda do prato.

Ela estava menos distante e tive a impressão de que, desde a conversa na livraria mais cedo, Julieta estava disposta a fazer a nossa relação voltar ao ponto que estava antes.

Eu ficava aliviada em perceber aquilo, mas a verdade era que o ponto que estava antes não era mais suficiente. Eu já havia me decidido: iria contar tudo para ela, admitir de uma vez o que eu sentia e arcar com as consequências.

— Não vou precisar — agradeci com um sorriso pelo convite. — A Viole confiscou o fusca do Fêde. Quando voltei da livraria, ela disse que ele iria acabar se matando dependendo do resultado do jogo. Então pediu para eu ficar com o carro, e ela que vai buscar ele no Pancho depois do jogo.

— Não sei se ela que é uma excelente amiga ou ele que é mesmo muito alucinado.

— Eu não te falei? Eles tão namorando.

— É?

— Já faz umas duas semanas.

É claro que Julieta não poderia saber, a gente mal se falou nesse período. Notei ela um pouco desconfortável, mas antes que qualquer uma de nós pudesse falar alguma coisa, o chef *rôtisseur* nos interrompeu.

— O entrecôte, chef!

— Obrigada, Damian.

Deixei Julieta continuar o trabalho e fui fazer o meu.

Eu estava decidida. No sábado, depois do expediente, a convidaria para sair e contaria tudo. Assim, dependendo da reação, ela teria dois dias para assimilar as informações antes de voltarmos a trabalhar.

O resto da noite passou sem grandes acontecimentos e, como suspeitávamos, por causa do número reduzido de reservas, acabamos fechando a cozinha um pouco mais cedo que o normal.

* * *

Antes mesmo de conseguir chegar ao fusca do Federico, fui atingida pelo mar de camisas azuis e amarelas comemorando no meio da estrada.

O Boca havia vencido.

Sorri com os torcedores ensandecidos tomando as ruas e entoando o hino do clube e pensei que eu também só precisava de um pouco de confiança e, talvez, uma pitada de sorte.

CAPÍTULO 24

Era sábado, começo da tarde, e a brigada do La Concorde apenas começava a chegar para o trabalho, que, naquela noite, seria tão intenso como nos dias anteriores.

A onda de frio de junho serviu para trazer ainda mais turistas a Buenos Aires; e, com a cidade cheia, o restaurante voltou a atingir lotação máxima depois da final da Libertadores. Casa lotada era bom para todo mundo: a cozinha funcionava melhor e as horas de serviço pareciam mais curtas.

O La Concorde vivia uma nova fase de paz e todos esperavam que, dessa vez, durasse mais de um mês. Era uma nova fase para mim também, porque apesar de toda a responsabilidade e novas obrigações que o cargo de *sous chef* me impunha, encontrei dias pacíficos no trabalho.

Quer dizer, não naquele momento...

— Juli, você não vai acreditar nisso! — Entrei enfurecida na sala dela. — Olha essa matéria! — exclamei, jogando a nova edição do Gazeta Portenha na mesa.

Na capa, havia uma matéria sobre o Don Juan, exaltando o novo cardápio do restaurante e nomeando Guillermo Alcântara o melhor chef de Buenos Aires. No fim da reportagem, ainda tinha uma insinuação de que o La Concorde havia roubado a receita deles de lagosta ao *beurre blanc*.

— É o seu cardápio e a sua receita — eu disse, enfurecida. — Eles estão usando as suas receitas.

Nenhuma de nós duas sabíamos que Maxi tinha roubado aquela receita também, e a implementamos no cardápio havia apenas uma semana. De acordo com o jornal, o Don Juan já estava servindo a mesmíssima receita havia uma semana e meia.

Julieta pegou o jornal na mão para ler a matéria e não pôde evitar uma revirada de olhos a cada linha.

— Não dá bola para essa porcaria — ela disse, jogando o jornal no lixo. — Vamos tirar a lagosta do menu.

— Você precisa revidar, Juli — incentivei, sentindo meu sangue ferver com a cara de pau daquele homem.

— Eu não preciso fazer nada, Méli. Esse aí é um pobre coitado que não consegue nem criar as próprias receitas.

Julieta parecia certa de que aquilo não nos afetaria, o que me deixava ainda mais irritada do que eu já estava.

— Pobre coitado? Ele tá tirando sarro da sua cara, Juli! — Eu caminhava de um lado para o outro. — Aliás, *eles estão*, porque aquele duas caras do Maxi tá trabalhando lá. Não na filial de Montevidéu, mas aqui mesmo, em Buenos Aires.

O rosto de Julieta pareceu um pouco mais expressivo.

— Como você sabe disso?

— Lola acabou de me contar. Ela tem uma amiga que tem uma prima que é casada com o irmão do *entremétier* do Don Juan.

Julieta pareceu um pouco confusa, mas logo sacudiu a cabeça e voltou ao que importava.

— Eles se merecem, isso sim — Julieta disse e se aproximou de mim. — Se acalma, Amélia, tá tudo bem. Esse tipo de matéria num jornal de quinta categoria não vai nos prejudicar. — Ela segurou o meu pulso para tentar me acalmar. — O que importa é o que as pessoas acham, e as pessoas continuam achando a nossa comida e serviço excelentes. É o que importa!

— Como você pode estar tão calma? Você ficou enfurecida quando eles fizeram a matéria do choque anafilático.

— Porque, naquela época, eu sabia que tinha algo estranho acontecendo e não conseguia descobrir o que era. Mas agora isso tá resolvido, graças a você, inclusive — lembrou, acariciando o meu pulso sob a sua mão. — E daí que eles têm meia dúzia de receitas nossas? Isso é tudo que eles têm.

— Não é só isso, Juli, eles tão acusando você de roubar as receitas. Isso não pode ficar assim! — exclamei, me alterando mais uma vez. — Quer saber, eu vou lá jogar umas verdades na cara deles.

Me soltei da mão da Julieta, já caminhando em direção à porta.

— Ah, não vai mesmo! — Ela me segurou, novamente pelo pulso, e me puxou. — Você vai ficar aqui.

Julieta me puxou para perto dela com um pouco mais de força do que talvez pretendesse, e eu acabei indo de encontro a ela. Em reação, Julieta esbarrou com o quadril na mesa.

Percebi que estava, de novo, perigosamente perto dela, em uma reencenação perfeita do dia em que cozinhamos juntas na sua casa.

— Juli...

Julieta apenas me encarava e eu podia sentir o seu cheiro inundando os meus sentidos.

— Eles não valem a pena, Méli — ela sussurrou.

— *Você* vale!

Os seus olhos pararam fixos nos meus, como se tentasse compreender o significado real daquelas palavras.

Eu sentia como se ela lesse a minha alma.

— Que se dane! — Julieta falou, antes de encurtar de vez a distância entre nós.

* * *

Quando assimilei o que estava acontecendo, as mãos de Julieta estavam na minha cintura e os lábios dela, juntos aos meus. Não demorei nem um segundo para levar as mãos ao seu pescoço e intensificar o beijo que desejei por tanto tempo. Julieta soltou um gemido de aprovação e senti todo o meu corpo reagindo àquele som. Deslizei os dedos pela nuca dela, enterrando-os entre os seus cabelos enquanto, com a outra mão, acariciava o pescoço e a lateral do rosto. Era um beijo ávido, faminto e que, ao mesmo tempo, não tinha nenhuma pressa. Como quando você está com fome, mas quer aproveitar cada garfada antes que acabe.

Senti as mãos dela deslizando pelas minhas costas, me trazendo para ainda mais perto. Julieta me beijava devagar, explorando cada nuance e me segurando com força, como se tivesse medo de que eu pudesse fugir a qualquer momento... Como se fosse possível eu querer estar em qualquer outro lugar que não ali, colada a ela, descobrindo tudo que podia.

Eu tinha uma sensação de onisciência, como se todas as respostas do universo estivessem naquele beijo. Ou melhor, como se aquele beijo fosse a resposta de tudo.

Quando nos afastamos, ficamos sem saber ao certo o que falar. Na verdade, nada mais precisava ser dito, mas podia notar as suas pupilas dilatadas e a respiração ofegante. Então encurtei a distância para a beijar mais uma vez. Um beijo delicado e explicativo. Um beijo que dizia tudo que as palavras não eram capazes, mas que sintetizava uma única ideia: eu também quero. Eu quero muito!

Toc, toc.

Nós duas demos um pulo, e me senti meio tonta por um segundo.

— Qu... — A voz de Julieta falhou e ela limpou a garganta antes de repetir. — Quem é?

— Joaquim, chef.

Julieta se endireitou, passou a mão pelo rosto e boca, alisou o uniforme e caminhou até a porta.

— Do que você precisa, Joaquim? — perguntou com um sorriso, se esforçando não demonstrar a frustração ao ser interrompida.

— O fornecedor de peixe está aqui e quer falar com você, chef.

— Ah, sim, sim. Diz para ele que eu já vou descer. Obrigada.

Assim que fechou a porta, ela se virou para mim, ainda meio atordoada. Tudo que eu queria fazer era trazê-la para mais um beijo, mas, infelizmente, ela tinha outro compromisso.

— Acho que precisamos trabalhar — ela falou, com um sorriso de lado.

Apenas balancei a cabeça, ainda incapaz de formular uma única frase coerente, mas antes que pudesse caminhar até a porta, Julieta se aproximou e me puxou para um último beijo.

Percebi como a minha imaginação era pobre, porque ela não fora capaz de chegar nem perto da sensação real que era beijar Julieta. Levei uma mão à sua nuca e a outra ao quadril, trazendo ela para mais perto; senti o seu corpo colar ao meu e tive que dar um passo para trás em uma tentativa de não me desequilibrar.

Eu não queria largá-la nunca mais, porém, quando senti a mesa de madeira maciça contra a minha lombar, Julieta se afastou.

— Você tá bem?

— Uhum — respondi sem conseguir tirar os olhos dos lábios dela, que agora estavam ligeiramente inchados e mais rosados.

— Eu queria fazer isso há muito tempo — ela falou, com as duas mãos firmes no meu quadril.

— Eu também — admiti. — Desde a noite do seu aniversário.

— Mesmo?

Concordei com a cabeça e um sorriso ao lembrar daquela noite.

— O que eu posso dizer? Eu gosto de uma mulher brava.

Ela deu uma risadinha e soltou uma das mãos do meu quadril para prender a franja. Era verdade, eu gostava de uma mulher brava, mas, naquele momento, ela estava apenas adorável.

— Teria sido um ótimo presente — Julieta confessou, parecendo um pouco mais tímida e dando um passo para trás. — Nós podemos cozinhar juntas de novo... Você pode ir lá em casa hoje e fazemos algo juntas...

— Desde quando você cozinha em casa? — perguntei, puxando-a pelo cós da calça para mais perto de mim de novo.

— Desde hoje.

Sorri antes de trazê-la para um *último* último beijo.

* * *

Naquela noite, nem eu nem Julieta tivemos outro momento de folga. Ainda assim nós duas trabalhávamos com um sorriso permanente no rosto.

Já passava das onze horas quando Ignácio entrou na cozinha à nossa procura.

— Com licença, chef — Ignácio disse. — A mesa sete gostaria de trocar uma palavra com você e a *sous chef*.

— Nós já vamos, Nacho, obrigada — respondeu Julieta.

Fiquei sem saber como agir. Era a primeira vez que eu teria que ir ao salão como *sous chef* receber elogios... ou críticas. Vai saber, né?

Julieta se virou para mim com um sorriso tão lindo que me fez querer repetir o beijo de mais cedo ali mesmo, na frente de todo mundo.

— Pronta? — perguntou Julieta.

Passei a mão sobre o avental para alisá-lo, chequei se o lenço estava no lugar certo e concordei com a cabeça.

Da cozinha dava para ver boa parte do salão, mas, com o frenesi das preparações, eu raramente espiava pela escotilha ou pela praça de saída para ver o movimento. A verdade é que me sentia menos nervosa sem ver a cara dos clientes. Se algum deles fizesse alguma careta, pelo motivo que fosse, eu ficaria preocupada o resto da noite, achando que o problema era com a comida. Por isso, preferia não olhar.

Ao sairmos da cozinha, fiquei impressionada com o movimento. A casa estava lotada e, embora eu já soubesse disso na teoria, ver com meus próprios olhos tornava tudo mais intenso e *real*.

Minhas mãos estavam levemente trêmulas e desejava poder segurar a de Julieta. Mas o nervosismo passou no exato momento em que coloquei os olhos na mesa sete.

Abri um sorriso gigante e só não saí correndo porque sabia que estava ali representando a cozinha do La Concorde.

— Mãe! — exclamei ao me aproximar da minha família.

Eu havia ligado para contar da promoção, e minha mãe falara de novo que, em breve, viriam me visitar. Eu sabia que seria difícil por causa do hotel e não esperava uma visita tão cedo, muito menos surpresa. Mas não poderia estar mais feliz.

Minha mãe se levantou e me abraçou.

Como era bom abraçá-la depois de tanto tempo e ter de novo aquela sensação de lar e segurança que só é possível sentir com um abraço materno. Ela me apertou tanto que achei que me quebraria em duas.

Meu pai e meu irmão mais novo estavam sentados à mesa com os pratos de sobremesa raspados e um largo sorriso nos rostos.

Abracei os dois, sem conseguir conter o sorriso.

— Boa noite — cumprimentou Julieta com um sorriso sincero. — Então vocês são a família da Amélia? Parabéns, a filha de vocês é maravilhosa — concluiu, olhando para meus pais.

— Nós sabemos — respondeu meu pai, orgulhoso. — Estamos muito felizes por ela.

— E muito orgulhosos também — completou a minha mãe.

— Assim vocês me deixam sem graça — eu disse, completamente sem jeito no meio de tantos elogios.

— Eu sou a Julieta, chef do restaurante.

— Parabéns, Julieta — minha mãe falou, com um caloroso sorriso. — É a melhor comida que provei em anos!

— Muito obrigada, senhora... — Julieta percebeu que não sabia os nomes deles.

— Ana! Muito prazer, querida.

— O prazer é meu!

Minha mãe era uma pessoa carinhosa, simpática, que fazia todos se sentirem bem-vindos na sua companhia. Gostava de pensar que eu herdara muitos traços da sua personalidade, sendo o melhor deles, a paixão pelo que faço.

— Muito prazer, Julieta. Manolo — meu pai também se apresentou. Ele era um homem bem-humorado e bonachão, e Julieta sorriu ao cumprimentá-lo.

— Eu sou o Antônio, irmão dessa chata.

Antônio era seis anos mais novo, mas, assim como eu, também parecia mais jovem do que de fato era. E como todo irmão caçula, sempre gostou muito de me provocar.

— Muito prazer, Antônio — disse Julieta. — Às vezes ela é chata mesmo.

— Que isso, chef!

— Viu, Mia?! — Antônio exclamou. — Até a sua chefe concorda.

Senti o chão se abrindo sob os meus pés.

— Mia? — Julieta perguntou a Antônio, mas seus olhos estavam bem-focados em mim.

— É como o Toni chama a Amélia — minha mãe explicou. — Quando os dois eram crianças, nós tínhamos uma vizinha alemã, Hilda. Ela era professora de harpa da Méli, mas não conseguia falar o nome dela direito, era sempre "Amêlia" ou "Amilia". Um dia, a Amélia se irritou e disse que ela poderia a chamar de Mia que seria mais fácil. O Toni tinha uns dois anos na época e, de tanto ouvir, logo começou a chamar a irmã assim também.

Não conseguia me concentrar em uma única palavra que a minha mãe falava, só conseguia encarar Julieta e ver toda a montanha-russa de emoções passando pelos seus olhos.

— Hum, espero que tenham aproveitado o jantar — disse Julieta, mecanicamente. — Foi um prazer conhecer vocês. É por conta da casa. Se me dão licença, eu preciso ir à minha sala.

Julieta saiu em disparada para o seu escritório.

— Eu falo com vocês daqui a pouco — falei para minha família.

Saí praticamente correndo atrás de Julieta e entrei na sua sala uma fração de segundo depois dela.

— Juli, eu posso explicar!

CAPÍTULO 25

Julieta estava de costas para mim, com as duas mãos apoiadas na mesa. A mesma mesa em que horas antes estava me beijando.

Agora, ela parecia desnorteada.

Assim que entrei na sala, Julieta se virou com raiva.

— Explicar o quê? Que você me usou por um cargo?

— O quê? Você tá doida? — Fiquei surpresa com a conclusão dela.

— Doida? Você mentiu para mim, Amélia!

— Juli — chamei e tentei me aproximar, mas Julieta me impediu.

— Ainda por cima me deixou plantada naquela livraria...

— Eu posso explicar — repeti.

— *Você* insistiu para eu ir! — Ela me cortou. — Meu Deus, como você deve ter rido da minha cara de trouxa!

— O quê? Claro que não!

— Não acredito que me deixei levar por esse joguinho!

— Julieta, eu não te contei por...

— Eu abrindo meu coração igual a uma otária, e você usando as informações para conseguir ganhar a minha confiança. — Ela me interrompeu mais uma vez. — E para quê, Amélia? Por causa de uma vaga de *sous chef*?

Eu tentava me justificar, mas Julieta andava de um lado para o outro e não parecia ouvir uma única palavra.

— Você tá confundindo tudo, Julieta!

— Não acredito que, no fim, fiz o mesmo que Jacqueline! — Passou a mão na cabeça. — Me deixei ser enganada por um rostinho bonito.

Eu estava começando a me sentir exasperada com aquilo. Julieta precisava entender, mas ela não parava de andar nem de falar.

— Eu não me importo nem um pouco com essa vaga, eu me imp...

— Que bom — Julieta explodiu. — Porque ela não é mais sua. Pode pegar as suas coisas e sair do meu restaurante.

Respirei fundo, sabia que precisava manter a calma, mas a decepção estampada na cara de Julieta só piorava tudo. Sentia minha garganta se fechando e os olhos ficando molhados.

— Julieta, você tem que entender que o que você tá falando não faz o menor sentido! Como diabos eu iria te convencer a comprar o livro? — Tentei argumentar com o resto de racionalidade que ainda tinha. — Eu não fazia a menor ideia de que estava falando com você até o dia que você me falou da Aurora Boreal! Por isso saí daquele jeito da despensa.

— Mesmo assim, Amélia. Você me deixou plantada em um encontro que *você* insistiu que eu fosse — disse com mágoa. — Meu Deus, eu te pedindo conselhos e você rindo pelas minhas costas.

— Eu cancelei porque, naquele dia, você me falou que nunca mais misturaria namoro e trabalho; e não quis que você tivesse ainda mais esse problema para lidar.

Julieta pareceu, pela primeira vez, não ter uma resposta pronta. Mas a sua expressão era dolorosamente transparente desta vez: estava magoada.

— É melhor você ir embora.
— Juli, por favor... — Tentei me aproximar mais uma vez.
— Não encosta em mim! — falou com a voz embargada.
Respeitei o pedido e me afastei. Estava começando a me irritar também e sabia que isso só pioraria ainda mais as coisas.
— Está bem. — Balancei a cabeça. — Desculpa!
— Por favor, vai embora, Amélia. Me deixa sozinha.
— Eu não quero te deixar sozinha assim.
— Por favor! Eu não quero você aqui!
De tudo que Julieta falou, essas palavras foram as que mais me machucaram. Mais do que ser demitida ou ser acusada de ser interesseira. Naquele momento, saber que Julieta não me queria por perto era o que mais doía.
— Eu vou — disse, resignada.
Comecei a caminhar em direção à porta, mas parei e me virei mais uma vez para Julieta.
— Mas, se você quer saber, eu escrevi aquele bilhete para que o destino encontrasse a mulher dos meus sonhos. E eu sei que soa cafona, mas a verdade é que ele encontrou.
Julieta resistiu o quanto pôde, mas uma lágrima rebelde escorreu pelo seu rosto.
— Por favor, Amélia.
— Está bem.
Com relutância, saí da sala e fui até o vestiário pegar as minhas coisas.

**

O meu único consolo naquele momento era poder correr para o colo da minha mãe. E foi exatamente o que fiz. Assim que deixei o restaurante, liguei para o meu irmão pedindo o endereço do hotel e cheguei lá quase ao mesmo tempo que eles.

Quando minha mãe abriu a porta do quarto, me joguei nos braços dela e desabei em lágrimas. Chorei até perceber que estava deixando todos preocupados e, entre soluços, tentei explicar o que estava acontecendo.

Quanto mais tentava, mais confusa soava. Não era minha culpa, a história era mesmo confusa. Mas assim que me acalmei, consegui contar à minha mãe de maneira mais coerente o que tinha acontecido.

— A Julieta pareceu uma moça muito sensata, querida — disse minha mãe, tentando me acalmar. Eu estava deitada com a cabeça no seu colo, chorando, no sofá do quarto de hotel. — Eu acho que ela vai entender que você tentou fazer a coisa certa e que não queria magoar ela.

— Não sei, mãe. Ela acha que eu a usei para conseguir a promoção, porque ela meio que já teve outra experiência em que uma antiga namorada a traiu por uma vaga num restaurante em Paris. E teve o antigo *sous chef* também, que a traiu por uma vaga em outro restaurante... só que nesse caso não foi romanticamente.

— Tadinha dessa moça. — Ela fazia cafuné na minha cabeça. — Eu achei ela muito simpática.

Mesmo triste e quase sem esperança, sorri ao saber que minha mãe aprovava Julieta.

— Ela é um amor!

— Eu acho que ela precisa de um tempo para pensar, mas depois você deve ir atrás dela mais uma vez, Méli. Precisa se explicar e se desculpar pela confusão. E outra, se ela te perdoar, é melhor que ela saiba logo que com você é assim, uma encrenca atrás da outra.

Soltei uma risada, a primeira desde que tudo aconteceu.

— Eu acho que ela já percebeu.

— Melhor assim, ela tem que estar preparada.

Ri mais uma vez. Apesar de tudo, estava contente por estar com a minha mãe.

Meu pai e Antônio haviam saído a pedido dela, que insistiu que aquilo era uma conversa de mãe e filha. Quando voltaram para o quarto, trouxeram um pote de sorvete para mim. Porque, segundo o meu irmão, nos filmes de romance, a protagonista sempre come sorvete para afogar as mágoas.

CAPÍTULO 26

Dormi no hotel com a minha família e passei o domingo inteiro com eles. O otimismo da minha mãe havia elevado um pouco o meu ânimo. No fim do dia, eles me deixaram em casa antes de pegar a balsa de volta para Carmelo.

Caminhei pelos jardins do condomínio adiando o momento de entrar em casa. Ainda não havia ficado sozinha desde a discussão com Julieta.

O meu ânimo já nem tão elevado como mais cedo.

Eu estava tão feliz...

Primeiro o beijo, e depois a minha família chegando de surpresa na cidade.

O beijo!

Agora, entretanto, estava com o coração partido e, pior, por minha culpa, Julieta também estava.

Caminhei em direção ao meu apartamento, queria tomar um banho e desaparecer. Ou, pelo menos, dormir até o outro dia.

— Hum, olha só quem apareceu depois de passar a noite toda fora, est... Méli, o que aconteceu? — Federico parou a piada no meio quando viu a minha cara.

— Méli, você tá bem? — Violeta se levantou e se aproximou de mim, e, novamente, como fiz com a minha mãe, abracei Violeta e caí no choro.

— Você tá me assustando, nena! O que aconteceu? — Federico perguntou depois que Violeta me conduziu até o sofá.

Pelo menos, para eles, foi mais fácil contar o que acontecera, já que sabiam da maior parte da história.

— E a culpa é toda minha, eu deveria ter contado para ela na hora que eu descobri que ela era a Tita — concluí.

— Você fez o que achou certo — Violeta defendeu, apoiando a mão sobre o meu ombro. — E eu não acho que Julieta esteja zangada por você ter mentido sobre os e-mails, mas sim por ter usado ela para subir de cargo... o que ela logo vai perceber que você não fez. Não seja tão dura com você mesma.

— Ainda assim, eu menti para ela.

— Deixa de ser *boluda*, nena — disse Federico. — Tudo que você fez foi pensando no bem-estar dela.

— Eu sei que Julieta tá magoada — explicou Violeta. — E você se culpa por isso, mas as suas decisões foram pensando nela.

— Às vezes a vida dá mesmo uma rasteira — Federico continuou. — A gente planeja de uma forma, mas as coisas saem de outra.

— Fêde tem razão, Méli. Tudo que resta a fazer quando isso acontece é pedir desculpas e tentar resolver. Não tem como mudar o que tá feito.

— Nena, eu tenho certeza de que, assim que ela perceber que você não tava se aproveitando da situação, ela vai ver que você fez o que podia, com o tempo e as informações que tinha.

— É, Méli, você tá aí se penalizando como se tivesse cometido uma falsidade ideológica ou coisa assim — Violeta disse. — Se você tivesse deliberadamente usado as informações do e-mail para conseguir alguma coisa, aí era outra história. Mas vocês nem continuaram conversando depois que você descobriu a verdade.

— Ela vai te perdoar, nena, eu tenho certeza. — Federico, que estava sentado ao meu lado no sofá, me puxou para um meio abraço e plantou um beijo no topo da minha cabeça. — Como alguém pode resistir a esses olhos redondinhos?

— O Fêde tem razão, Méli — concordou Violeta com um sorriso. — É muito difícil ficar zangada com você com essa carinha inocente.

Soltei uma risada. E me ocorreu um pensamento de que os dois dariam ótimos pais um dia.

Nós três ainda estávamos na sala quando a campainha tocou e Violeta se levantou para atender. Era Lucho, Martín e uma menina, que parecia ter uns sete ou oito anos.

— Oi — Violeta cumprimentou os amigos. — Entra, entra!

— E aí!

Federico e eu nos levantamos para cumprimentá-los.

Os três entraram e se sentaram nas duas poltronas, a menina se sentou no colo de Martín. Ficamos esperando pela explicação de quem era a criança.

— Bom, viemos apresentar uma pessoa para vocês — Martín anunciou com um sorriso contagiante. — Esta é a Flor.

Todos olhamos para Flor, uma menina de cabelos castanhos cacheados, olhos escuros e brilhantes, e bochechas coradas. Ela lembrava muito Lucho.

— Ela vai passar um tempo com a gente — Martín continuou.

Violeta, Federico e eu apenas sorrimos com a notícia e esperamos por mais esclarecimentos.

— Nós conhecemos a Flor há três meses em um lar, e nos apaixonamos — Lucho explicou. — Aí perguntamos se ela gostaria de ter dois pais. Ainda não é nada oficial; ela vai ficar com a gente alguns meses e, depois disso, vai decidir se quer continuar conosco ou não.

— Eu já disse que quero — avisou a menina, falando pela primeira vez desde que chegaram e nos encantando com sua fala meiga e bem articulada.

— Eu sei, meu anjo — Martín respondeu. — Temos que esperar esse tempo para poder formalizar. Mas o papel não significa nada, você já é da família.

Fui a primeira a levantar e estender a mão para a criança.

— Prazer, Flor. Que nome mais lindo você tem — disse, e a menina me lançou um sorriso com janelinha. — Eu sou a Amélia! Sempre que você quiser comida, pode pedir para mim, porque esses dois aí não sabem cozinhar nada. — Dei uma piscada para a menina, que começou a rir.

— Eles falaram que você sabe fazer hambúrguer e batata frita!

— Ô se sei, vou fazer o melhor hambúrguer com batata frita da sua vida.

— Oi, princesa, eu sou a Violeta! — falou, agachando-se em frente à menina.

— Você é a que trabalha na TV? — a menina perguntou, animada. Estava claro que Martín e Lucho já haviam falado de nós.

— Sou! — respondeu com um sorriso.

— E você conhece a Lali Espósito?

— Flor adora *Casi Ángeles* — explicou Lucho.

— Não. — Violeta riu. — Eu trabalho no canal de notícias.

— Que pena!

— Eu também acho — concordei.

— Oi, Florzita. Eu sou o Federico!

— Ah, você é o que também torce para o River Plate, né? É o melhor time do mundo — afirmou, sorrindo.

— Quê? — perguntou com uma cara de horror e nojo ao mesmo tempo.

Flor, Lucho e Martín começaram a rir.

— Viu, eu falei que ele ia fazer uma careta engraçada — Lucho disse, fazendo um *high five* com a menina.

— Fez mesmo — concordou Flor, rindo ainda mais.

— Ah, sua minitrapaceira! Vocês três se merecem mesmo — falou, dando uma piscada para Lucho e Martín.

Não pude deixar de notar o brilho nos olhos deles com aquelas palavras.

— Espera — eu disse. — Três meses? Então no churrasco vocês já conheciam a Flor?

— Já — respondeu Martín. — Mas não queríamos agourar as coisas, contando essa parte antes da hora.

— Acho que isso merece uma comemoração — Federico disse, animado, e todos reagimos.

Fiquei aliviada. Pelo menos uma notícia boa para animar o meu dia. Estava feliz pelos três, e a alegria deles era tão contagiante que me senti mais esperançosa de que, talvez, tudo fosse dar certo para mim também.

CAPÍTULO 27

Apesar da discussão que tivemos, eu ainda mantinha a esperança. Sabia que Julieta provavelmente precisaria de um tempo para juntar, sozinha, as peças e perceber que era absurdo pensar que eu havia tramado aquilo. E eu estava confiante de que, assim que ela percebesse, finalmente poderíamos conversar.

Na segunda-feira à tarde, enquanto fazia palavras cruzadas no sofá (ou *tentava*, já que não havia conseguido preencher nem um único quadradinho), ouvi o meu celular apitar em cima da mesa.

Era uma mensagem de texto.

Dei um salto do sofá para pegar o aparelho, tropecei no tapete e caí sentada em uma cadeira.

Assim que abri o flip, vi a notificação e senti meu coração acelerar no peito.

1 mensagem de Julieta

Encarei aquelas palavras por tanto tempo que, com certeza, em algum lugar, algum efemeróptero nasceu, viveu e morreu antes de eu clicar em "Ler".

Prolongar a dúvida era mesmo prolongar a esperança.

Mas, assim como Jane Eyre, que, apesar do medo, voltou a Thornfield atrás de Rochester, eu finalmente cliquei na mensagem.

> Por favor, esteja amanhã no La Concorde às 13h30 para assinar a sua rescisão.

Aos poucos, as letras e a mensagem foram se borrando à medida que meus olhos se enchiam de lágrimas.
Não. Não. *Não.*
Não estava nem aí para o emprego, pelo menos não mais. Mas a frieza e as poucas palavras de Julieta foram como agulhas de gelo atravessando o meu corpo.
Por que essa mulher tinha que ser tão teimosa?!
Me arrastei até o quarto, me deitei na cama e enterrei a cabeça no travesseiro. Senti a fronha encharcando com as lágrimas que escorriam compulsivamente.
Será que toda história de amor com uma Julieta está fadada a terminar em tragédia?
Dizem que *Macbeth* é a peça amaldiçoada de Shakespeare, mas talvez seja *Romeu e Julieta*.
Espera!
Dei um pulo na cama.
Eu teria que ir ao restaurante!
No restaurante em que ela trabalhava.
— Amanhã ela vai ter que me ouvir!

* * *

É possível se sentir mais nervosa na demissão do que na contratação?
Claro que na contratação eu estava preocupada apenas com o meu emprego, agora o que me preocupava era o meu coração... e o de Julieta.

Uma sensação ruim de déjà-vu tomou conta de mim ao parar em frente à grande porta vermelha do La Concorde. A entrada destinada a todos os não funcionários.

Respirei fundo e entrei.

— Amélia — chamou Ignácio com um sorriso de pena.

— Boa tarde!

— E aí, Nacho.

Ele continuava me encarando com piedade, coisa que estava começando a me incomodar.

O que ele estava esperando, afinal?

Não conseguia ficar parada, então alternava o peso entre uma perna e outra. Finalmente, ele fez um gesto com a mão para eu o seguir.

— Bom, se você puder me acompanhar, vou te levar até a sala da Julieta.

— Hum, está bem... — eu disse reticente, sem saber como responder a tanta formalidade.

Uma sensação estranha se alastrava do peito até o fundo do meu estômago. Caminhávamos a passos lentos e, embora Ignácio estivesse me acompanhando, me sentia sozinha naquele momento.

Assim que chegamos em frente à porta de Julieta, Ignácio deu três batidas.

— Está aberta.

Ignácio lançou um olhar para mim antes de abrir a porta. Exatamente igual ao dia da entrevista, Julieta estava sentada à mesa em frente a janela, com a mesma expressão — ou a falta dela — estampando o rosto.

— Amélia — ela disse, fria.

— Você precisa de mais alguma coisa, chef? — Ignácio perguntou.

— Não, pode ir, Nacho.

— Com licença — pediu o gerente antes de sair.

De repente, estávamos sozinhas na sala.
— Sente-se, por favor — convidou formalmente.
Franzi a sobrancelha.
Era isso, então?
Julieta iria fingir que aquilo era apenas uma demissão? Como se não tivéssemos nos beijado naquela mesma sala? Naquela mesma mesa!
— Juli, a gente precisa conversar — falei, me aproximando da mesa dela.
— É o que vamos fazer; conversar sobre a sua rescisão. Sente-se.
Respirei fundo, tentando manter a calma, mas ela conseguia me irritar com muita facilidade quando estava nesse modo megera.
Me sentei na cadeira em frente a ela. Eu sabia que Julieta conseguia ser dolorosamente indiferente, mas aquilo não era nada mais do que uma fachada. Por trás daquela superfície dura e fria estava a Julieta doce e gentil por quem eu me apaixonei.
— Juli, se você acha que vai conseguir me afugentar ou me impedir de tentar me explicar só porque tá com essa sua armadura de gelo, talvez você não me conheça.
Notei ela apertando o maxilar e soube que era uma brecha na fachada impenetrável. Então, aproveitei o silêncio:
— Eu já disse que não me importo com o emprego, Juli! Inclusive, se quiser me dar logo esse papel, eu assino agora.
— Puxei o contrato de rescisão da mão dela. — Eu não me importo com a vaga de *sous chef*, nem com as estrelas, nem com o restaurante. Eu só me importo com você!
Peguei a primeira caneta que vi e assinei sem nem ao menos ler o que estava escrito.
— Aqui — disse, entregando o papel assinado para ela.
— Podemos conversar agora?

Vi sua expressão a trair, e seus olhos não pareciam mais gelados, pareciam apenas confusos.

— O que você quer, Amélia? — perguntou de maneira bem menos austera do que provavelmente pretendia.

— Quero que você me escute!

Julieta apenas sustentou meu olhar e tomei aquilo como um convite para continuar:

— Juli, me desculpa não ter falado antes que eu era a Mia. Eu sei que tomei todas as decisões erradas, mas eu nunca quis mentir para você!

A expressão de Julieta sofreu mais uma alteração, dessa vez uma ruga se formou na sua testa e suas bochechas coraram.

— Você me deixou plantada te esperando naquela livraria — ela relembrou, soando mais magoada do que brava.

— Eu tinha total intenção de ir naquele dia. Só por isso eu te convenci de que também deveria ir. Mas quando você disse que nunca mais iria se envolver com uma colega de trabalho, não sei, eu gelei, não soube o que fazer! Eu achei que era errado gostar de você.

— E eu deveria ter mantido a minha palavra! — A sua voz começava a falhar.

A estudei por um momento, podia ver que ela estava se esforçando para manter a fachada inexpressiva e distante.

— Eu já nem sei mais do que você tá me acusando, Juli — disse, começando a me sentir irritada com a teimosia dela. — Olha pra mim, você acha mesmo que eu teria te usado por qualquer cargo que fosse?

Notei os olhos de Julieta marejados, sua armadura de gelo derretendo aos poucos. Continuei:

— Eu tentei muito, muito mesmo, Juli, não me envolver com você. Primeiro porque, sim, eu estava preocupada com o emprego e não queria perdê-lo, afinal, esperei bastante por uma vaga assim. Mas depois foi só porque eu achei que era o que *você* queria! Eu não te falei que era a Mia porque não queria que você se sentisse estranha perto de mim ou achasse que me devia qualquer coisa por causa dos e-mails. Eu sinto muito ter tomado as decisões erradas, mas tudo que eu fiz foi pensando que era o melhor pra você.

— Mentir ou omitir, não importa o nome que você dê, não importa o motivo que você tenha tido. Eu sempre iria preferir a verdade. Isso se chama confiança! E eu não costumo confiar facilmente, Amélia. Mas eu confiei em você, te contei coisas que nunca contei para ninguém — Julieta rebateu com a voz embargada. — E você jogou essa confiança no lixo.

As lágrimas começaram a escorrer pelos seus olhos e senti meu coração apertando, com a irritação dando lugar a outro sentimento. Desviei os olhos por que vê-la chorar estava fazendo um nó se formar na minha garganta também. De repente, meus olhos pousaram sobre a mesa dela.

Ali estava de novo, a cópia de *Jane Eyre* com o famigerado bilhete que deu início a tudo.

— Eu sei que sou um ímã de confusão, Juli, e que com qualquer outra pessoa essa história do bilhete teria sido romântica em vez de caótica — disse, voltando o olhar para ela. — E me desculpa ter traído a sua confiança. Talvez eu não mereça mesmo alguém como você... mas eu me apaixonei!

O vinco na testa dela sumiu e deu lugar a uma expressão de surpresa.

— Eu me apaixonei por você! — repeti.

Julieta fechou os olhos, respirou fundo, limpou a garganta e voltou a falar:

— Eu, é... Você já assinou tudo, hum, eu tenho muitas coisas para fazer.

Meu coração que, assim como o fusca do Federico, ainda se mantinha inteiro a remendos, terminou de se partir.

— Juli...

— Você está dispensada — disse com a voz mais firme do que antes.

A encarei por mais um momento, Julieta se recusava a me olhar nos olhos.

— Por que você tem que ser tão teimosa? — perguntei, finalmente demostrando a minha irritação.

Ela me encarou mais séria dessa vez, mas não disse nada.

Que diabo de mulher mais brava que eu fui me apaixonar, credo!

— Está bem — falei, me esforçando para não deixar as lágrimas caírem e me humilhar ainda mais na frente dela.

Me levantei e assim que saí pela porta pude ouvir alguma coisa se quebrando no escritório.

Estava oficialmente desempregada.

Desempregada e com o coração partido.

CAPÍTULO 28

03/07/2007
De: a_gonz@earthsent.com
Para: la_tita@tierra.com
Assunto: Abra este e-mail! (por favor)

Querida Juli,
Confesso que estou há um tempo vergonhosamente longo encarando a tela do computador, pensando em como começar este e-mail.
Então acho que vou começar pelo começo:
Eu sinto muito!
Sinto muito, muito mesmo ter te magoado e ter feito você sentir qualquer coisa que não amor!
Sei que você está magoada, mas não duvide disso. Porque a verdade é que eu me apaixonei por você! (Mesmo você sendo tão teimosa.)
Me apaixonei a cada troca de e-mail. A cada noite que fiquei no restaurante depois do expediente só para ficar mais um pouco com você. A cada segredo trocado on-line e depois a cada segredo trocado pessoalmente. E a cada vez que cozinhamos juntas ou saímos pela cidade. E a cada indicação de filme ou livro. E a cada segundo que passei

com você... on-line e pessoalmente.
Eu me apaixonei *duas vezes*!
Por duas mulheres, que eram, na verdade, a mesma mulher.
E a parte mais louca disso tudo é que eu nem teria convidado a Tita para sair tão cedo (porque tinha medo de estragar tudo pessoalmente como sempre faço... e, alerta de spoiler, foi o que eu fiz) se eu não estivesse desesperada tentando tirar a Julieta da cabeça!
E como este é um diário compartilhado, eu vou te contar outra coisa louca. Eu não teria escrito aquele bilhete se, no dia da entrevista no La Concorde, eu não tivesse saído tão sem esperança, achando que tinha estragado tudo por ter falado demais, e ido beber no Pancho.
Percebe, Juli?
Você é o centro de tudo!
Como eu poderia não acreditar no destino? Como eu poderia não acreditar que ele me mandou você duas vezes?
E como eu poderia desistir de você depois de tudo? Depois de me apaixonar repetidas vezes por você!

Com amor,
Méli

P.S.: no primeiro e-mail, você citou *Jane Eyre*, não quero discordar da minha personagem preferida, mas talvez não seja entre escolher a alegria ou a dignidade, afinal, o que pode ser mais digno que a alegria? E para citar ela de novo: "A vida é curta demais para ser gasta com animosidades, só pensando nos acontecimentos ruins".

✶ ✶ ✶

Quase uma semana se passou antes que eu conseguisse decidir o que fazer da minha vida.

Era segunda de manhã e eu estava sentada à mesa do café, sentindo meus pés e mãos gelados. A calefação sozinha não estava dando conta, então uma manta sobre meus ombros e uma xícara de café fumegante ajudavam a me manter aquecida.

— Bom dia, nena. — Federico se sentou ao meu lado.

— Bom dia, nene.

Ele se serviu de café, e ficamos alguns minutos em um silêncio confortável.

— Fêde, como anda o seu projeto? — perguntei, antes de tomar um gole de café.

— Ainda estou atrás de um investidor, mas tô otimista. Acho que já encontrei o local perfeito — contou, comendo uma *medialuna*. — Mostrei o plano de negócios para Viole e ela também gostou e acha que tem potencial.

— É claro que tem — confirmei. — E você já tem o conceito da cozinha? Você sempre falou que queria que fosse um bar-barra-bistrô com comida de qualidade, mas você já sabe que tipo de comida quer servir?

— Ainda não. Tem aquela ideia do menu degustação que eu te mostrei, mas cozinha não é meu forte — disse e se virou para mim, como se tivesse uma ideia. — Talvez você possa me ajudar com isso.

— Eu tava pensando a mesma coisa.

— É sério? — Ele se animou.

— É.

— Você desistiria de procurar um restaurante estrelado para começar em uma cozinha do zero? — perguntou, sabendo que o meu sonho sempre fora a alta gastronomia.

— Sim. — Dei mais um gole no meu café antes de continuar: — Embora eu tenha ficado pouco tempo no La

Concorde, e que, em boa parte desse tempo o restaurante estivesse sofrendo ataques, percebi que por trás das estrelas, aquele é um restaurante como qualquer outro. O glamour e o prestígio, na verdade, só colocam uma carga extra sobre o trabalho. Olha a Julieta, por exemplo, tem tudo que eu achei que quisesse e não parecia feliz. Tava sempre tendo que lidar com as notícias, com a pressão de manter as estrelas, com a cobrança de conseguir mais uma e daí por diante. E quando tava na cozinha, era sempre um pandemônio. — Fiz uma pausa. — Sei lá, acho que a alta gastronomia não tá restrita a um ambiente glamouroso e nem a um cardápio caro. Ela nada mais é do que a boa comida feita com bons ingredientes.

Federico balançou a cabeça e continuei:

— Esses dias falei para Julieta que sentia falta da energia que tinha na cozinha do hotel da minha família. Daquela sensação de saber que não é só uma equipe, ou uma brigada, mas que é uma família também. Então, sim, nene, eu prefiro trabalhar com você em um bistrô a trabalhar em um restaurante estrelado com metade dos cozinheiros querendo passar a perna uns nos outros. Porque, no fim, eu só quero cozinhar comida boa e saber que meu prato fez alguém feliz, independentemente das estrelas.

— Você vai me fazer chorar assim, Méli — ele ironizou, mas sorria. — Bom, o emprego é seu então!

— Eu não quero o emprego.

— Quê? E esse discurso piegas aí foi por quê, então?

— Eu quero sociedade!

— Você tá falando sério?

— Tô! Eu tenho o dinheiro da reserva de segurança que juntei antes de vir para Buenos Aires, mas como, desde que cheguei, sempre estive trabalhando, nunca precisei usar. Talvez seja a hora de investir em algo em que eu acredito.

Federico saltou da cadeira, me pegou no colo e começou a girar.

— Essa é a solução perfeita, Méli!

— Me coloca no chão, Federico — exigi. Mas a alegria dele me contagiou e não pude evitar um sorriso, o primeiro nos últimos dias.

A verdade é que escolheria mil vezes começar algo do zero com ele a cruzar com outro Francesco, Guillermo ou Maximiliano em uma cozinha estrelada.

Federico me soltou e voltei a me sentar.

— Mas calma, Fêde, não é tanto dinheiro assim. Talvez ainda vamos precisar de mais um sócio ou investidor.

— Tudo bem, podemos começar a procurar. Além do mais, você entrando com trabalho é até mais importante do que com capital.

Esbocei um sorriso.

— Tá na hora de eu dar um rumo na minha vida — disse com propósito. — Chega de ficar nesse sofá choramingando

— Isso também vale pra Julieta? Você vai atrás dela?

— Não sei ainda — falei, sentindo o meu sorriso morrer de repente. — Eu mandei um e-mail e ela não me respondeu mais.

— Olha, nena, eu e a Viole falamos sobre isso ontem e estamos nos sentindo culpados. Por, você sabe, ter te convencido a mentir para a Julietita.

— A culpa não é de vocês, Fêde.

— Eu sei, mas tipo, eu não vou me perdoar se você não conseguir reverter isso...

— Então você quer que *eu* vá atrás dela para *você* se sentir melhor? — perguntei, rindo.

— É — ele respondeu no mesmo tom.

Nós dois rimos, mas ainda sentia o coração pesado com essa história.

— Eu tô brincando — ele disse. — Mas você precisa de uma resposta, Méli. Nem que seja para ter certeza que a Julieta não tem mesmo um coração e nunca vai te perdoar.

— Ela *tem* um coração...

— Então vai atrás dela para tirar essa história a limpo de uma vez por todas, porque a Julietita parece bem cabeça-dura e sabe-se lá quanto tempo ela vai levar para responder o e-mail.

— Acho que você tem razão.

— Eu sempre tenho razão.

— Você acabou de admitir que a culpa disso tudo é sua.

— Hum, eu *quase* sempre tenho razão.

Federico podia ter todos os defeitos do mundo, mas eu estava mais do que agradecida de tê-lo como amigo, porque ele sempre conseguia elevar o meu ânimo e me dar uma dose extra de esperança.

— Tá, eu vou falar com ela mais uma vez — anunciei, convicta.

— Essa é a minha garota!

Eu estava confiante.

De verdade.

Mas sentia as mãos trêmulas, a cabeça rodando e um embrulho permanente no estômago.

Talvez fosse medo, talvez fosse amor.

Provavelmente eram os dois.

— Acho que vou vomitar.

— Vai nada! Se quiser, pode pegar a minha jabiraca para ir atrás dela.

— Não chama o seu fusquinha assim, nene.

***

Puxei o freio de mão assim que estacionei próximo ao Parque Las Heras por volta das sete da noite. Havia esperado entardecer, porque sabia que teria mais chances de encontrar Julieta em casa, já que segunda-feira era o dia de folga no restaurante.

Respirei fundo, tomei coragem e saí do carro.

Caminhei por dentro do parque e não demorei a avistar o prédio dela. Só de pensar que teria que encará-la em poucos minutos, senti meus joelhos bambearem mais uma vez.

E se ela nunca me perdoasse? E se ela já tivesse partido para outra? E se ela tivesse se mudado para o Alasca? E se ela falasse que nunca nem havia gostado de mim?

Me sentei em um dos bancos da praça, respirei fundo, tentando controlar a minha ansiedade.

CAPÍTULO 29

— E foi assim que eu cheguei até aqui, Madeleine — Amélia diz para a gata aninhada ao seu lado. — Eu disse que tinha sido uma covarde.

O animal solta um miado longo.

— Tá bem! Concordamos que eu não iria ser tão dura comigo. Mas agora você entende por que eu tô tão nervosa?

Madeleine não responde, e Amélia, que ainda fazia cafuné na cabeça felina, tira a mão para poder verificar as horas. Madeleine protesta. Quase oito horas.

Enquanto Amélia encara o relógio, pontos brancos começam a se acumular na manga do sobretudo azul. Ela olha para o céu e os flocos de neve continuam caindo, agora na sua bochecha, cabelo, ombros, olhos...

— Mas que diabos!? — exclama e vapor condensado sai de sua boca e nariz. — Tá nevando?

Amélia abre as mãos e a neve começa a se amontoar nas palmas.

Madeleine protesta ao sentir os cristais de gelo caindo sobre os seus pelos e se aninha, ainda mais, em Amélia.

— Madeleine, acho melhor sair daqui — diz, dando um tapinha no dorso da gata para ela se levantar.

A felina pula do banco e encara Amélia por alguns segundos antes de soltar um miado enérgico.

— Você tá certa — fala, pensativa. — Se eu não for agora, vou acabar congelando aqui. Solteira e congelada. Não parece um bom fim, não é?

Madeleine mia de novo.

É claramente o dia mais frio do ano e o parque está vazio, porque ninguém em sã consciência teria coragem de ficar sentado ali, ao relento, com o termômetro marcando apenas um grau e neve caindo.

Mas, com a neve, as chances de o parque e as ruas provavelmente se encherem de pessoas querendo ver esse fenômeno incomum eram altas.

— É isso, então — Amélia anuncia, levantando-se decidida. Dá uma batidinha nos ombros para tirar a neve acumulada e encara a gata. — Você vem, Madeleine?

O animal caminha e se enrosca na perna de Amélia, antes de soltar um miado carinhoso, parecendo pronta para segui-la aonde for. Amélia respira fundo, o ar congelado preenchendo seus pulmões.

* * *

Ding-dong.

Amélia tenta esfregar as mãos uma na outra para, ao mesmo tempo, gerar calor e diminuir a ansiedade. Madeleine se senta ao seu lado.

Amélia se pergunta se deveria ter avisado que estava indo, mas agora é tarde, a fechadura da porta começa a girar. Ela sente que está prestes a desmaiar, embora não saiba dizer se é de nervoso ou de frio.

— Amélia? — Julieta pergunta, surpresa. Madeleine não perde tempo e entra no apartamento, que está mais quente.

— Co... como você subiu aqui?

— O porteiro me deixou entrar, eu disse que era importante.

Amélia sabe que deve estar com as bochechas rosadas do vento, mal consegue sentir o rosto, apenas o queixo batendo e as pernas tremendo; e bolinhas pretas começam a embaralhar a sua visão.

Definitivamente, não está vestida para esse frio.

— Méli! Meu Deus, você tá parecendo um picolé. Entra logo!

Julieta pega Amélia pelo pulso e a puxa para dentro. A calefação e a adrenalina começam a aquecê-la imediatamente.

— O que aconteceu com você? Tá gelada — pergunta, sentindo o pulso e as mãos dela.

— Isso não importa — Amélia responde, gesticulando como se não fosse nada. Está se sentindo agitada e precisa falar logo o que sente antes que perca a coragem. — Juli, eu sei que disse no e-mail que esperaria até que você quisesse conversar...

— Eu ia resp...

— ... mas já faz uma semana e você não respondeu e comecei a achar que nem iria responder mesmo, então decidi vir pessoalmente.

— Amélia...

— Me desculpa se tô invadindo o seu espaço, mas tem tanta coisa que eu preciso te falar...

— Se acal...

— ... e, se eu não falar, acho que vou morrer...

Quando Amélia se dá conta, os lábios de Julieta estão colados aos seus. É um beijo pouco delicado e bastante desajeitado, que acaba antes que ela possa ter qualquer reação; mas Julieta mantém as mãos nas bochechas de Amélia.

— Achei que você não fosse mais calar a boca!

Tudo que Amélia consegue fazer é encará-la com surpresa.

— Meu Deus, você tá muito gelada — continua Julieta, com as mãos no rosto de Amélia.
— Tá nevando — responde, ainda catatônica.
— O quê? — pergunta enquanto esfrega as mãos nos braços de Amélia para gerar calor. — Não neva em Buenos Aires.
— Mas tá nevando.
Amélia começa a se sentir mais quente. Talvez seja a calefação, talvez seja Julieta.
Julieta a encara com um vinco na testa antes de caminhar até a sacada.
— Tá nevando — anuncia.
— Foi o que eu disse.
— Mas não neva em Buenos Aires — repete Julieta.
— Você me beijou — Amélia fala como se só agora tivesse assimilado a informação.
— Beijei — confirma, casualmente, voltando para próximo dela. — Você quer se sentar?
Amélia está confusa, ela foi para se desculpar, mas Julieta a beijou.
O que isso significa?
Quando percebe que Amélia ainda está sem reação, Julieta a puxa pela mão até o sofá, para se sentar.
— Aceita um chá? Para se aquecer? — Julieta pergunta.
— Hum, não, obrigada — diz e começa a balançar uma das pernas ansiosamente.
— Você tá mais calma?
— Uhum — mente.
— Tem um gato na minha sala — Julieta constata ao notar Madeleine deitada no tapete em frente ao radiador da calefação.
— Hum, essa é a Madeleine — Amélia explica. — Eu tava conversando com ela lá embaixo antes de vir aqui.
— Conversando?

— Bem, eu tava contando a nossa história e ela tava escutando.

— É mesmo? — pergunta, soltando uma risada, que aquece todo o corpo de Amélia.

— Tava muito frio no parque, e não sei se ela tá perdida ou foi abandonada ou sei lá, mas achei melhor trazer ela junto.

Julieta esboça um sorriso caloroso e se levanta.

— É seu dia de sorte, Madeleine, porque eu comprei atum enlatado hoje!

Julieta despeja água em uma vasilha, e o atum em outra antes de colocar na frente da gata. Amélia e Julieta observam enquanto Madeleine ataca os dois potes. O silêncio perdura alguns segundos.

— Eu tinha a intenção de responder o e-mail — Julieta diz com gentileza depois de um momento. — Só precisava terminar de reorganizar a minha vida e resolver umas coisas antes, mas já que você tá aqui...

— Que coisas?

— Eu...

— Não, não, espera, Julieta — Amélia fala, como se voltando de um transe e lembrando porque estava ali. — Me deixa terminar o que eu queria te falar primeiro!

Julieta só balança a cabeça, mas tem uma cara engraçada.

— Antes de mais nada, eu preciso que você entenda que não ligo a mínima para a vaga de *sous chef*.

— Amélia, eu sei...

— Por favor, Julieta, me deixa continuar!

— Tá bem, desculpa.

— Eu não me importo com o emprego, com o restaurante e nem com as estrelas ou o glamour. Eu só me importo, de verdade, com você! E se o fato de você ser minha chefe era um empecilho, bem, estou feliz que agora não é mais.

— Terminou?

— Humm. — Amélia não sabe como responder. Foi para se explicar, tinha o discurso pronto, mas agora não parece mais tão necessário. — Talvez.

— Eu sei de tudo isso, Méli — diz com um sorriso. — Sou eu que te devo um pedido de desculpa.

— É o quê?

Julieta continua com a expressão serena:

— Eu também te devo desculpas — repete. — Por ter demorado tanto para aceitar a verdade.

— Juli, tá tudo bem...

— Não, Méli, eu sei que te tratei muito mal no dia da rescisão. E, no dia em que descobri que você era a Mia, eu te acusei injustamente de estar me usando.

— Você tinha razão de ficar zangada!

— Me deixa explicar, pelo menos — pede, colocando a mão sobre a de Amélia.

A ex-*garde manger* apenas assente com a cabeça, seus olhos focados na mão de Julieta sobre a sua.

— Você sabe que aconteceu muita coisa comigo nos últimos tempos e que isso me deixou cética, descrente e com raiva — começa Julieta. — Eu não queria ser passada pra trás mais uma vez, e não podia continuar cometendo os mesmos erros. Senti muita raiva naquele dia. Eu tava confusa e a revelação veio como um golpe de que o que tínhamos era mesmo bom demais para ser verdade.

— Desculpa...

— Tá tudo bem, Méli. Sei que era uma situação estranha, eu mesma não sei o que teria feito se tivesse descoberto antes que você era a Mia — diz, tranquilizando Amélia e acariciando a mão sob a sua. — Isso também me deixou frustrada, eu me senti muito estúpida por não ter percebido. Até porque, assim como você, eu também estava dividida... E me sentia muito contrariada por estar. A Mia era engraçada, inteligente, sensível, tudo que eu poderia querer, mas, quando estava com você, sentia que não tinha controle dos meus atos. Quando dava por mim, já estava me oferecendo pra te levar em casa, te convidando pra sair ou te contando coisas que sempre guardei a sete chaves. Eu também coloquei as minhas esperanças na Mia, era o único jeito de ficar longe de você.

— Se você quer saber, eu fiquei morrendo de ciúmes no dia que você me contou do encontro — diz Amélia, começando a se sentir mais à vontade.

— Amélia, o encontro era com você mesma!

— Mas você não sabia disso!

Julieta solta uma risada.

— E se *você* quer saber, eu pedi seu conselho naquele dia porque estava tentando muito, muito, muito *mesmo* não pensar em você. Eu sabia que não devia, mas, meu Deus, eu estava muito apaixonada, Amélia! E achei que, sei lá, falando de outra pessoa para você iria ajudar a, não sei, te ver apenas como amiga, mas...

— *Estava*? — Amélia a interrompe.

Julieta esboça um sorriso e encara Amélia nos olhos.

— Você é mesmo um ímã de confusão e a pessoa mais encrenqueira que já conheci — diz Julieta, e Amélia sente seu coração derreter com o calor desse olhar. A armadura de gelo deu lugar a Julieta carinhosa e gentil novamente. — Mas eu ainda tô apaixonada.

Julieta encurta a distância entre elas e beija Amélia, dessa vez não é desajeitado. Amélia sente o sabor doce dos lábios de Julieta e o calor desse gesto termina de eliminar qualquer dúvida ou medo remanescente. Seu coração se enche de alegria e de certeza de que, agora sim, é apenas o começo.

— Você me deixa doida com essa carinha inocente que de inocente não tem nada — Julieta diz, antes de dar mais um beijo rápido nos lábios de Amélia.

— Desculpa ser tão encrenqueira — fala Amélia, corando, mas com um sorriso que mal cabe no rosto.

— Tudo bem, você é uma encrenqueira muito fofinha e bem útil de se ter por perto. — Julieta pega a mão de Amélia e planta um beijo nos dedos dela. — Ah, por falar nisso, se você quiser a sua vaga de volta, eu falo com o meu pai.

— Não, eu até já tenho um outro emprego. Outro projeto, melhor dizendo. O Federico tá abrindo um bar e me ofereceu a cozinha. Na verdade, eu me ofereci como sócia, mas acho que isso não vem ao caso... Espera, você disse seu *pai*?

Julieta balança a cabeça e levanta os ombros.

— Eu devolvi a direção do La Concorde pra ele.

— O quê? Por quê? — Amélia dá um pulo do sofá. — Estava tudo resolvido lá. Não tinha mais nenhum *sous chef* mau-caráter, *saucier* patife e preconceituoso, ou *garde manger* mandadora de e-mails para te atrapalhar.

Julieta solta uma risada com o último comentário.

— Eu percebi que o La Concorde era o sonho do meu pai. O salão enorme, as estrelas, o glamour, a cozinha clássica. Eu sempre achei que eu queria o que ele tinha, mas nunca havia percebido que, na verdade, eu queria era a felicidade e o senso de realização que ele sentia com aquilo.

— Julieta, isso não faz o menor sentido. O que você quer dizer? — Amélia volta a se sentir impaciente.

— Quero me sentir tão satisfeita quanto ele. Quero poder ter um restaurante com um cardápio que eu possa criar e inventar, mas sem estar presa ao clássico. Quero um ambiente aconchegante, casual e intimista, aonde as pessoas possam ir para comer comida de qualidade depois do trabalho sem precisar reservar com dois meses de antecedência. Quero um lugar que tenha a minha cara!

— Mas, Juli...

Amélia tenta falar, mas Julieta a puxa pela mão para se sentar novamente. Amélia entende o recado e apenas a encara, esperando o resto.

— Não quero ter que fazer a manutenção dos sonhos dos outros, Méli, mesmo esse outro sendo o meu pai. Eu amo o La Concorde, você sabe, mas o meu sonho não é extravagante como o do meu pai; não quero estar no hall da fama. Quero apenas poder cozinhar alta gastronomia sem tanto holofote na minha cabeça. Mas, principalmente, quero um lugar em que eu possa dedicar mais tempo à cozinha e menos à burocracia.

Amélia fica sem saber o que responder, Julieta já havia falado, mais de uma vez, que, se pudesse escolher, teria um bistrô, mas Amélia nunca achou que ela abriria mão de um restaurante como o La Concorde para isso.

— Hum, curioso... — pondera Amélia. — Você já tem esse projeto?

— Ainda não, comecei a pensar nisso agora. Também não tenho tanto dinheiro assim, então preciso achar um investidor primeiro. Estou cansada de drama, preciso de um pouco de paz na minha vida. E de férias! E talvez de uma namorada.

Amélia apenas ergue as sobrancelhas.

— Definitivamente de uma namorada! — completa Julieta.

Ela puxa Amélia pela lapela do casaco e a beija mais uma vez.

Um beijo com promessa de futuro.

EPÍLOGO

— Truco! — Julieta exclama, animada.
Amélia olha para ela de soslaio, tentando disfarçar sua preocupação.
— Seis! — pede Federico.
— Manda! — Julieta aceita.
Amélia se ajeita na cadeira do outro lado da mesa. Madeleine, que estava deitada em seu colo, pula e se aconchega no sofá entre duas almofadas.
— O que foi, Méli? Tem formiga na sua cadeira? — provoca Federico.
— Cuida da sua mão, Fêde. Eu confio na minha parceira.
— Manda uma piscadinha para Julieta e esconde sua carta na pilha. — É com você, linda.
— E com você, Fêfe. — Violeta também esconde a dela.
— É você, Julietita — instrui Federico.
Julieta joga um três de espada toda satisfeita.
Amélia engole em seco.
Federico abre um sorriso largo.
— Ai, ai, nena — Federico diz, olhando para Amélia. — Eu estou adorando essa nova era vitoriosa, não vou negar.
— Ele joga a manilha de copas em cima da carta de Julieta.

— Esse é meu garoto! — Violeta se levanta e dá um beijo em Federico antes de caminhar até a cozinha do apartamento setenta e oito, pegando mais cerveja para todos.

— Desculpa, amor — Julieta lamenta com uma carinha de culpa.

Amélia também se levanta e se senta no colo de Julieta e enche ela de beijos pelo rosto e boca.

— Não dá bola para o Federico, linda — fala, ainda sentada no colo da namorada. — Ele é assim azedo porque tem uma dívida vitalícia de vinhos comigo.

— Dívida essa que vai diminuir rapidinho, pelo que vejo — provoca de novo Federico.

— Não se empolga — adverte Amélia. — É só até eu mostrar todos os meus truques pra Juli.

— Que é isso, Amélia, tem crianças na sala — diz Federico, apontando para Madeleine.

Julieta e Violeta, que voltava para a sala, riem do comentário espirituoso.

— Sim, você! Que está na quinta série — acusa Amélia, revirando os olhos.

— E já decidiram para onde vão nas férias? — Violeta é quem pergunta após distribuir as *longnecks*.

— Carmelo.

— Cabo Polonio.

Julieta e Amélia respondem ao mesmo tempo.

— Vocês querem mais tempo para chegar em um consenso? — pergunta Violeta, rindo.

— Os dois, na verdade — Amélia responde abraçada ao pescoço de Julieta. — Como nós duas colocamos todo nosso dinheiro no bistrô, decidimos ficar um tempo na estância dos meus pais e depois passar uns dias numa praia mais deserta no Uruguai mesmo.

Amélia dá um beijo na bochecha da namorada e se levanta do seu colo para voltar ao lugar. Federico embaralha as cartas para mais uma rodada.

— Quando der, a gente faz uma viagem maior — completa Julieta, tomando um gole de cerveja.

— Espero que esse dia demore bastante.

— Que *boludo*, Federico — Violeta o repreende.

— Quê? Eu tô pensando no bem do nosso bistrô! Não quero ficar sem as duas cozinheiras ao mesmo tempo.

— Até lá a gente pensa em alguma coisa — diz Julieta.

— Por falar nisso, o que aconteceu com a sua política de não namorar colegas de trabalho, Juli? — provoca Violeta.

— Fica quieta, Viole. — Amélia censura a amiga, dando um peteleco no braço dela.

— É, para que levantar essa bola agora? — Federico intervém, já que também é parte interessada na conversa.

Ele termina de embaralhar e coloca o baralho sobre a mesa.

Julieta ri, cortando o bolo de cartas, que Violeta distribui aos jogadores.

— Tudo bem, é uma pergunta justa — diz Julieta, tranquilizando os sócios. — Eu percebi que o problema não era namorar colegas de trabalho, era namorar a mulher errada — conclui, galante, e lança uma piscada para Amélia.

Federico e Violeta soltam uma leva de interjeições e suspiros, provocando o casal apaixonado.

Amélia apenas manda um beijo para a namorada e joga a primeira carta, iniciando uma nova rodada. Federico é o próximo.

— Além do mais, eu nem precisei namorar o Maxi para tomar um revés! — acrescenta Julieta, que joga um três de paus e dá um gole em sua cerveja.

— Ai, que nojo, Julieta! — Amélia faz uma careta ao imaginar *qualquer* pessoa namorando o Maxi.

Violeta corre da rodada, e Julieta leva com a carta mais alta.

Federico joga um três de copas na segunda rodada e deixa tudo igual na mão. Um a um.

— Truco! — anuncia Julieta, animada.

— Puta que me pariu! — Amélia resmunga.

Federico sorri.

Madeleine mia.

Violeta aceita:

— *Dale*!

Federico é o primeiro e esconde a carta, confiando em Violeta. Amélia, que não tem nada de bom nas mãos, suspira e faz o mesmo que Federico.

Violeta joga a manilha de copas e toma um gole de sua cerveja.

Julieta olha com culpa para Amélia.

— Está tudo bem, linda! — diz Amélia, e manda um beijo para a namorada.

Julieta retorna o beijo e manda uma piscadinha antes de jogar a manilha de paus na mesa, a carta mais alta do jogo.

— AAAAAH! — grita Amélia, pulando da cadeira.

Madeleine dá um salto no sofá com o susto e solta um miado de protesto.

Amélia corre para beijar Julieta.

— Essa é a minha namorada!!! — continua Amélia e se senta, mais uma vez, no colo dela. — Eu te amo!

— Eu também te amo!

— Boa jogada, Juli — Violeta diz, sorrindo para ela.

— Boa, Julietita — concorda Federico. — Estava aí só fingindo que não sabia jogar.

Julieta abre um sorriso tímido.

— Acho que eu só estava precisando de uma pitada de sorte!

FIM

BAR SPEAKEASY É A NOVA SENSAÇÃO EM BUENOS AIRES

Por Violeta Castillo

Unindo boa bebida e alta gastronomia, o bar e bistrô Cielo, comandado pelos três amigos Amélia Méndez, Federico Bueno Cortez e Julieta Valverde, é a mais nova sensação na cena gastronômica portenha.

Publicado em 07/11/2007 às 19:00

Alcançando lotação máxima todos os dias desde a sua inauguração há um mês, o Cielo, primeiro bar *speakeasy* da capital portenha, é a sensação do momento.

Julieta, uma das sócias, conta que a ideia era oferecer bebida e comida de qualidade sem a formalidade dos restaurantes clássicos: "A boa comida pode ser acessível e descontraída. Você não precisa estar de *black-tie* para provar a alta gastronomia".

O cardápio é assinado pela dupla Amélia Méndez, com mais de dez anos de experiência, e Julieta Valverde, conhecida na cena gastronômica por ter comandado por dois anos o duas-estrelas Michelin La Concorde.

O Cielo ousa também nas harmonizações! Quem disse que comida boa harmoniza somente com vinho? Amélia, sócia e uma das chefs, explica que a ideia era juntar alta gastronomia com alta coquetelaria:

"O cardápio é elaborado todos os dias de acordo com a sazonalidade dos ingredientes e é pensado para harmonizar com os nossos drinks exclusivos assinados pelo Federico (Bueno Cortez, um dos sócios)".

PARA ALÉM DO INTIMISTA

O conceito dos bares *speakeasy* ou bares secretos é oferecer um ambiente intimista e aconchegante; mas o Cielo de Buenos Aires vai além e propõe também boa bebida e alta gastronomia a preços acessíveis, mostrando que boa comida não se faz apenas com ingredientes caros e supervalorizados. "O desejo de enaltecer os ingredientes locais, a nossa história e cultura nos levaram a idealizar o bistrô", conta Amélia.

Fugindo do óbvio, já que muitos novos empreendimentos têm escolhido como base o renovado e badalado Puerto Madero, os sócios decidiram permanecer em Palermo, como explica Julieta: "Temos raízes bem fincadas neste bairro e nossa aposta é nele".

O local escolhido é o *rooftop* do histórico Edifício Nacional. Inaugurado em 1938, ele é um marco na arquitetura portenha e foi por muitos anos um dos prédios mais altos da capital. Mas o real motivo da escolha se deu por ele ter abrigado o Observatório Celeste, desativado há quase duas décadas.

"O *rooftop* estava abandonado, e era um verdadeiro pecado desperdiçar seu potencial e ignorar a natureza de sua origem", explica Federico.

Na minha opinião, o verdadeiro pecado é não conferir esse espaço e desperdiçar a oportunidade de comer e beber divinamente com vista para as estrelas.

O CIELO FUNCIONA DE TERÇA A DOMINGO A PARTIR DAS 18H.

©Copyright 2007 ¿Qué Onda Buenos Aires? - Todos os direitos reservados.

RECEITAS

Dê um descanso para sua gaveta de delivery e prepare essas receitas deliciosas, dignas de restaurantes estrelados.

Malbec Wake up

Que tal começar com um drink? Este drink, assinado pelo *bartender* Federico Bueno Cortez, é ideal para um primeiro encontro.

Ingredientes:
- 1 dose de suco de limão
- 1 dose de redução de frutas vermelhas
- 100ml de vinho Malbec
- Rodelas de gengibre
- Gelo a gosto
- Cascas de frutas cítricas

Modo de preparo:

— Misture o suco de limão, a redução de frutas vermelhas, o Malbec, o gengibre e o gelo em uma coqueteleira e mexa bem.

— Coe e decore com cascas de frutas cítricas.

Tequila Sunrise

Um drink ideal para quando você quer afogar as mágoas depois de ir mal em uma entrevista de emprego, ou para quando decide colocar um bilhete dentro do seu livro preferido e vendê-lo em um sebo na esperança de que a mulher da sua vida encontre e mande um e-mail para você.

Ingredientes:
- *2 doses de suco de laranja*
- *1 dose de tequila*
- *Gelo a gosto*
- *1 dash (meia-dose) de grenadine*

Modo de preparo:

— Misture o suco de laranja, a tequila e o gelo em uma coqueteleira.

— Despeje a mistura da coqueteleira diretamente no copo em que a bebida será servida.

— Despeje o grenadine para criar um efeito de pôr do sol.

Œuf cocotte

Perfeito para servir em um piquenique com os amigos em uma manhã fria de sol.

Ingredientes:
- *2 colheres (sopa) de queijo cottage ou ricota*
- *Azeite a gosto*
- *Sal e pimenta-do-reino a gosto*
- *3 ovos (um para cada amigo)*
- *1 colher (sopa) de leite*
- *1 pitada de noz-moscada*

Modo de preparo:

— Preaqueça o forno a 180°C.

— Em um *ramequin*, coloque o queijo cottage e tempere com um fio de azeite, sal e pimenta-do-reino.

— Adicione um ovo em cada *ramequin*, fure as gemas com um garfo, acrescente o leite, tempere com uma pitada de sal e noz-moscada. Não precisa misturar.
— Asse em banho-maria de 15 a 20 minutos.
— Sirva com torradas em tiras.

Filet *au poivre* do La Concorde
(Cortesia de Maximiliano Sánchez e Guillermo Alcântara)

Simples, rápido, clássico e delicioso. Seja para um encontro romântico, para um dia em que você chegou cansada do trabalho ou para conquistar o coração de uma chef megera, esse filet *au poivre* é a escolha perfeita.

Ingredientes:
- *30g de pimenta-preta*
- *180g de filé-mignon*
(pese! 180g não é 179g e nem 181g)
- *50g de manteiga*
- *50ml de azeite de oliva*
- *30ml de conhaque*
- *30ml de vinho Carménère*
- *70ml de creme de leite*

Modo de preparo:
— Moa as pimentas em um processador ou pilão e envolva o filé-mignon por todos os lados.
— Leve o filé à frigideira com metade da manteiga e do azeite, deixe cozinhar por 3 minutos. Descarte a manteiga queimada, adicione a outra metade da manteiga e do azeite e repita o procedimento no outro lado.
— Flambe com conhaque e depois adicione o vinho, o creme de leite e deixe cozinhar por 5 minutos.

— Acerte o sal e sirva imediatamente com *baguette* torrada!

Minestrone

Se sua namorada (ou chefe que expressou com todas as letras que não namoraria com colegas de trabalho) estiver doente, nada como esta elegante sopa italiana para elevar o ânimo. Mas cuidado com a *mise en place*, às vezes o clima pode ficar intenso entre chef e *sous chef*.

Ingredientes:

- *1 cebola*
- *2 dentes de alho*
- *1 talo de salsão*
- *1 cenoura*
- *2 batatas*
- *2 colheres (sopa) de azeite*
- *2 folhas de louro*
- *1 lata de tomate pelado em cubos*
- *1 pedaço de casca de queijo parmesão*
- *1 litro de água*
- *Sal e pimenta-do-reino a gosto*
- *1 abobrinha*
- *10 vagens*
- *10 folhas de couve*
- *1 lata de feijão-branco cozido*

Modo de preparo:

— Descasque e pique a cebola e os dentes de alho.
— Corte o talo do salsão em pedaços de 1 cm. Descasque e corte a cenoura e as batatas em cubos de 1 cm.

— Aqueça uma panela grande em fogo médio, adicione azeite e refogue a cebola. Junte a cenoura e o salsão, e refogue por mais tempo. Por último, junte o alho e o louro e mexa.

— Faça o *pinçage*, ou seja, acrescente o tomate pelado aos poucos, mexendo bem o refogado a cada adição. Despeje a água, junte a batata e tempere com sal e pimenta a gosto. Adicione a casca de parmesão e aumente o fogo.

— Assim que começar a ferver, abaixe o fogo e deixe cozinhar por 40 minutos.

— Enquanto isso, corte a abobrinha em cubos — não triângulos, nem pinheiros de Natal — de 1 cm. Corte a vagem em fatias de 1 cm. Corte a couve em *chiffonnade*, ou seja, em tiras longas e finas de, sim, você acertou, 1 cm!

— Depois dos 40 minutos, junte a vagem e a abobrinha e deixe cozinhar por mais 20 minutos.

— Escorra o feijão em uma peneira e adicione ele e a couve à sopa e deixe cozinhar por 3 minutos com a tampa até o feijão aquecer e a couve ficar macia. Sirva a seguir.

AGRADECIMENTOS

Bem, chegamos aqui.

Ao sonho de ter um livro publicado por uma grande editora.

Não poderíamos começar os agradecimentos de outra forma que não fosse agradecendo a casa que nos acolheu: a Editora Nacional e sua equipe talentosa e dedicada.

À nossa editora, Ivânia, por acreditar no nosso trabalho e potencial, assim como toda a equipe do selo Naci: Isadora, Juliana, Valquíria e Cláudio. Vocês são incríveis!

E também precisamos agradecer a todas as pessoas que trabalharam ou contribuíram de alguma forma com este livro, tanto na primeira versão, ainda independente, como nesta. Obrigada pela dedicação e carinho com a nossa história.

Agradecemos também as nossas famílias pelo apoio, em especial nossas mães, Sônia e Tânia, que desde o começo viveram intensamente esse sonho conosco. A confiança de vocês sempre foi um amparo e um alento nos momentos de dificuldade. Obrigada! Nós amamos vocês!

E o agradecimento mais especial de todos: às nossas leitoras que estiveram com a gente desde o começo, nos apoiando, incentivando e sempre nos falando que um dia estaríamos aqui. Vocês são as melhores leitoras que essas duas autoras poderiam querer. E as responsáveis por transformar o que era um sonho em realidade.

Por fim, agradecemos ao universo, destino, sorte ou seja lá qual for o nome dessa força que nos colocou no caminho uma da outra. A gente ter se conhecido foi contra todas as probabilidades, mas, ao mesmo tempo, parecia predestinado. Sem esse encontro, este livro não existiria!

Este livro foi composto nas fontes Stolzl e Skolar
pela Editora Nacional em janeiro de 2024.
Impressão e acabamento pela Gráfica Leograf.